骆宾基全集

罪证

骆宾基

著

山西出版传媒集团　山西人民出版社

图书在版编目（CIP）数据

罪证／骆宾基著．—太原：山西人民出版社，2022.7

（骆宾基全集）

ISBN 978-7-203-12217-3

Ⅰ．①罪… Ⅱ．①骆… Ⅲ．①中篇小说—小说集—中国—当代 Ⅳ．① I247.5

中国版本图书馆 CIP 数据核字（2022）第 039756 号

罪证

著　　者：	骆宾基
责任编辑：	李建业
复　　审：	武　静
终　　审：	姚　军
装帧设计：	张镁尹

出 版 者：	山西出版传媒集团·山西人民出版社
地　　址：	太原市建设南路 21 号
邮　　编：	030012
发行营销：	0351－4922220　4955996　4956039　4922127（传真）
天猫官网：	https://sxrmcbs.tmall.com　电话：0351－4922159
E－mail：	sxskcb@163.com　发行部 sxskcb@126.com　总编室
网　　址：	www.sxskcb.com

经 销 者：	山西出版传媒集团·山西人民出版社
承 印 厂：	山西出版传媒集团·山西新华印业有限公司

开　　本：	720mm×1020mm　1/16
印　　张：	13.5
字　　数：	200 千字
版　　次：	2022 年 7 月　第 1 版
印　　次：	2022 年 7 月　第 1 次印刷
书　　号：	ISBN 978-7-203-12217-3
定　　价：	98.00 元

如有印装质量问题请与本社联系调换

目录

001 　/罪　证
073 　/吴非有
151 　/胶东的"暴民"
209 　/后　记

罪　证

一

　　一九三八年一个午阳炎炎的日子。溽暑将尽了，高空飘散着轻软的鹅毛似的流云，铃铛麦和熟透了的玉蜀黍放着稀淡的香气，桦木林子却显得瑟缩了。流云边际，有雀群在高飞着。

　　老远峰峦踞峙的山峡间，有黑黑的圆形的小东西沿顺山脚露头了，逐渐很快地拖出一条长长的尾身，并且放着尖的叫哨，迅速地驶入四周山峰圈围的平原来。沿着朝鲜京津线铁轨，在南戎驿停止急行的速率，车头于是喘吁起来，大量的浓气一朵一朵地喷吐着，终于停止不动了。

　　神色匆匆的旅客们，从每一节车厢的甬道上流出来。车尾，最后跳下来的是吴玉芳小姐。身穿整洁的翻领衬衫，人造丝的质料闪着光润，下身是高等黑色洋纱裙。轻轻放下大连皮箱和滚圆的一线网元山苹果、天红蜜橘之后，又抹转身子，向两肩峰峭的青年，伸出两手。这人的脖颈麻秆儿似的瘦，眼睛闪着空虚的光。这时并没有领悟玉芳小姐的举动，就高擎两臂，猛扑到后者的肩上。她的身子剧烈地晃了晃，可并没有埋怨，只蹙了蹙眉尖，看着自己哥哥的一只脚尖，在离月台阶寸把近的工夫发抖。显然他是想朝地下落步。玉芳小姐顺手拖了他一把，嘴里说着什么，声音含糊得像是特意不愿使对方听清楚似的。

　　透了口气，她摸摸柔发。玉芳小姐弯腰拿起了东西。胳膊在挟俄罗斯羊毛毯的工夫，一个头上晃动着红帽子的朝鲜汉子跑来，玉芳小姐很快地擎手挡住了搬运夫有礼貌的夺取，且用日语说了声"对不起"！然后，挺着她那饱满的胸脯，冲过麋集在堆栈周遭的苦力群，拐入那高大的堆积火药箱的地方所闪出的一条人行道上了。

"你还认识这地界么？"玉芳小姐低低头说，"过去就是咱们中国地场了——下水湾子。大哥——"

没听到应声，朝后望了望，她立即睁大吃惊的眼睛，因为视觉里失去了吴占奎的影子，来往除了些朝鲜旅客们一色的白衣外，左边只有一队日本炮兵在搬动什么，还有来往巡回着的几个日本宪兵（他们都骑在骠伟的军用马背上）。右边靠近岔道旁，就尽是些高过人头的军用堆物了。其间还夹着套雨布的野炮，套衣的马克沁式重机关枪，柔皮马鞍……

火车高亢地叫了一声，玉芳小姐就急步跑回来。这时车轮开始滚动了，玉芳小姐突然发现她大哥是裹入弥漫月台的那团儿浓雾里了。但她前胸还是遗留着余惊，而车尾加猛地喷放着浓雾，从她眼前隐失了。雾层随了车轮带起的风力，直顺铁轨飞扑着，飘散开来。

"大哥，你老是这么叫人提心吊胆的。"玉芳小姐两条细细的眉毛，扭结着说。

吴占奎背靠月台上的灯柱，眼睛微闭着，并脚站在那儿，一声不响。他感觉到阳光跳跃，大地也像飘舞在旋风里似的动荡，胸口有什么向上涌，而且被黑暗而寂寞的监狱生活所磨损细弱的神经，这时也发着战抖了，耳朵又嗡鸣不绝。玉芳小姐这时望着他那在强烈阳光中抖动的睫毛，突然觉得完全是陌生人的脸相了。在他整个身子上，找不到一点儿是她自己所熟悉的肌肉和线条。高颧骨、尖下巴，虽然脸刮得光光的，却不能掩蔽监禁日子赐予他的萎缩，尤其是眉骨下给黑影罩住的那两个深陷的眼窝，显得怪瘆人的。他的头发虽是新剃不久，并且狮子鼻形的鼻尖上辉映着午阳发亮，但玉芳小姐的印象却完全像是顶着早露的一棵枯草。渐渐,玉芳小姐感到恐怖了,像深夜窥见窗外黑影似的,既胆怯又得故装镇静。

"大哥!"玉芳小姐的声音微微有些抖,"你到底怎么的?"

吴占奎的脸上,闪了闪苍白的颜色,猛低头,哇地呕吐了些混杂的面屑,接着有唾涎从他口角垂挂下来,像是蜘蛛垂下的丝。玉芳小姐在那工夫拍着他的脊梁。

"我迷晕了。"吴占奎迷着酒醉似的眼睛。

这时,玉芳小姐望见腰挂警刀的日本巡查,从岔道旁沿着轨道走来,一种叮当叮当的金属音,响着。为了避去缠身的种种盘询和麻烦,玉芳小姐用力扯了扯哥哥那木偶似的身子:"转过身——你倒是伸开腿走呀!"

玉芳小姐看见哥哥睁开的棕黄色眼睛,那眼光是被黑暗的日子磨平了,又迟钝,又空静,仿佛猫头鹰在大天白日的那种空静的眼神。

现在吴占奎两脚贴地平劈着挪动了,并且用手背揩揩嘴唇和眼睛。在他的步法上留着一种眼力看不见的东西,这东西好像搁置在两只腿踝间,形成他这样有规律的挪动,花柳病患者,和这步法有些相似。而吴占奎就这样迈着熟练的步子拐进展向车站去的沙铺甬道上。玉芳小姐的手感觉着被哥哥握得有点痛,以致顺风吹来的一股马臊气,她也没法抽出这只闲手来掏手绢,只有低头闭住嘴,想快点越过这段风头,这时她听到日本炮兵们爆发着粗野的"呵哈"!搬运夫从她身侧惊讶地瞅了一眼,吴占奎立刻又低下头,不作声地闪过去。

交出乘车证给收票员的辰光,那个挂警刀的日本巡查赶到了。

"请停一停,带着身份证明书么?对不起的很。"玉芳小姐弯腰放下东西,巡查接着问,"这是你男人么?刑事犯吧!"

"不是的,巡查先生。大哥,你撒开我的手。"后一句是用中国话说的,另一只手搬开吴占奎紧握自己手的那只手掌,玉芳发觉他的脸色苍白了,手也在抖。

"身体有毛病吧！须要医生敲敲胸口。"日本巡查接过"新京"特别侦查机关的批文，还有另外一叠居留证等件，又向吴占奎望了一眼，不想得人回答似的说，"是这样的——"

玉芳不作声。栅栏外，一个毯子蒙身的朝鲜老妇人朝里探探头，玉芳很快地向她盯一眼，那老婆子连忙缩回去，悄悄走了。

"国境居留证，也可以给我看看。"日本巡查的眼睛并没有离开那些文件，手在急速地择抄上面的要句，一边说，"你知道，现在时局紧急么？"

玉芳拉开吴占奎的身子，让开栏外闯进来的军用马的枣红色的硕大头颅。

"什么？"宪兵官长在马背上还了个举手礼！

"开释的政治嫌疑犯。"日本巡查低声说。

枣红马在吴占奎头上喷着鼻沫，玉芳又将哥哥朝后拉了一把，让马蹄敲着三合土台阶，响过去。

"对不起，"日本巡查松下脸，最后递过国境居留证，"到珲春的火车，下午一点开。"

一出小栅栏门，玉芳小姐就觉得浑身轻了许多，扶着吴占奎走进轻便铁路的候车室，让吴占奎贴门坐下，自己面朝着窗，两手捏着衣领抖了抖，因为胸口早已经被汗浸透了。吴占奎直直望着什么似的在想，什么都变了，珲春也有小铁路了——可是为什么这许多人，自己并没有认识的呢？已经是故乡了，他们为什么这样寂静？——他感觉到类乎有重大事变发生前的那种兆头，这使他胸肺都感受到有力的压迫，几乎气都喘不出来了。他觉得多可怕呀！埋藏在这静的深渊里的恐怖。

吴玉芳这时望见隐约在远远的桦木林子、小村、陌野之间的一连串日本陆军。尘土在林子旁飞扬着。玉芳的身子冷冷地透过一阵惶惶不安的颤栗。于是掉回头，意思是找个熟人打听打听，可是静静的人丛里，竟都是陌生的脸子。靠近久已没生火的铁炉子边，站着高丽老头，从那顶苎麻织的高装纱帽说，定是个阔气的乡绅。这老头正在默默窥着吴占奎。玉芳从他背后走过去，那里有个菜贩打扮的山东跑腿子的，扭结着眉毛在抽烟卷儿的最后两口。

"你也到珲春去的么？"

"不，俺想到延吉，可是又不能出口。"

"为什么？"

"听说是限制人口出境呀。"

"珲春太平么？"

"鸡蛋都买不到呀！豆芽儿都涨到五毛钱一斤了，这还供不上日本兵的购买量。"这汉子抬腿踏灭烟卷儿头，朝四下望望说。

"没和老毛子开火么？"

"别说这些，小姐，刚才有人绑走了。"低低地说，并做了个机密的眼色，然后袖着手，直起腰板走开了。

玉芳木然地瞅着这汉子的背影，顿时心神无主了。像旅人彷徨在岔路口，而又当黄昏日落后似的。

吴占奎这时从陌生情景里，发掘出新鲜东西来了，一切都像含蕴着浓郁香气的花苞似的，使他感到极大的兴趣。窗外的火车、军用马、草地、桦木林子、山谷……以及阔别了长久岁月的阳光，都给他印了个深刻的影子。他的头脑，逐渐从迷惑圈子里滑入清新的思野。

直到钟声洪亮地当当响过后，吴占奎才给玉芳半扶半拖地离开这稍感趣味的车站。因为玉芳的一口流利日语，在海关检查场吴占奎也没用解开纽扣，就穿过走廊挤上仅有的客车了。可是这里的车厢已经是满塞着人身，肩头上显出杂乱的形色了。乘客并没因玉芳的日语和东京式服装而让路，几个朝鲜商人尽自站在排椅间，默然瞅着窗外。除了挪动东西，和鞋底、木屐摩擦车板所发出的响声，这里没有说笑的动静。

用高丽绸手绢揩揩额汗,玉芳觉着进不得出不得,贴在车门里边,一阵刺心的焦躁,连气都透不出来——想推起一扇升降窗,可是连容胳膊的空子都没有。瞅一眼吴占奎更加厌烦了,简直头有点发晕。若是身边没有累赘,玉芳凭着一口日语,前边那几挂军用车厢,还不任着自己性子挑选着坐么?

车开后,玉芳稍微觉得松快了,并立刻平心静气地照顾着哥哥左右摇晃的身子,极力想用柔颜悦色的举动,不使哥哥感到一点自己是给她累赘。

——走路那种架把,又不怕羞,又不响,真丢人,可是一想到这是自己的哥哥,她的眼睛立刻就有些湿润,喉管一抖,于是赶快低头摸出高丽绸巾,故意咳嗽一声,顺手搓搓那明朗而又忧郁的眼睛。

"你不要乱晃。"一个朝鲜商人皱着眉命令。

发现这话是向哥哥说的,玉芳挺臂扶住吴占奎的峭瘦肩头。

"你看那'满洲'青年的眼睛。"日本艺妓用拐肘触了触另一个旅伴。

"是醉汉。"

"不,是肺病吧。"玉芳耳朵里刺入这尖低微语。

然而吴占奎自己并没有听到这些,即使听到这些也不懂。窗外,"满洲"的山群正把他引诱到幽远的冥想里。他看到被山尖阻挡住的半块高空,是多么忧闷,虽然是这样高拔到云霄,也是显不出"满洲"的特色,他觉得反而平淡,可以说都是些高堆的巨墓,因为在他记忆里的那带原始性的旷野丛生的林木,在这现实的周遭,都不存在了。那些成群成片的桦木林子呢?那些傲岸雄立的赤柏松林子呢?光秃秃的,多么贫弱呀!在这里只有几千年来饱受风雨侵蚀的苍老岩石的残余,还在露着赤裸裸的烟黑的面孔,那是"满洲"忧郁的标记。吴占奎默默望着,山群渐渐不见了,猛然又出现在窗前,折斜过身子,山峰极迅速地闪过去,车厢激烈地震动了一下。

这时玉芳睁大了恐怖的眼睛望着,被踢开来的客车门,那儿蜂拥地挤进一群高声乱嚷着的日本陆军,人群里立刻爆发了巨大的骚动,有些哗然高叫了,这里夹着女人特有的尖呼,接着小孩子激烈的啼哭,所有的人,完全站起来了。

"什么事?"朝鲜汉子在玉芳鼻尖前跳起来。

"挤死小孩子了呀!你这个忙牛。"

"这里有病人。"玉芳用日语高喊,并像母鸡展开翅膀似的伸开两臂,护住吴占奎的身子。

人群激烈地喧叫着,扭打成一团。在火车隆隆的雷响中,飘泛起零碎的咆哮:

"我拧断你的胳臂。"

"一定露西亚军截击了。"谁用日语说。

"打开玻璃窗跳下去,快!"

大量浓烟冲门狂舞着灌进来。

火车急剧地开始飞驶了。旅客东倒西歪的,彼此撞跌着、撕扯着,车厢也剧烈地震抖起来。

迷眩又在侵袭吴占奎了,于是他拼力抓住车窗上挂帽用的弯钉,大豆垅、高粱地像无数巨蛇似的朝后扑去,山也倒塌在车后似的,他觉得心脏轻轻飘到胸口了,吴占奎把眼睛深深埋在睫毛里,他听到身后霹雳般爆响着炸裂声。

"火,火呀!"

"关上门,挤死了。"

"不能再进来了。"一片乱喊。

酸鼻辣眼的浓烟塞满了空间,咳嗽声在玉芳四遭爆响着,她望见护路警挥着枪柄冲到门口,耸起公牛似的阔肩膀,用力抗着门扇,可是外面的日本陆军们一股劲阻挡着门扇的关闭,且咬着牙朝门隙间插进腿来。

"打破玻璃窗,快,打破,用力——"

"跳呀!"

"你先跳出去。"

前面劈剥劈剥的燃烧声,很清楚地听到了。凝结的人群,突然像爆炸的建筑物般平空倒下去。

"别挤!别挤!"

"这里有病人——妈呀!"玉芳的身子,抵制不住背上的压力,脚跟起空了,吴占奎立时栽倒了,紧接着人群又朝前边伏压过来。当一只手掌扑抓玉芳肩头的当儿,她扭头咬了口,于是人群以手被咬的汉子为中心,重新朝后仰翻去。

"打窗跳呀!混蛋。"

"敲碎你的肉球,你不会跳么?"

"火药车要爆炸了,——你不要压我。"

"谁说的?谁?"护路警用鹰的眼神注视着那声音的来问。

"一定是露西亚探子。"

"抓住造谣的。"

"独立党。"

"苹果踏烂了,你这蹄子。"玉芳在人们吵闹的当儿,向眼前那个朝鲜汉子,用日语骂了句,喉管一阵痒,又大声咳起来了。

二

玉芳小姐挟着吴占奎在人群中塞住,日本兵士混杂在旅客间,朝月台上布好的警探们打着招呼,彼此扬声询问"火怎么起的"及"没有受惊么"之类的声音,极清楚像在一片黑林子里说话一样,并且树林子或许偶尔会有风涛动静,可是这旅客群却哑悄无声,更显得那些话音的嘹亮了。

玉芳把所有的东西都堆在脚下,她是没有方法一边搬走它,一边使吴占奎不至于跌倒在人们脚踝间的,只好牢牢站在月台上,在挪动步子。焦躁引诱出来的愤怒,在玉芳的眼光里闪了闪,接着变成尴尬似的神气了。这是愤恨经压制而歪曲了感情。她尴尬地看着人群从她身边慢顿顿地移过去,在他们前边是一列侦查员警,按个盘问、搜身,然后放过去。

　　一种没醒酒以前的迷离不清的状态,侵蚀着吴占奎全部的意识,连月台末尾严布的护路警,他都没有看到。一双像累了整夜的赌徒眼睛,潜伏着瞌睡的暗影。他不知道自己的两脚是落在哪里,同时也不知道自己是在做什么站着。等到他辨别出鼻子前,确立着一个嗅觉的眼神,挑剔自己的脸色时,他的感觉还是茫然地凝结着。他弄不清楚,是日本探警走到自己跟前,还是自己走到他的跟前。现在他发觉是站在一座洋楼的门口了,并且在判断究竟是不是完结了这场噩梦的情景,或是还在继续。渐渐吴占奎从迷茫深渊的极底,抽出身上所有的本能了。

　　展眼望望,尽是些高挂楼壁的广告牌,"富士楼""朝阳饭馆"等的彩色汉字格外触目。挂"邮便所"壁牌的红砖楼角下,有平型的三层楼建筑——下面是沙铺的路口,一些朝鲜人自这边走。站外,已停有多辆大板汽车,其间四轮的俄罗斯式篷车,忽动忽止的,马匹在互相闻嗅、低啸。驾车夫的鞭哨,配合着当当的马项铃,响成一串。

　　一切都给吴占奎某种新的刺激,血在他的脑子里鸣叫。呵!这么阔广的视野,这视野带来的烦扰、喧闹的景色!

　　玉芳小姐这时和一个"满"语学生继续谈着。

　　"是的,中村先生。指挥官近来健康么?"

　　"他刚从间岛回来,这次事件你没有什么感觉么?"中村特务官说话的时候,用手摸着他的光光嘴巴。他的个子挺高,有着硕大头颅,宽肩,不过两腿很短,穿着带马刺的绑腿皮鞋,两只猪眼,闪耀着磷光。

　　"吓死了,我以为将在车厢里火葬呢!"玉芳小姐接着爽朗地笑了阵。之后,摇手招马车了。

马车夫是麻脸汉子的回教徒,身着哥萨克式绣花衬衫,高丽绒黑裤,一边口里响着命令马匹的口哨,一边扬着粗壮的握缰手臂:"吴小姐,我老远就认出是您了。"车贴近来,玉芳就搀着吴占奎先后扶篷上去了。中村特务官向马车招了招手。于是吴占奎听见回教徒车夫打了个尖口哨,马缰一抖,四轮车绕过消防队的载水汽车了,那汽车在一瞥间,吴占奎很清楚地看见上面一小队戴铜帽的消防队员,正在压着射水机。现在马蹄得得地沿顺沙铺的石道敲打了。两边是些疏散的柳树丛,车站落在车尾后了。

"吴小姐,火车上没有烧死日本兵么?"车夫并没有掉过头来小声地说。

"不知道。火灭了么?"玉芳小姐眼睛瞅着车夫的宽背问。

"没灭!"扭转熊似的阔肩,车夫继续向后望着,"你看黑烟都满天了,直像大雾——我看是他们自己人干的,说不定给谁栽赃。日本鬼子真是——"

打了个尖哨,车子转了弯。

一切多么新鲜!吴占奎觉得春雷震醒冬蛰的雨蛙那样欣悦。他重新见到午阳在路树的树叶上所闪的光辉了。远方是眼睛望不见的天边,地上是无止境的道路,还有情色不同的行人嘴、脸。并且从马车夫的鞭条挥舞的空间,吴占奎望见洋楼上矗立着的数不清的烟囱了。有什么东西闪了闪,顺着这光找去,他又望见一个少女面孔现在银辉的玻璃上。

这时玉芳只顾一手擎着镜子,一手在自己腮颊上施搽杏黄色的美容香粉,按照日本式的化妆,她正想粉白自己的鼻梁,令丁地神经一抖,她发觉镜子里映出一双眼睛,立刻她感觉到一阵震身的恐怖,心口就咚咚地跳起来。

吴占奎可还在凝神冥想着:那里面的影子不是陌生的,她在做什么呀!——

"到家了，少财东。"车夫打着招呼。

吴占奎的眼睛动了动，意识从驰思的旷野缩回来，他发现篷车上只有自己了。他又望见眼睛所熟悉的板幛子，一点也没有改变，不过仅仅露着终年给风吹雨淋所造成的曲裂痕迹。他猛然想到自己现在是回家来了。黑漆角门、方正的院子、贴窗下的酱缸，现在也许挤着酸菜——家可什么也没变。他脑子里想。

和母亲在房门口面对面了。吴占奎望见她那挑着欣悦光辉的眼睛，有笑意的泪珠滴下来了。

"小奎——"母亲掀起衣襟，又朝里间大声说，"快出来看看，咱们的小奎——这样瘦了——"

吴占奎听见母亲声调颤抖着，仿佛琴弦般的尾音，他咧嘴笑了："妈！哭啥！"

"哎！"母亲幸福地叹息着，"你看你瘦的——"

吴占奎迈进房门，望见了父亲吴大鹏。他这时蹲在套间，仔细而准确地在木柴上起落着短柄小斧。头才剃不几天，短短的一层发芽，在瓜皮帽边下闪着白辉。下颌有一层还没完全白的灰须，面颊瘦瘦的，眼光混沌。望见站在眼前的亲生儿子，像在感情的海里被投了块石子，他觉得胸间有什么动了动。之后，周身泛起了快乐的圈子，这在他是稀有的冲动。

"你还不快看看——瘦的。"吴大鹏听到老婆在呜咽地说。

"在大狱里，你还会找出胖子来么？"吴大鹏咧开绛紫嘴唇，直起微驼的锅腰。边跟儿子进屋去，边说："这小兔羔子，连声爸爸也不喊。"

麻脸车夫瞅到献殷勤的机会了。他把马缰一丢，朝飘溢着兴奋气息的屋里搬着毛毯、水果绳网、提箱等物件。玉芳小姐从自己房间跑出来，接过去。

"老财东真福气，得摆酒请客哩，不是福气大，火药车早就爆炸了，光车厢就烧了两节。谁干的,哪能知道,有人说老毛子密探放的火。"车夫站在吴占奎旁边说。

"抓到没有?"吴大鹏显然很注意,为了帮助自己对日俄冲突上的估计,他不吝啬地这样追究。

"抓到两个老高丽,耳朵都叫他们打出血了。"回教徒说,"马车全叫光了,看热闹的人,海啦。若不是我看少财东回来,管保拉个来回座。"

吴大鹏知道不能继续探问下去了,车夫在话风里已经卖人情,吴大鹏意想到若再问下去,就会失去他讨额外价的推却。他打开帖包,抽出三毛"满币"。

"不用,照正理,我不该朝老财东伸手——"车夫抓下鸭嘴帽。

"哪里话,哪里话,拿着。你也不容易。"

"真不好意思,老财东,嘻嘻——一个烟泡涨到三元了。"

"我不会少给你,——好了,好了。"在车夫手掌上又加了一毛。

"老财东,百年遇不到一遭。给个喜烟钱。"手还伸着,车夫看着吴大鹏的脸色说。

"好了,好了。"吴大鹏望望伸到眼前的手掌说。

"老财东——"车夫翘翘嘴巴。

"不少了!"又加了五分。吴大鹏并伸手替对方弯曲了手指,帮助他缩回去。

车夫没有十分满意地走出去了,屋里立刻寂静下来。母亲也没有按照平常习惯去望日影的斜度,就炊火做晚饭了,显然是手忙脚乱的。她那枯索而机械的生活规律,完全给这少碰到的兴奋所扰乱了,像木棒扰转了的静水一样,不着实地在外间打旋。里间也没话声传出来,只有乌嘴的鼻吟,低低的使人听着怪不舒服。可是吴占奎却亲昵地接受着它的热忱。从它那高高卷着摇摆的尾巴上,吴占奎完全了解乌嘴对它主人的重归,是怀着怎样的快乐。所以吴占奎就任顺乌嘴的性子,让它用狼青色身毛摩擦着自己的腿。因之吴占奎的感情，被这热忱的感情温暖了。这时他发觉父亲坐在炕沿上说什么，于是使自己的眼睛离开了这蒙古种的狗。

"我问你，在什么地方让日本鬼子捉去的——在大连么？那么为什么？"

"呵！不为什么。"

"不为什么怎么会坐了二年大狱。"吴大鹏那两只埋在皱褶肌肉里的眼睛，并没望吴占奎。

"他们也没说为什么。"吴占奎弯腰用两手抚摸着乌嘴的尖颊，于是它的全身在他眼前不动了。一双棕黄眼珠没有什么意思地望着它久别了的主人，似乎又有为享受主人对自己的温存气息。

"你弄狗做什么？听着！我问你！"吴大鹏说，"你说，到底怎么样坐的狱？"

"街里传说很多呢！当时，有人说你犯了死罪——"母亲在外屋悄悄听着，抽空插了句。

"我也说不上为什么。"吴占奎低着头想，"父亲是在问什么呢？"

"问你话，你老是摆弄狗做什么？"怒意的腔调开始波荡了。

"你让他歇歇，不会明天再问。"接着母亲低低一声叹息。

全屋又暂时沉寂了。大豆秸在沙沙燃烧的声音，都能极清楚地听到。母亲一面躲着灶门扑出来的火苗子，一面自己对自己说："一回到家就看不顺眼，也不想想孩子刚脱下手铐脚镣——"掀起衣襟揩揩眼，继续小声嘟哝下去，甚至于她自己也不知道是在嘟哝什么。

晚饭的时候，吴玉芳推开自己的房门出现了，看见爸爸的脸色不欢喜，就哑默悄静地收拾炕上矮脚桌，又静静端上牛肉炒土豆丝，一碟野鸡爪，咸胡萝卜，最后端来一盏子葱油饼。

"你连筷子也不拿，我的酒呢？"吴大鹏阴沉着脸。

欣喜的气息早被吹散了。餐桌上，没有谁敢作声。吴占奎不时瞅瞅乌嘴，像恐怕它会失掉似的。听到轻轻的叹息，才发现坐在炕沿上的母亲。

"妈不吃么？"

"我歇一歇，你吃你的好了。"母亲说。

吴大鹏每啜口酒，就停顿一下。睁眼窥着自己的儿子想些什么。手指不离开下颏的山羊须，总是那么摸捻着。眼睛露着随时要说话的神气。但又终于沉了脸，继续吸吮般啜酒了。

窗外门环响了声，接着这余韵，就几乎高叫般孕育着快活的呼声。

"大喜呀！——没有人在家么？——怎么连灯也扭不开。"

"他二婶儿进来坐。"母亲说着扭开电灯，"还忘了呢！"

"怎么连点响声都没有？他大哥不是回来了么？"朝屋里边走边像春天母燕子似的呢喃着，"我来贺喜呢，做什么娇锅吃？"

"坐坐，上炕暖暖脚，怎么没抱双喜来？"

"闹眼睛呢！——柱子快给大哥行个礼。"一个四十年纪的妇人，在吴占奎眼前出现了，她一边望着他一边说，"你这样瘦了，不认识你这傻二婶儿子么？快快讲讲你在道上的见闻——噢——我的天，这乌嘴吓了我一跳，活像个日本特务，老是在人腿上转圈。"

"这就是老王家二婶儿。"母亲在炕沿下朝吴占奎说，而且极力想唤起他的记忆，"你二叔开烧锅的。"

"这是你的傻兄弟柱子。"老王家二婶指指躲在自己身后的半大孩子说，"你看他，见人都不敢抬头。他大爷真有福气，姑娘、儿子、翅膀都硬实了——听说火车着火，没有伤一个人。"接着玉芳小姐有声有色地描述着她的遭遇了。

整个房间都飘起悦心的气氛，吴大鹏的嘴唇没有碰到酒盅，就又放到桌上，让老王家二婶儿朝炕里坐。似乎小菜里加了味之素似的，吴占奎对这娘儿们也感觉到极浓的兴趣了。他有时应对着她的问词，并给她解释得很明白，虽然句子短短的，可是在吴占奎已经是尽量抒散他所觉到的感情了。可是一谈到车上起火的事情，他就又茫然了。那像隔了悠久岁月的一片一片的记忆，模模糊糊。她又问吴占奎听到关里什么消息没有，同时告诉他珲春是埋在谣言中。她追述珲春以往的繁华了，问吴占奎还记得不，她断定他若是到城里溜达一圈，他必然会吃惊，什么都起了一个巨大的变化，正像鲜妍花卉被秋霜掩遮了一样，这里所有的全是假纸花和腊造草。偶尔玉芳插一两句反驳的话，老王家二婶儿立刻会用"她姐姐你不知道从前的珲春是多么好呀！说句笑话那时你还是在人家怀抱撒尿的孩子呢"一类的话，来抵挡玉芳投来的辩驳。吴占奎的注意力松散了。他发觉老王家二婶儿身后有什么东西。

"妈！我怕——"柱子在低叫，一手扯住老王家二婶的衣襟。

"悄默声的，你再响，我就摘下你的脑袋来。"老王家二婶儿的手掌在柱子眼前闪了闪。

"谁！柱子也来了么？"吴大鹏说。他正喝最后的一滴酒，手在捻着颏须，在深深地思索老王家二婶儿的某一句话。一面撕一块小饼递给柱子。

"他刚吃过，不要给他糟蹋了。"老王家二婶儿说。

"小孩子转眼就饿了，整天蹦跳的。"

于是吴大鹏又思索起来。他活了大半辈子，从来没有拿女人见识当块事儿。可是现在他觉着王家二婶儿的话头有点道理。现在她正说着，他可没留神去听。他觉得现在的珲春，真有些变了。他常对人说："人家日本人调理得像个北京一样。"虽然北京他没有到过。可是老王家二婶所说的也不错，但终究是"好"占的多。譬如，街道是广阔了，并且晚上小火车的尖汽笛，可以传遍全城，他没有感到十分惹他反感的地方，相反，日本人做事用敏捷代替中国官厅的敷衍。虽是自己儿子被关到囚犯堆里住了二年，但在他以为那完全因为吴占奎自己不走正道，怨谁！——吴大鹏挟了口酱瓜夹在油饼里，这时望见吴占奎轻轻放下筷子了,像把鸡蛋放在玻璃瓶中那样轻微。

"这孩子怎样有点傻里傻气的,也不作声。"吴大鹏脑子里想,还瞅着吴占奎歪过去的脸。吃完饭,吴大鹏猛地抬起眼睛:"写好户口报告单没有?快写!吃饭怎么不忘?来了查夜的人又该鸡狗不安的,陆甲长恐怕要睡了。"

"我不会送到区公署去!"玉芳小姐带上门,把自己关到布置朴雅的房间里了。

一切停当,就把预备妥的咖啡色秋大衣穿上了。她仔细望着壁镜里的自己,于是从心底发出一层娇美的自负,同时眼睛又挑着傲岸的光,偏左偏右周而再地望了两遍。她称心这"新京"裁缝的手艺了。可是她在爸爸跟前没露一点口风。她知道这货色会带来恶语的。她在屋里,尽自回顾着。她看到镜里的自己,默默地咧嘴哑笑了。令丁地她给她打了个东京流行的飞吻,悄悄走到门边。

"我也回去睡了,怕双喜醒了又要哭。"玉芳小姐望见老王家二婶儿拉起柱子的手。

"她大叔不在家么?"吴大鹏说。

"在家,他哪有耐心烦哄孩子?和你的脾气一样躁。"老王家二婶儿走到外屋的时候,柱子又在说"怕——眼睛——",她轻轻推了下孩子,"再说怕,我捶死你——头前走。"后一句是大声说的。

"他二婶儿小心走呀!我这给你侄子铺被也不送了。"玉芳听出是母亲在西间里的声音。

"不送,还用送——这天道又要下雨,你们的酱缸好搬进去了。"听动静,老王家二婶儿走出院外了。

玉芳趁着爸爸转身挪转向炕里的时候,拔脚越过东间,跑到外屋。在近门的灶台上,有只豆油碗灯闪着一片忧郁的光,角落影影障障的,显得豆大灯火格外孤寂,玉芳小姐悄悄到门边。

"小芳么?黑灯瞎火的你又到哪去?"吴大鹏在门扇吱的一声响

时高声问。

"爸爸不是说报户口么！我到区公署呀！"

听不到吴大鹏回响的顷间，玉芳贴门立了一会儿，就偷偷溜出房门。外边有人影从黑暗的夜色中移近。

"谁？"

"大姑娘么？你大哥睡了没有？"

"爸爸，王大叔来了。"

"快进屋，老六。"

玉芳望见王老六的旧棉罩袍，在油灯光前闪过去。于是慢慢走了出来，她听出爸爸的半高声音是含有稀有的高兴。出了角门，在夜的胡同上，她还能够清楚地听到屋里飘出来的"今天买了——两批好豆子"爸爸的话声。

玉芳的高跟鞋敲打在沙石道的响声，泄流着满身的愉快，脑子里幻想着指导官见着她之后的笑容，两手插入咖啡色新大衣兜里，任凭秋风吹散着自己的头发，两眼虽是望着地下，可是并没有看到路灯在石道上划描出的自己的身影，是在怎样的移动、伸缩、浓淡。刚到胡同口，后边传来了喊声。

"去到逍遥楼叫一盏灯来，不知道你爹又有什么高兴了。"母亲扶着胡同说。

玉芳没有看清她的脸，也没有问问几份烟泡，就那样哽了声，接着拐进大街口了。

三

西屋一间贮积麻袋用的房间，响着吴占奎的浓鼾。他的头朝着壁窗，眉眼给被子掩盖了，仅露着染了层灰影的前额。炕沿上，有凝结成圆块的白烛油，可是没燃尽的两指长短的洋烛，却站在壁窗上，显然吴占奎夜里曾起身做过什么，也许长久地患着失眠。并且褥子也挪了原有的位子，贴墙闪出一块不等边的三角炕席。

现在吴占奎在凶险的梦境里，听见有一种声音隐约地扰绕着。他于是醒了。

"滚，你给我滚。"吴大鹏一腿门里，一腿门外，抓着另一人的胳膊，半推半拖地用着力气。被扯拉的人，一脸灰色，为了使吴占奎极容易认清他的面目，就蜷起一腿跪在炕下，下巴几乎挨近吴占奎的鼻子。

"真不要脸——你又来，又来——"声音像是母亲站在门外发出的。

吴占奎还没有完全清醒，睁着两只失光的眼睛，却不做一点响声。

"请安——给少爷请安——赏个烟泡钱——"那身子遮在炕下的人，一面挣着被吴大鹏握着的臂膀说。

吴占奎还没有来得及动嘴，那汉子的半面身影就被吴大鹏的身子挡住了。在吴占奎眼睛里一闪的，只有那身破碎布片像秋风里的凋零树叶似的飘动着的袍子。接着乌嘴骄狂的吠叫，院子里咒骂和驱斥的词句，低下去了。

"做什么的呢？"母亲进来时，吴占奎问。

"你不认识么？李汉臣那没皮没脸的东西。"母亲开始叙述吴占奎离家后，李汉臣的生活堕落的过程。她肯定那家伙之所以披麻袋，完全是由于大烟瘾的作用，并且连自己的老婆都卖给朝鲜人了。

"我到豆子市去了，你还说什么？"吴大鹏在院子里喊。

"知道了。"母亲朝窗口送着声音。

"鹁鸽子要下来了，豆子粒满地都是。"这声音一出角门，就听不见了。

偏过脸来，母亲继续讲李汉臣那家伙。她说，第一次来，她是怎样规劝他，而那家伙当面是没有一点迟疑地接受了规劝，于是她给那家伙五元"满币"，为了帮助他跑到屯城过戒烟的日子。"你想，他娘的。"母亲骂着，"临走他就偷去你爹那件狐狸腿的皮马褂子，你知道,你爹做了它,都没有舍得穿。就是宣统回关外做皇帝那年,开什么会,沾了沾身儿,他娘的——叫人心痛不心痛?"她结束的时候说:"你知道,金三的烟瘾也不小了,一天得一两土,还不知道,哪辈子欠了雅亭的孽债,偿不清,还不完——可是你歇两天,还得去看看你五大爷,他常常打听你——你还要睡么?"

吴占奎没有响,整个意识都给李汉臣的影子占据了。母亲起初说的那些话,吴占奎的听觉还能够有传达力,传达到脑子里,可是不久一切本能,都被自己脑子的以往记忆所溶化了、所驱逐了。吴占奎记忆里出现的李汉臣,完全是个朝气勃勃的小学教员,他还清清楚楚地记忆着李汉臣那双傲光闪闪的眼睛。吴占奎因为某种事情被训斥时,自己是常常见到的。

"想什么呀,你还睡不睡?不睡,我好收拾饭,我们可是都吃了,你看日头快歪了。"

吴占奎的耳朵抓到母亲后尾所说的几个字音,想想,母亲一定是在催着自己起身,于是不说一句话,就爬起来了。接着又听到母亲离开这屋,留下的低低叹息。

早餐还有油饼,这是母亲特地给儿子留下来的。因为饼页受了多量的蒸气,有点发黏。母亲并告诉吴占奎:"锅里整天糊锅贴,吃得起白面的人家比沙里的金粒还少,只有官厅没改谱儿。"可是她预备响午还给他包顿饺子吃。她虽然明明知道自己那个糟老头子吴大鹏会给几句话听,但她是会用"五月节买的一袋面,吃到今儿个,还得要怎样省"的话来遮挡。这话,母亲早早就预备好了。

"吃完饭,不要到街上去吧!碰到喝醉的日本鬼子,又是岔儿。"母亲两眼望着吴占奎说,"你不知道说话都不能不顾地方,特务比苍蝇还多,这几天听说又要和老毛子打——"

"娘,李汉臣就是当教员的那个么?"

"不是他是谁,你怎么又想起他来呢?别想吧!——你可千万别往'零卖所'里跑。金三天天和雅亭混,秤锤不离秤杆,人家谁不笑话。"

吴占奎望见乌嘴第三次摇着卷尾进来了,咧嘴朝自己善意地睁着两眼。吴占奎觉得昨晚某种情绪,已经离开自己远远的了。它没有煽惑起主人的感情,并且吴占奎也似乎没有得到它对自己的亲昵。他出门的时候,没有望它,也没有吓唬它,因为吴占奎像完全没有见到乌嘴跟随着自己似的,虽然它还用脚爪来戏弄过他的脚踝。

"你到哪去?"母亲在院子里提着扫帚问。

"陆洪达还住在前街么?"

"那小伙子,两年没见了,听说搬到屯坡去种地。为什么要到那条街去?"听不到儿子的动静,于是又低低叹息了。

李汉臣的影子,抗拒着吴占奎另外的想头,在拼命扰闹着他的脑子。他不知道自己的两脚,已经走过门前的桥,而且那桥已改造成三合土的新型式了。就那么低着头,踽踽地走到胡同口。发觉声后有喊声的时候,才停下来,并且也发现自己是走到大街上了。

"怎么这样叫都听不见?"母亲追来说,"你别往西大庙那边跑,知道么?那里都是高丽人、日本鬼子闹事的地方。"

"呵!"

吴占奎稍微踌躇一下,顺脚向西街走去。老远有一座日本式酒楼似的木筑高厦,映入他的眼睛里。他这时开始注意到,他的周围都变成陌生的了,只有街道边的地板是熟习的;还有王家小铺的古老的茅草房子,他是连颜色都认识的。走过时,他想朝里瞥一眼,可是门外的招牌已引他注目了,"大东来木公司做啥的?"他想。路过木筑高厦,因为有一个少女,站在门口,吴占奎就失去朝门里探视的兴趣,同时躲开一辆驾着两匹俄罗斯种马的四轮车,让它从身旁驰闪过去。

"嗨嗨,你是啥辰光到珲春的?"迎面的人问。

"噢,金立吾么?"吴占奎不知道对这身穿日本和服的青年,怎样说话了。这时,对方的眼睛,穿过他的肩膀,似乎是朝吴占奎身后的人打招呼。他转脸的工夫，被认作金立吾的青年已经从身旁走去，并且和一个戴宽边眼镜的汉子握手了。

"不是他么？"吴占奎想，"可是很像呢，也许那汉子也是从什么地方新到这儿的。"吴占奎感到认错人所应有的窘赧，低下头，不看两边行人，又开始迟迟疑疑地走动起来。那步调像是他随时可以转回身子，朝原路走回去似的。

"占奎，你向哪走？"金立吾追上来，握住吴占奎的胳膊，"你不会走大步么？——到我家去坐坐。"

吴占奎嘴唇动了动，不知道推却还是顺从，可是就那么跟在金立吾身后走起来。他像跟随不上前者的脚步，又似乎前者有意让他离开远一点似的。立刻吴占奎感觉到，他是不该不在前会子谢绝的，虽然他的父亲是被自己称作五大爷，可是想到前者是东京留学生，对自己的傲性又涌上一种不适合的恶感。但他是一直进入宽大而有朝天杨树的院落中心了。吴占奎现在才撇弃了那种不愉快的感情，望见上屋的歪斜东墙，被粗橡子支撑着。

"屋子柱脚要修了。"金立吾似乎窥出观望者的心思，解释着，"这是我结婚的那年，修了修西间，东间没敢动，慢慢地东墙才朝外斜了。因为那年东方有太岁星，所以没敢轻易动土。"

"这棵白杨，就是从陆洪达家里要的苗子么？"

"是的，你还记得呀？——进屋。"

"这树——那样大了。"

金立吾领着这位幼年时代的好友，进谒父亲的当儿，先嘱咐吴占奎，为了顾忌父亲的健康，得少说话。吴占奎点头小声答应着，身子穿过了房门。

金会长被半身麻痹症缠磨了五六年，除了脸上和别的老人一样没有血色外，吴占奎觉得病者的腮颊肌肉，完全没有了，光剩了一层皱皮。金会长躺在绣花的垫褥上，衣服还是闪着华丽的光，不过颜色油灰了。起初，金会长闪着对来客有些疑迷的眼色。接着金立吾介绍了。意外的，金会长掷掉他握的《三国演义》似乎为了要坐起身来，挣扎着身子。这艰窘的动作，立刻给金立吾阻止了；同时吴占奎也发觉这动作，对自己的辈分是不妥当的，可是没有说什么。接着，零碎的询问开始用颤抖的嗓音，穿进吴占奎的耳朵里。吴占奎并不逐一解答，只在对方问到中日战争的问题上，发挥了些意见。金会长并没有闪露厌烦或疲乏的脸色，相反地，他继续追问着，甚至于吴占奎几年的囚犯生活怎样熬过的都要知道。有时金立吾替他的很少说话的友人，向自己父亲解释着，然而金会长并不满足，他忽然用很少的兴奋语气，讲述自己的家庭生活变迁，很明显地，他不认为吴占奎是晚一辈的人，那口吻完全和有年纪那一流人谈天一样，这在吴占奎是高兴的。

"……就这样结婚了。"金会长也似乎怪机灵，见到儿媳给来客沏茶，于是转了口风，"就这样也抽上大烟了。我们爷俩两支烟枪，你想想——"

"你看到了么？那就是她。"金立吾站在炕沿边朝老婆站的方向噘噘嘴。

金立吾老婆有着年轻女人所有的一个健康色的红嘴唇，可是眼睛似乎不敢朝来客看，还露着少妇脸中所常见的羞怯。不同的只有蹀蹀躞躞的步法，不用看，吴占奎就知道那两腿底下定是穿着小红绣鞋的。她把茶端到客人眼前，垂着眼皮走开了，并轻轻放下门布帘。

"……粳米吧！政府又统制。"吴占奎不知道五大爷是怎样牵扯到这上来，"打了一百多石粳米，你想想，政府当时就硬逼着收买了九十石。我本来打算八月节卖出去——眼前珲春的粳米涨到二百多元了，你想想，不生气？"

"老会长和谁谈天，谈得这样起劲儿。"门帘掀开，走进来的是吴占奎从小认识的刘尖嘴子。

"我们磕头老六的儿子，你看几年就长得这样高了，我们这辈人还有不老的！"

"我在日本领事馆当差的时候，他还满街撒尿呢——背着个小书包。"

吴占奎并不看刘尖嘴子一眼，就趁机退出来。走进对面屋，金立吾的老婆立即抱着不满周岁的孩子，下了炕。

"抱过来！"金立吾又转向吴占奎说，"这是我的孩子，名叫和尚——和尚！叫叫叔叔，啥——又哭了，见了生人，就哭，妈妈的，把你掷到井里去——"

"和尚他娘——"金会长在东间喊，"把灯点着。"

于是金立吾老婆，像早晨出笼的母鸡似的，匆匆把孩子递给自己男人，一面高声应着出去了。

"我的那盏灯，也拿过来。"金立吾命令般说。

吴占奎把整个脑力，又投到追溯以往记忆的深渊，那储蓄着无穷事迹的深渊，感到对这不相信又摆在眼前的小生命，有些零碎的感触："——妈的，人家都有孩子了。"

"嫂子是从山东接来的么？"他禁不住问。

"就是你到北平那年接来的，我去年春从东京回来，就有这小东西了。"

吴占奎窥出金立吾那双眼睛挑着欣然的满足的光辉，并且他现在才注意到对方下巴刮得青青的，从他脸上一丝忧郁都找不出来。虽然烟气很浓，精神倒十足。

"在这儿吃晌午饭么？"

"不。"

"为什么！还有事么？"

吴占奎顺口"嗯"了声，门帘缝里有只端铜盆的手伸进来了。随着金立吾老婆现身走进来，金立吾立刻递过孩子去，放身躺到炕褥上。

"来一口。"

"不。"

"我这杆是万年蒿的呢！"金立吾用手敲了敲自己所爱惜的烟枪，"住两个月，你就学会了，不怕你骨头硬。"

"为什么？"

"苦恼。"

"你也苦恼么？"

"我是过来的人了，孩子都有了。"

于是吴占奎望见金立吾眼睛里闪出金磷似的光了，那是烟枪反射的作用。这一刻工夫，金立吾沉默而聚精会神地注意着烟泡的成色，边用熟练的手法捻转着。而吴占奎却记不起他的一时前的面目了。这时对方的宽额似乎闪出了另一种阴郁的样子，那对吴占奎完全是陌生的。直到金立吾说话的声音和烟雾从嘴唇间一齐吐出来的时候，才把吴占奎的注意力移到听觉上。金立吾在感叹似的说着自己结婚后的心理变态。现在他决定把自己的一部分青春赌在未来的事业上了，他悔恨过去没有远见能想到这一点，而新生的孩子，才提醒了他。

"我知道什么是家庭了，并且家庭的基础也需要我来稳固。老头子可从来不这样想。我曾经提过好几回，把东洼子的地押出去，开买卖。合兴公司的股子，也抽出来凑上。占奎，珲春有份好生意，管保发财，那就是酒馆，当然说的是啤酒，你没注意，开来的日本军队是多么能喝。听说王老烧今年得赚这个数。"金立吾一手挑着第三个烟泡，一手展开五个指头晃了晃，"可是我们要弄得比他们出色，第一样少不了的，是日本酿造手，再就是缺不了的味之素——女招待……"

吴占奎并没感觉到兴趣，他觉得该走了，但给金立吾顿坐起来的神气吸住了。那样子似乎有机密的话，必须自己挨近才能有权力听到，可是吴占奎并不那样依从，虽然脑里是明明白白的。

"占奎。"金立吾喷出口烟说，"怎么样，我们来合伙开制酒厂。我告诉你，想找事做的念头，趁早打消。你看刘尖嘴子多神气，他是和三浦打伙干豆子行起家的……你怎样？要走么？"

"嗳。"吴占奎直起身子来。

"一块儿走，我也要出去。"金立吾转脸朝老婆望了望，"端到那儿，道理都不懂。"

吴占奎没有注意到，眼前有盘橘子出现了。金立吾塞给他一把，他接到手又放在炕上，眼睛在壁墙那幅"回銮诏书"的挂轴上，凝视着，可是那究竟是什么，他都没看见，更可说连想都没想。

"你有什么心事么？"金立吾说，"不要看它，我和你说正经话，你不干，能想法替我取几百块现钱么？——我是等钱用。"

"我今天看见李汉臣了。李汉臣你知道么？"

"别提他吧，自己打自己耳光，当初我们劝他，还有陆洪达也在场，希望他和父亲的关系，还凑合着维持下去，他不听……怎么的，你不高兴叫我说话么？"

"我要病。"吴占奎用只能自己听到的声音说。李汉臣的事情他完全忘光了，不知金立吾在说些什么。几次想问雅亭那女人，然而要说时，这影子又溜走了。现在他还追索："——脑筋真糟糕！到底我想说什么？"而金立吾对他出神的眼色，他一点也没发觉，就那样走了，连"再见"都没说，或许他完全没想到身子是在什么场合。

"你不好大步走么？有特务密查跟你。"在门口，吴占奎听到这声音。

"什么？"他问。

"就是我在街上碰到你的辰光，不是你背后有个戴眼镜的么？他就是特务密查……好了，再见。"

吴占奎边走边尽自想着，究竟自己有什么值得追踪的，他没有智力来解答，然而又不肯不深一层追究，于是疑团越来越凝结了、混乱了……接着他又失去了这思索线。记忆力像迷失在深茂草丛里的雨蛙似的，始终爬不到岸边——池塘。随之也就失去了主宰力，于是他的脸色又有苍白的影子闪露了。脑子似乎蒸发起云雾，而且这云雾缭绕成一团。他感到过分劳动后所有的那种疲乏，并且身子越来越沉重了。他极想随便地倒下来困一会儿。他知道自己这时用手扶着什么停顿下来了，也知道用手扶着那东西，是为了支持自己的身子不至于跌倒下去。不久之后，吴占奎扶着墙壁抹转身子了。他在想："——我要到哪里去？回去睡一会儿再说。"他摸索到门环，用力敲了敲，因为推门的力量，他似乎也失掉了。

"谁呀！"

"我。"

"他叔叔，你忘了什么么？"

现在吴占奎完全清醒了，在金立吾老婆问自己"要进屋去不"的时候，吴占奎摇了摇头，并且望见了金立吾老婆在门空现出来的两只吃惊的大眼睛。吴占奎迅速地转回身，超乎平常那样第三次在这条胡同上伸动脚步了，可是周遭的景况，还是他第一次注意到。他发觉附近找不出一丝是自己幼年时期所熟习的。他认为左手该是一条矮矮的土墙，但现在眼前的却是一片高砌红砖的楼壁，上空还有拔过墙的一小节朝天杨，另外半道矮墙的位置，则变成纯日本式的炭木黑板幛子了。贴胡同口的右手，是新修造的两层西式洋楼，原先，那是磨坊主儿住的朝阳草屋，并且门口经常拴着一匹老毛驴子，这是吴占奎最熟习的。即使有时没有毛驴子，粪堆可总存留在这条道旁的。他这时听到碾米机嘟嘟响了，顺声望去，两层楼角，有青烟一朵朵冒着。吴占奎怀着一种又感慨又新奇的心情，走到后街口。这里对他更加陌生，在麇集的朝鲜住屋左近，找不到一小块空场，更哪里有坟墓间的绵羊群呢！直越过去，终于吴占奎望见那条阔别了很久岁月的红旗河了，仅仅它本身是没有变化，像为着观望人间而倔强地存在着似的。这时吴占奎的胸襟，荡漾起少有的亲切感。他用第一次凝视乌嘴的眼色，让河身在自己视觉里多温暖一会儿。

然后，又疑疑思思地顺着河沿走下去。一时前的迷离混沌的神情，完全失去了，以致吴占奎忘记了他曾有过那种感觉。

"到河南沿去做啥？你不回家么？"吴玉芳在桥的另一头喊。

吴占奎抬起低了许久而不觉乏的脑袋，朝河北沿咧嘴笑了笑，因为他没听清楚她在说什么，同时在想——那天空是多么高大辽阔呀！

四

玉芳碰到吴占奎的时候，是刚从国防妇女会出来，因为她没有碰到松本指挥官。现在她预备到学校去了。

她的全身打扮得像逢到节日或赴喜宴去似的，穿着剪裁时兴的新大衣，下身是超等高丽绸做的轻飘的裙子。那肉色的人造丝袜，显得两只小腿肚非常结实。还有大连皮的高跟鞋，那上有闪着光的镀银纽扣。她迅速地走着，健美的步子敲打着商店前的水门汀得得响着。宽阔的砂石街路，半明半暗，阳光把高矗的建筑物的线影，描画到街心。吴玉芳能够极清楚地望见，阳光下走着的农校学生，他们都集群结伙地议论着什么，男生一律穿着协和服，女生则是一色颈后飘着大方领的黑纱衣裙，这是最流行的东京式的无袖的装束。两只胳膊，隐在衬衣的白的短袖里。玉芳小姐没有和她们招呼，一直拐入铺满阳光的宽胡同，迎头是一个二等日本兵，他那肥胖的身躯，贴着墙，背着脸，站在那儿。另一个有满腮黑须的，等着他的伙伴，一边解开衣扣、畅开怀，一边说什么。玉芳小姐轻轻从他的背后走过去。在学校门口，她又遇见一个矮身巴骨的日本兵走出来，她很快地预料到学校是驻扎军队了，可是街上明明有些学生出来吧？她想——也许搬了校舍。然而她没有退回来，仍旧朝池月芙子主事[1]的寝室走去，绕过一连七间的空虚教室。

---

[1] 主事：学校除校长由"满"人担任外，设主事一人，由日人任之，握有全校主权。

"日安，池月样。"玉芳两掌贴着膝盖，深深弯了下腰。

"噢！吴样[1]'新京'回来多久了？"池月主事在席上双腿叠臀，像虫似的躬躬身子。

她们之间，开始有礼貌地酬对了。在玉芳小姐脱掉鞋，迈上细致的台湾席上之后，又诉说了一遍火车上发生的火灾了。为了把自己的不平凡遭遇表示得更有趣一点，她有声有色渲染着当时这样的混乱，并夸大了那危险性。池月偶尔紧张着脸静听，偶尔止不住嬉笑起来，不久就又静听了。

这时屋外传来淆杂的吵闹声，混合着稍远的马匹的嘶鸣，尤其是马蹄刨蹴着石质东西的声音，特别响亮。谁高声咒叫着："你这蠢渔夫……我的喂马豆，都给我炒焦了。醉鬼。"

"还有马队么？池月样。"玉芳尖着耳朵，眼睛并不望池月主事，那马匹的低嘶，像从办公室后的体育场那儿发出来的。

"教室东边的空场，也变成马厩了。这是中村骑兵队。"

"主事，你拿你的眼光估计，日露真有战争发生的可能性么？"

"为什么没有？"偶然池月主事说了句"满"语，然后又用日语说，"而且最近就有可能，大日本帝国需要敲敲露西亚的高鼻梁了。我们不要谈这些吧！"

池月主事站起来，把七月号的《妇女俱乐部》顺手放入窗边的书柜里："我们到城外运动场去，学生都集合在那里。"

"又欢迎过境的军队么？"玉芳望着池月主事的两脚。那光润显眼的丝袜，连脚趾轮廓都清清楚楚地显露出来了。

"说不定，郎校长也在那里。"

"主事，你的丝袜是在这里买的么？"

"不是，从大阪邮来的，朋友邮给我的。"

---

[1] 样：日语，先生。

于是两人，一前一后，下了台阶，这才穿鞋走出来。院落里几个年轻的日本马夫，在挑喂马的草料。在第三教室窗口突然飞来一个有力的啤酒瓶，显然是醉鬼们和马夫的胡调，啤酒瓶跌在池月主事的脚后，爆裂开了。

"对不起。"窗户里爆发的哄笑夹着这句话，落在池月主事的身后了。

"他们看见你这'满洲'姑娘很高兴，不是么？"

"不要卖弄舌片子，这些兵士一定才入伍。"

"不知道，可是松本指挥官，找你两趟了，你们遇见过了么？"

"没有，派仆人来的么？"

"当然是亲自出马。"池月主事的眼睛深深地向玉芳小姐瞥了下。

"别的不好，'满'语你可学得进步了。"

于是她俩静默着了，谁也不再说话，尽自肩靠肩走着，像是彼此各自怀着心事似的。玉芳小姐嗅到城外飘送来的七月的草香了。路侧一亩高粱丛，欣欣地舒展开阔长的叶子。铺沙的马车路，沿顺着两边的谷地和豆子垄沟，直伸入远方的旷场，一种少有的兴致，在玉芳小姐的脸上，泛出喜气洋溢的光辉。像骄阳下抖着羽毛的百灵鸟似的，她挥动着一臂，撕摸着路柳的枝条，这时忘了自己，也似乎忘了身边的池月主事，突然她望见朝自己走来的父亲了。她不知道吴大鹏是在寻找她，还是有另外的事，而经过这条路的。她迎过去，等着父亲朝自己吩咐。

"你到哪去？穿了谁的衣裳？"吴大鹏问。

"借的。参加……"

吴大鹏没听清楚下面的话，已经走过她们的身边了。他本预备申斥她几句："为什么自己衣裳不穿，借人家的呢？"然而他顾忌到自己女儿的身份，他不想在她的同事跟前，给她羞辱。

贴着城墙边，吴大鹏走到豆子市。

这里除了两辆牛车外,没有什么货色,连他日常所碰到的几个同是买户的敌手,一个都没有露面。朝鲜农夫的裹头巾,在他眼前出现了,那汉子正提着一桶水,走到牛车前,用嘴打着命令牛喝水的口哨。

"从哪拉来的?"吴大鹏用高丽话问。

"W镇。"朝鲜农夫蹲着说。

"就这一车么?"用探筒敲敲麻袋之后,吴大鹏蹲下来。

"很多,有五六十担……都逃难呀!还有玉蜀黍。"朝鲜农夫轻轻摸着黄牛的耳朵。

背后,有大轮牛车赶来了,车轴老远就吱吱响。吴大鹏回脸望着,大轮车上装满锅、木柜、高丽柜子、淘米盆、吃粮麻袋等等零乱家伙。坐在上面的朝鲜女人,花毯蒙着上半身,看不出包掩在里面的脸色。合兴油坊的外柜老董,一个红眼圈、小鼻子的小伙子,从车后跑过来。

"吴财东,W镇进来一大批豆子,大公、鸿记都迎到二棵柳去了。"

"他们买妥了么?"吴大鹏迅速地站起来。

"没买妥,正递价呢!"

吴大鹏跟着老董,越过空旷周遭极其喧嚷的饭馆,左近是宽阔无涯的山坡了。老远就望见车队的连串隐约的影子,尘土飞扬有丈把高,雾沉沉地罩在上面。

"一定让鸿记收去了。"

"他们都是逃难的,听说W镇住了五六百国境监视队,都是些老毛子和高丽棒子,喝醉酒就闹得男女不安——"

"大公家是让尖嘴子来的么?——那么买不成也抬高价钱了。"吴大鹏朝远处望着,肯定地说。

斜岔公路上,横飞过两匹马,一个胖得麻袋似的日本军官躬在马背上,一耸一耸地消溶在尘土里了。

尖嘴子已从领车前掀起前衫襟走过来。

"吴财东!这批豆子拿起价来了。"

"你们给到什么价了？"

"起初鸿记给四十九，后来三弄两弄加成零这个数了。"尖嘴子伸手在吴大鹏袖筒里做着暗码。

"成交了没有？抬得太高了。"望着尖嘴子抓起瓜皮帽，那热气就从他发间不止地飘腾。吴大鹏想："力气可卖得不小。"尖嘴子想要揩汗了，把手帕里包的大豆样抖落在右掌上，然后又递给吴大鹏。

"你先看看成色。"

吴大鹏抓一把送到眼前，成色满好，又极匀净："倒可以，不过价太高了。"

"吴财东，咱们这样办。"尖嘴子擦擦脸说，"商量着递价，反正这批东西非从鸿记洋行手里夺回来不可。"

吴大鹏点点头没说什么。牛车队已来到眼前了。领车旁，披花毯子的朝鲜女人，赤脚顶着一口锅走来，吴大鹏斜身让她闪过去。她背后一个长脸车夫，扬着牛鞭，在赶牛车。吴大鹏转身和他并肩走着问："豆子什么价肯出手？"

"到豆子市再讲，我也摸不着行市。"

吴大鹏挪到车尾，在从稻草空间露出的麻袋肚上，插入探筒。车夫立即转回身高喊着：

"麻袋都给你们的探筒戳碎了，不要再探了。"

"不要紧，伙计。"

"不可以，不可以。"车夫撒开牛缰让牛车自管走去。

"看一看，怕什么！"吴大鹏还在朝里探。

"你要试试我的力气么？"

"老崔盖，你发什么脾气，你的牛要跑到垄沟里打滚了。"尖嘴子跟住车轮子，用熟练的高丽话说。

"打鱼还怕大鱼撞坏网么？"吴大鹏抽出探筒，一擎手探筒吐出豆子，积满了一手掌。吴大鹏再用空探筒扒弄了一下，找不出碎粒或砂砾，后来又塞到口里两粒，咬了咬，挺结实。

"老董拿纸包包。"

吴大鹏站住，让领车驶过去，接连的是牛车，那是匹肚皮有花纹的母牛。吴大鹏绕到车尾向前望望，隔了麻袋垛的另一画，泛出一个红鼻子的脸，眼睛正朝自己盯着。于是吴大鹏装作漠不关心的样子，袖了探筒，小步走着。

"吴财东来晚一步。"鸿记洋行的外掌柜李骏发从他身后赶过来。他光着头、圆脸、凸肚，一只金边门牙，从他那咧着的嘴唇间露出来。

"妥了么？"吴大鹏的两眼并不望李骏发，在那花牛车尾又插入探筒，手就离开了豆袋。

"八成妥——听说少财东回来了，老大哥得杀喜猪呢！"

"在大狱里得病了，疑疑魔魔的，要不，我早叫他看看你了。"

"不是因为日俄情势紧张，赦出他来，再抽他当兵么？"李骏发低声问。

"谁知道，我也懒得问他。"吴大鹏默默抽出了探筒。

现在吴大鹏像看完牲口的屠户在估计出肉分量似的，哑默悄静地合算着该出的豆价。当他合计好，就追上尖嘴子。这时候，平空突然高拔起来警报的鸣笛。

豆市口的人群混乱了。喧叫声爆响着。有的顺街跑开去，吴大鹏冲出车队，紧拉住尖嘴子的手。

"这一定又是防空演习，我问你，豆价要拿住，不要再朝高里放了。"

刘尖嘴子没说话，一个"满洲"警察响了警笛，从他俩之间撞过去。

"八成是俄罗斯飞机。"刘尖嘴子说，"吴财东，我们还是到福兴馆去避避吧！"

福兴馆是坐落在豆市口的回教馆，一连三间门面，贴门是肉床，上面摆着一只新鲜的肥牛腿，对面烧卖笼的砖灶间，喷放着热腾腾的蒸气。围着包头巾的朝鲜领车，正蹲在老婆裙边，两掌捧着惨白的脸喘吁。老董从他身边跑过来，似乎有话说，等到看见吴大鹏在和朝鲜领车低声倾谈，就悄悄站在一旁不响了。

"老崔盖。"吴大鹏抓起那汉子一只手，"这个价，给我送去。"

"露西亚飞机来了么？"

"那谁敢说，炸弹下来，你连豆粒都捡不及。"

"吴财东我们得拼到一堆儿递价。"刘尖嘴子一刻不放松眼前的影子，这时他没有靠近吴大鹏和那朝鲜汉子的身边，距离尺多远，把手扶着肉床说，"二一添作五，反正我也不往上抬价。"

"进来，慢慢商量，老崔盖——进来，坐坐。"

街上有人高声嚷着："防空演习呀，怕啥！"空气立刻松弛了，吴大鹏发觉老崔盖的眼睛，重新洋溢起光辉来。

阳光像地毯似的，在豆市场卷放开一片金光色。马蝇贴着牛群肚皮，嗡嗡地鸣叫。公牛们兴致勃勃地闪着蛋大的眼，有的更拉长喉带掀起阔嘴鸣叫不绝。噪杂的人声，在其间起伏。吴大鹏眼望着刘尖嘴子消逝入豆车群里了。

"老董递到四九八的数，你出头买进，我找鸿记去商量商量。"吴大鹏两手分拨着人群，挤到圆脸凸肚的汉子跟前了。后者正小声说着什么，肩膀靠紧领车车夫，周遭的短柄牛鞭，像蛇似的在人群腿骨间抖跳着。

"我们这样办——老大哥你过来。"吴大鹏拉过鸿记外掌柜，走到朝鲜车夫们背后有母牛车的宽夹道，小声说，"我们该拿拿了，反正大公也嫌贵，讲下去，一巴掌的数，他们也许不肯出手。要买呢，反正'三一三十一'，外手当然不准他们插进来。"

毛色光泽的小牛犊，像兔子样纵着四个蹄子，跳到吴大鹏身侧，翘嘴撕嚼起车上的麻袋来了。

"你说是不是，——去。"吴大鹏挥吓跑小牛犊接着说，

"三一三十一。"

"好的,不过一句话算数。"

"那自然。"

人群又汹涌地散开来,像爆炸物扬起的尘屑,向市场四围飞跑。牛犊可兴致淋漓地在吴大鹏眼前纵东跳西的。杂乱的牛车空隙间,现出"满洲"警察的黑帽子,那家伙在和一个光头汉子撕扯,并且高声吵闹着。于是吴大鹏绕着车走过去,还没到他们跟前,望见那光头汉子的一双眼睛,吴大鹏就立刻证实了他的猜疑没有错。

"你在这场儿做啥?妈的,还不给我滚开。"吴大鹏老远就开口骂了。可是吴占奎像等待角斗的公牛一样,叉腰直立着身子,并不动。吴大鹏知道这话没显出效能,就走到警察跟前去。

吴占奎望着警察朝自己翻翻眼皮,有力地歪着脖颈走开去了,听不清楚那张嘴说的是什么。

"你还站在这做啥?"吴大鹏望见儿子,"你不知道,还没解除警报么?"

吴占奎现在纳罕父亲的出现了,并且不知道自己刚才是在做什么着,像铁屑遇到磁石似的,也被父亲引到福兴馆里去了。

解除警报的汽笛,震耳地叫起来,吴大鹏撇掉吴占奎一斜身挤到豆市场。提鞭的车夫从四边涌来,嘈杂声喧天地响,有人使劲挥着鞭哨,朝车队间跑。因为牛犊已经撕裂开某辆车上的麻袋,大豆像瀑布般流着。

"吴财东,妥了。"

"不是大公放平了么?"

"这个数——老崔盖,往吴家大院拉。"老董扬了扬臂,一手做了个码子。

"拉到合兴油坊去。"吴大鹏欣然地说。

"吴财东,你收去了么?"刘尖嘴子追上来问。

"不是，合兴收的，放的价也不便宜。"

车群有次序地头尾相接着动起来，拉成一长串。有的车轴吱吱响，吴大鹏找着给牛犊撕开麻袋的那辆车，撕起把稻草把漏洞儿堵塞了。

五

正如读者们所知道的，吴占奎是一个在北平读书的知识分子。一九三一年春天就和中国北方那些高级中学毕业的学生一样，怀着一颗热烈的求知心以及对大都市生活的欲望，来到北平。他考取了北京大学的法学院，不管是必修课、选修课，他都是按时按班挟着讲义夹子走进课堂去，从来不迟到，更不要说旷课了。若是有校外学者来讲学，他也是照例坐在前两排的地位上，不声不响，摘录着他所要记的笔记。相反，他对课外的活动，从来不参加，而且也不注意。有一次，他在学生会的布告牌前，站立了五分钟，看完那上面征求同学参加青龙桥游览团的布告，已经使某些同学惊奇了，自然，这年的"九一八"事变，也没有在他脑子里夺得多大的位置，正如当时那些当权名贵所号召的："学生的职责是读书，你们吵着、闹着、罢课、请愿，就能救国么？"他是道地的奉行者，这也不是有心遵从那些当权名贵的意旨，而是他本身的习性使然。他没有什么相投的同窗，然而每天埋头在法学的书籍和讲义上，却也不觉得寂寞。若是说他有什么课外的娱乐的话，唯一的场所，就是哈尔飞京戏院子了。那时候荀慧生、郝寿臣等名伶，都时在这里挂牌。而吴占奎是独来独往，并且每次全是买座位在阴暗角落里的低价票，散场了，就叹一口气，这就是表达他内心的赞美和愉快的感情了，回到公寓，依然还读两小时英文版的国际法，从这里又可知道他是怎样平静。

完全像是一个森林里的猛虎的姿态一样，当它吃饱了的时候，舐舐自己的嘴唇，低俯着头颅，那眼睛就分外温顺，仿佛只有一个找地方困觉的想头了。吴占奎的日子，就是这样地度过的，眼睛就是这样温顺，在人丛间——不管是同窗们的集群，还是哈尔飞京戏院的观众们当中，他就是这样，如同饱餍的猛虎穿越森林一样穿越过去。不管同窗们的眼睛是怎样地向他露着歧视（那一瞬间，都会为他走过的影子而抬起脸来），但可以看出他的孤独和自负，给予同窗们的印象不是可轻视的，而是面对一个有力的敌人那样严肃，本来嬉笑着的，就减低了这种可能更轻狂的成分，为了避免加重吴占奎对自己的蔑视，而且脸色虽然严肃了，但只要吴占奎点点头，就又准备着笑意去接受他的注意的。自然另一部分做着课外政治活动的进步分子们，对于吴占奎是如同一列司空见惯的路树看待的。彼此走过，却从来不打招呼，仿佛陌生人对陌生人。

这年冬天，吴占奎要回到关外的故乡来度假期。由于书籍和笔记全部封在旅行箱里，一年来他第一次感到胸襟的轻快，第一次望见冬季天空下的一望无际的雪野，沿途那些埋在雪堆里的丛草，那些顶尖露出寸把高的草枝，那些在雪上低飞着的寒雀……想着时光的交替，想着离家一年的异乡作客的日子，想着故乡里的幼年小友，恐怕都变化了，随着年月变化了。自己呢，该怎样用功，才不辜负这宝贵的青春呀！

在天津住了一天，当夜因为办理"入国证"的手续，吴占奎才开始注意到东三省事变对他自己的影响。简直是一道长城分作两个国家的组织呢！虽然偶尔从过目的报纸上，吴占奎也知道溥仪的"回銮大典"，然而那究竟是文字上的东西，等待亲手从大东公司领到印有"满洲国"字样的"入国证"就惊讶了。唯有在书本上读到火车两字而一旦目睹火车的行列并且置身在火车的车厢里，才会有这种惊讶的感觉。

第二天"青岛丸"起程。在无边无际的渤海湾，航行一夜，天傍亮，到达大连了。

吴占奎是愉快的，有谁在航海的邮船上第一眼望见和自己家乡同属一块土的陆地而不愉快呢？就在他站立甲板上，瞭望着渐移近来的大连码头而神往的那时候,他突然听见有人问他:"喂!有'入国证'么?"

他望见身旁一个体面的公务人员,戴着时式的呢帽,穿着灰色的有方格的西装,仿佛一个富有的绅士,神色是那么匆忙,把"入国证"一接到手,就夹在手指间那一叠卡片里去,同时询问着另一个大学生式的青年。那是说蓝色长袍的肩襟上挂着自来水钢笔,脚下一双闪光的皮鞋,给西式裤的裤腿掩盖着鞋口,外加一件竖立着领子的外套,这是北平当时最流行的大学生的冬装。自然吴占奎的穿戴也不例外。

现在就走过去问:"先生!怎么的?"

"等会子再说啦!"那体面的公务人员回答,也不望一眼询问者,尽自走到另外一个鼻梁架着金边眼镜的青年面前去:"你的呢?"

那时候,吴占奎望见前一个给那公务人员收去"入国证"的大学生型的青年的眼睛,向自己同样现着惊疑不安的神情,只这视线交触的一瞬间,他们仿佛全了解,被收去"入国证"的不只是自己一个人,于是重新安定了。谁也不再向谁的眼睛里探讨这事情的真相,更不要说互相询问了。这是一般受过北平那古老文化都市的高等教养的青年的一种特殊心理,尤其是在一个盛会上,哪怕是两个识面的同学,只要没有交换过一句话,他们就会用互相没有注意的严肃眼神,擦肩走过去。完全是由于青春的高傲呀!仿佛谁要是露出观望对方的脸色,谁就降低了身份,往往被观望的人即使也有心窥探一下对方是否注意到自己,但一感到(那又是多么微妙的感觉呀!)对方观望自己,也确乎会两手插入衣袋里,跨着鹅步,故意给对方摆出高贵的神圣不可侵犯的姿态,像孔雀开屏一样走过去。

吴占奎既不去探询,那大学生装束的青年也不来探询。他们并肩站在船栏前,向逐渐移近的大连码头注望着。当那大学生装束的青年回过脸去的时候,吴占奎也回过脸来,他看见鼻梁架着金边眼镜的青年和那公务员辩解着:"为什么你收去呢?"那公务员完全是一个聋汉似的,退后两步站在船桅下,左顾右盼,显然继续寻找他所要注意的旅客。

"请问你,先生!"那个架眼镜的青年又进前两步说,"你收去我的'入国证',我是不是还能下船呢?"

现在那公务员又向另一个对象身前匆匆走去了,完全没有望见立在他身前的问询者一样。

吴占奎在观望当中,注意了一下身边那个大学生装束的青年的胸脯,他的大衣领下掩盖着南开大学的校徽。这时,他望了望吴占奎,仿佛从吴占奎脸上没有得到什么,就一个箭步跳到那架有金边眼镜的青年背后,显然他要说什么,但是那架有金边眼镜的青年,走得那么匆促,差不多是追逐着那公务员的脚步。因之,他停下来,这次他又向吴占奎注望了。

"他是干什么的?把我们的'入国证'收去了?"吴占奎就用眼睛问。

"是呀!"那南开大学的学生用眼睛这样说,随后又追上去。那时体面绅士一般的公务员,在二等舱的高层梯口站住了,架有金边眼镜的青年就站在距离梯口两格的梯板上,垂着手声辩什么。吴占奎就走到梯脚下,许多旅客都聚集在梯脚下,向上仰望着。那许多旅客全是初离乡土的农民,有的来自山东,有的来自河北,他们是抛弃了土地,到关外去谋生的,自然他们穿戴得挺褴褛,没有人注意他们,而他们是注意着每个形色触目的旅客的。

"等会子下船再给你。"那公务员说,"这就靠码头了,你们没有'入国证'的在船上等着吧!着什么急,不会扣留你们的!"

就这样,他在二等舱的甲板上消逝了,就这样,吴占奎和那些失去"入国证"的知识分子被留在船上。听着他们之间低声的议论,望着逐渐靠近船侧的水门汀码头,以及那些麇集的挑夫、码头外的有铁栅栏的大门、船坞旁的高厦、站立在船搭板一端的持枪的日本哨兵——望着那些褴褛的旅客们蛇形地经过日本哨兵的胸前,而且两手捧着

"入国证",任凭日本哨兵验对相片和自己的脸型——一个一个走过去了,向高厦的宽广的楼梯口蜿蜒上去,一直伸展到面海的走廊上,队形又隐没了,仿佛走下了另一个楼梯。

伫立在船上的一共十二个。全是青年,全是学生的装束。

"他是不是要把咱们原船载回天津去呢?"吴占奎向那个南开大学的学生问了。

"不会。"他说,"一定是把咱们带到什么地方去盘问。"

于是另外那些低声议论的学生们,也凑近来谛听。有谁说:"那个家伙来了!"吴占奎望见面海走廊上,出现了那个体面绅士型的公务人员。他急匆匆走来,谁也不知道他是乘验关的小电舶早先下岸的呢,还是经过船搭板时,他们没有看见。总之全很惊奇,全注视着他,注视着他走下那高厦的楼梯,注视着他走上货堆散布的水门汀码头,注视着他走近搭板的气色。只见他和那日本哨兵低声说句什么,就向船上扬手:"没有'入国证'的全下来,带着自己的东西,跟我来!"

吴占奎一手提着皮箱,一手挟着行囊,自然也顾不得体面,没法雇挑夫了。

"到什么地方去?"有人问。

"跟着我走好了。"

就这样,吴占奎走进了高厦的背海的阔门,望见前面的临街的大门和持枪的日本哨岗。直到第二天他才知道这高厦就是日本的特务机关。当时吴占奎随着队形,走上室内楼梯,而且在一个挂着"高等侦查系"木牌的房门外给那公务人员分散开来,吴占奎被驱入单独的一间办公室。

经过五小时的审问,那个中国通译官已经记录了一叠足以作吴占奎半生史的材料,于是用刺钉穿在一起说:"你知道,我是认识你的。我也在北大法学院读过书,我有一次在'反满抗日'的小组会上碰见过你,你就不用说废话。是我说呢还是你说呢?别在我跟前装傻了。

我知道,我通通知道,你不是叫吴占奎么?你不是间岛人么?什么我还不明白。在北京你有个同乡叫……在这里,在这里,你看,这里都是你们间岛在北京留学的名册,什么也瞒不了我……是,是穆世武,穆世武你认识么?他是不是抗日分子?郎一达呢?你怎么能说你不知道呀!你们都是间岛同乡,你怎么会说不知道呀!这话不说得太含糊一点么?怪不得,我还忘了,你是学法官的哪!法官自然是最懂犯人怎么辩白了,撒谎也会撒得周密一点。是不是?我不问你,我问郎一达。郎一达是不是个'抗日排满'的分子?那么他在朝阳学院就从来没出席过你们的小组会议么?那么你说在间岛的同乡里边,谁是最激烈的呢?穆世武这个人怎么样?他今年暑假就回来了,你自然半年来没看见他。这话我相信,不过你太聪明了,故装惊讶,表示你确实和他少来往,确实不知道他暑假就回来了。是不是?不要装糊涂!你看你填的表,对'满洲国'没有什么感想,一点也没有么?对共产党没有感想?对国民党也是空白!对日德义一体化又是空白,你光隐蔽不行呀!我知道,你的活动,我通通都知道!你是不是常到东城去活动?一礼拜去一趟,你看,怎么样,我知道么?你什么是到图书馆去!不要扯白话!我再问你,郎一达在东北中山中学兼课么?他都教些什么呢?那么他都和什么人接近呢?你说吧!你说你最熟悉的间岛同乡是谁?你知道最清楚的是谁?没有么?真的没有么?穆世武回来没有和你通信么?他到哈尔滨以后呢?"最后,他用手指节在吴占奎前额敲了一下,从办公桌子上跳下来了。

吴占奎的脸色,由于那一敲的轻蔑和侮辱,完全灰败起来。那通译官说话时,常常用手绢握着鼻子大声哼嗤两声,一会子又掀起案上的宗卷,一会子又在安乐椅旁旋转着,一会子又叠膝坐在窗台上,他是那么骄傲自得,愉快地玩弄着听他摆布的被审者。

现在他按着呼唤铃,后门立刻走进两个持枪的日本兵,那中国通译官向他们扬扬下颏,意思是"带去",又弹弹西装领子上的灰尘,重新坐到安乐椅上,并且用日语召唤一声,递给那个退转来的日本兵一件公文。

这以后吴占奎转解到近渤海的大连市第一监狱。第一年还提审过三次,第二年就全无提审的消息了,并且两腿加上刑具,迁移到后院一座两间囚屋的泥壁房子里去。

五年过去,吴占奎又衰老又憔悴,但已养成默坐冥想的习惯,眼睛里所现出来的感情,是极大的平静,甚至于可以说是空虚,不再有学术上的欲望,也失去了青春的孤傲。仿佛他对世界上没有一点儿希求,只是注意着小窗口的亮光,看看是不是好发囚粮了,听着隔壁的脚步声,听听是不是有新的囚犯关进来,还是有的老囚犯得到提审的幸福。偶尔有燕子闪过,他知道是春天了,然而春天又离得他那么遥远;偶尔院心出现一片落叶,他感到秋天了,然而秋天又是那么渺茫。

当吴玉芳在他前面出现时,他还是神志清楚的,而且对那居处五年的泥屋、小窗、狭院,以及甬道上铺的石块感到这样的亲切,竟吃惊他会有离开它们的这一天了。

吴玉芳小姐本来是抱着一见就欢喜淋漓告诉他一切。五年来家庭的变迁,她自己的职业,以及关心他的亲族。尤其是幻想吴占奎一见她,就会跳跃起来欢呼:——她是这样高大,而且漂亮了;或是抱着她痛哭一回。但是完全出乎她意料之外的:他是那么平静,而且衰老。当时她的眼睛是多吃惊呀!而且一句话也说不出来。

"大赦了!'陛下'大赦了!——我是玉芳呀!大哥!"她啜嚅地说,声音是那么低。

等到吴占奎的眼睛里出现了广阔的马路、人群、牲口、车辆,绿的树,亮的电灯,以及火红的夕阳和海边的暮霭,他完全晕眩了。

六

吴大鹏当时回来找吴占奎的时候，吴占奎老早已经离开豆子市了。他自己也不知道是向什么地方走，豆子市那些麇集的车辆和乱哄哄的人群给他的印象是那么纷乱，她疑问着，人们为什么像夏季苍蝇那样起哄呢？抖动着它们的闪光的小薄翅子，赶着凑热闹，他们真的有对于生活的愉快感么？嗡嗡飞到东，嗡嗡飞到西，它们究竟有着什么目的呢！而且他的父亲也是其中之一，从前他是那样的尊重他，仿佛父亲的生命价值是极高的，岂知现在他竟在豆子市场，忙碌地东奔西走！他的全部的生活意义就建筑在这上面么？

吴占奎是这样的疲乏，全没有想他自身是在什么地方，就停下来，借着行人板的高阶坐下来了，像是坐在河岸上把脚伸在水流里一样，把脚伸到行人板下的街道上。他望见一双穿胶鞋的腿，从他眼前闪过去，接着是旋转着奔驰的自行车轮子，那脚踏上的白裤腿膨胀着，除了高丽人自然不穿这种灯笼裤子的。一会子又是一双羊毛高腿靴的旁边出现了一对棉布鞋，黑的裤腿还扎着白腿带子。吴占奎当时想，它们怎么不移动呢？立刻是稠密的脚掌了。其间还夹有日本的木底拖鞋和壮实的农民穿的靰鞡，而且全移动着，有的翻着脚尖，有的向前边腿丛间穿插。最前一排脚尖，划成马蹄形，坚定不动。吴占奎想："他们是干什么呢？都站在这里，许是发生了什么事情吗？"那时候，他望见左鬓有一个红脸颊向他窥望，他的头上戴着黑毡帽，是属于扎白腿带那双腿的人，显然他是弯俯着腰，正像站立者要看清楚坐在脚下的人的面目那样俯着腰。吴占奎就抬起脸，原来有两三个前额抵触着膝盖的人窥望他，而且这瞬间全躲闪开了，仿佛他是一个可怕的刚从睡眠中醒来的野兽似的。吴占奎望着那些环绕着他的人们，想着："他们为什么用那样吃惊的眼睛望着我呀！而且有的眼光还露出怜悯的神气来。"那时，人丛向后倒退着，一如他猛力跳到他们脸前撕嚼他们一样。他们彼此用眼睛传递着警戒的意思,他们的嘴唇都在迅速地拨动着。直到这时,吴占奎才听见他的周围,响着嗡鸣的语言,只能断断续续摄取到"是谁家的""你看,他知道""他爸爸呢""什么病"等等字眼。

吴占奎一手撑着行人板屈膝将要站立的时候,那些环绕在他周围的人们,又一次倒退。同时有一种有力的声音从街中心传来,随着这声音,人丛之间裂开一道空隙,那声音就更清楚了:"看什么?一个疯子又有什么可看的!"吴占奎想:"这是指谁呢?谁是疯子呢?"他向前走了一步,那些围绕着他的人们,就向后退开一步。有一个戴着高等小学制帽的孩子,还伸展开两手,阻挡着两边的群众。就在这时,吴占奎的身前出现了一个中国警察。

"你在这里做什么?"

"你是问谁呀?"吴占奎说。

"没你的事!没你的事!"一个戴眼镜的壮实汉子走到吴占奎身边,抓住他的胳臂,向那警察说,"我知道他,你去吧!"

吴占奎向他的眼睛望了一望,立刻感到那一双眼睛的光辉是那么甜蜜、愉快。他依稀记得曾经见过一次,但是什么时候见过呢?他又记不清楚了。"是的!"他想,"那一副眼镜,我是遇见过的。"

"你向什么地方送我呢?"吴占奎问。

"你不想回去吗?"

"回到哪儿去?"

"回家呀!"

吴占奎这才突然明白,他是回到自己的家乡来了,但是从什么地方回来的,又一时记不起来。他现在一句话也不说了,就和那个戴眼镜的汉子并肩走着,而且给他挟着一只胳臂。

人群嗡鸣着,散落到吴占奎的身后去,有两个高等小学的学生还紧随着他,时时抢到他面前去探望他的眼睛。当他向其中一个微笑的时候，他俩都恐怖地跳开去，并且发着尖锐的狂欢声，仿佛没有受到这一笑的刺伤而欢叫一样。

街道上那些商店的玻璃窗的排列，全闪着光，另一边又全埋在阴影里。大街尽端的上空，染着一片淡黄的阳光，又似一团儿金黄色的尘雾。吴占奎也不知是早晨还是黄昏。

行人经过他身边，都用惊讶的眼光望他，他每遇到这种眼光，自己也就吃惊他们为什么那样惊讶。

在迎面走着的行人丛间，突然有一个人影溜开去，这引起吴占奎的注意。那人披着破烂的麻袋，头发蓬蓬，赤脚，拖着一双布鞋，下截腿肚是那么枯瘦地露在短裤外边。吴占奎立刻认识是李汉臣，就叫道："你跑到哪去？我看见你了，我看见你了！"

"你别喊呀！伙计！"

吴占奎向身侧望望，立刻就摆脱开他，他认识这个挽着他臂的汉子，是追踪他的日本特务。他想："为什么这家伙挽着我的手臂呢！"

"你怎么的了？"

"你要做什么呀？"

"我不是送你吗？"

"你要送我到哪儿去？"

"送到你家呀！"

"为什么要你送呢？"

"嗳——我们是朋友啊！"

"谁和你是朋友？为什么你老是抓我的手呢！你放开！放开不？"

吴占奎说话时，脸部的肌肉是不动丝毫的，仿佛一个死人的气色，只有那对空大的眼睛，表示着还是一个有生命的人，只有嘴唇里发出的声音，表达出他的意识还存在着，然而他的眼睛又是那么空大，不像一般人的眼睛，看起来那么充实，而且所发的声音，又是低弱得骇人。

那个戴眼镜的汉子的穿戴，现在才反映到吴占奎的眼睛里。他戴着黑呢帽子，穿着纯粹的中国装，那就是说，黑长衫套了一件黑马褂，而从袍襟下时时闪现出来的裤腿，是扎着白腿带子的。他的名字叫余士德，出身的门第不高，却是清朝的镶红旗的皇族，父亲的职业是丧仪班的头目，母亲倒是一个能说善谈的直心肠的妇人。而余士德从小是嗜赌的，日常很少在家住宿，一则憎恶母亲的唠叨，二则赌友们凑在一块，是不易舍离的。他父亲死的那夜，他还在一家暗门子里赌纸牌，并且知道了这个不幸的消息，还央告一位朋友代代手，声说回家转一趟就回来的。不久，他就娶了亲，正像年龄到达成人时期一样，他知道自己是要成家立业了，而且又加母亲的丧事，亏空一些债务，日子一天天惨淡下来，他就以牛马交易行的经纪人的姿态出现了。吴占奎在县立高等小学读书的时候，正是余士德在牲口市场忙碌得最幸福也最愉快的时期，不知怎样余士德突然失踪了，有人说在牲口市得罪了一个有名的马贩子，有人说他代人家卖一匹盗马贼的牲口犯了案子，总之他是失踪了，谁也不知道他的下落。他的老婆怀着孕，改嫁一个在当地警察局干差事的巡长，当时虽然有许多人替那巡长担心，可是他们俩的日子过得也挺平稳。"九一八"事变，余士德终于回来了，这是，人们已经对他的来踪去迹失去了兴趣，只知道他是日本宪兵队的特务。因为要他老婆的那个巡长也在那年携家投靠升迁哈尔滨第二区警佐的一个同僚那里去了。起初，人们视若无睹，后来可不同了，不知是从他那一口流利的日语上，还是因为他时常跨着日本宪兵队的自行车（那时他自然改了装，西服、白外套，俨然一个日本学校的英文教授），人们的态度全改变了，即使他还没有看见的，也老远脱帽打个招呼，仿佛得到他那微微一笑，是十二分荣幸似的；即使还只见过一面的人，碰到他，也总愉快地攀谈一会子，仿佛从前日常相处的老友在异地重逢似的。从那时起，余士德的眼睛总是笑眯眯的，哪怕他的嘴唇冰冷，然而那一双眼睛是热情的、愉快的，一直向你微笑着。他的交游一天天广阔起来，可是也并没有因为社会地位的提高，而对他的职务有稍微的忽视。当吴占奎回乡的第一天，他就在火车站上向他长久地注目了。当天晚上他又接到日本领事馆的秘密通知，说是大连市有一个思想嫌疑犯释放出来，据派遣的暗探报告，他确已回到他的家乡——珲春来，请这边的领事馆加以注意——不想，在余士德开始追踪的时候，就碰见金立吾，当时他还微笑着说，不知道是咱们自己的朋友，答应以后不会麻烦自己的朋友的，但是他并没有放弃他的职责，不过跟踪的距离远一些而已。初步的任务，他是要知道吴占奎所要接触的人物，以及他的日常的谈吐。

现在，他还是用那饱含愉快的眼睛，笑眯眯望着吴占奎，表示自己是极温善的，随时要对这青年的执拗发笑，正像一个慈祥的长者，对于孩子的天真的嗔怒发笑一样。"嗳——我看你是累了，别发躁，我送你回去，睡一觉吧！"他说。

吴占奎是激怒的，他的嘴唇惨白地抖着。谁在要摆脱一个自己所反感的人而摆脱不开，不激怒呢！而且那个人又嬉皮笑脸全不把他的激怒当回子事，仍要违背他的心意去做。而且余士德的微笑，又是那么明显，仿佛说："你知道我是干什么的就知道吧！我是没有权力不让你那样想的，可是我也必定要送你回去，这是我的好意。"

吴占奎背脊贴着路灯的柱子站在那儿，尽管他说什么也不动，预备要倚靠着路灯柱子过夜似的。等到行人又在这路灯柱子周围聚集了一圈儿的时候，吴占奎用眼睛巡视着他们，由于没有遇见使他灵魂苦痛的那副眼镜，他就惶惑起来，自问着："他们为什么这样向我闪着光锐可怕的眼神儿呢！我做出什么使他们惊奇的事情吗？或是我刚才杀害了谁呢？"

"你们看我做什么？"他的两手支着背后的灯柱子问。

于是人群散作几团儿，而且最前的人在那瞬间奔逃开去。

"混蛋！"吴占奎咒骂着，仍旧倚靠在灯柱子上，继而一想为什么还站在这里呢,就掉头走开了。这次发现街道上的电灯光,在黑暗里闪耀着,一朵儿一朵儿的,更觉着那黑暗的浓厚,除了电灯光点,几乎一无所见了。吴占奎走了一会子,才从阴黑的气氛间,辨别出几个游魂似的行人来,全是阴惨惨的,仿佛是些一撞就觉得空虚的幻影。

"你要找死呀!你要找死呀!嘻——你是聋子呀还是眼睛瞎了,向马头上撞呀!"

吴占奎站住不动,在他脸前出现了两匹马头,他望着仿佛是两只小狗似的,而且四轮车上有个矮小的车夫跳下来,他听不清楚那车夫吵嚷些什么,只见他用马鞭子朝自己肩背上抽打了两下。吴占奎想:"这小的车夫是干什么呀!是打我呢还是玩儿呢?"

实在他几乎闯了祸。站在他面前的马车夫是个来往高丽、珲春拉载货物的人,身量也并不矮小,肩背相当的宽阔。那匹前左套的二马子,是刚从高丽地界购买来的,已经换了十几个主儿,都驾驭不住它,两耳不停地跳动,只要有块红布就吃惊,幸而它这时跳了两下,而辕马挺然地站着没有感受到它的诱惑,因之车辆也没有抛开车夫,奔驰开去。

那时候,余士德又出现了。他大声呵斥着那赶脚的,把吴占奎搀扶起来,向街道一边的幽暗胡同里走去了。

吴占奎的耳朵上滴着血,但他没有感到鞭子给予他的痛楚。他的脑子仍在想:"他们这都是干什么呀!他们为什么把我像一块糖那样嗡嗡地包围着呢?为什么那家伙追踪着我、干预我?实在我又没妨害到他们。"

他不知道他身边就是这个追踪他的人,更明白点说,他连自己是给人挟持着走,还不知道呢!

夜是相当的深了。满天出现了星斗,那星斗还是摆着从太平年月沿袭下来的阵列,又安静又有兴致地俯视着人间。

吴占奎偶尔注意及这神秘的天宇,想到他骂"混蛋"以前那些奔跑的人们，是多惊慌呀！就凝视着星斗嗤嗤地笑出声来。余士德是一路和他谈着话的，到现在才突然知道他是一句也没听到，脸色不由得一阵错愕。

等到把吴占奎送过河桥去，余士德就从吴占奎身臂间抽出手来，一溜烟儿逃开了。

七

吴占奎走进自己的院子。等到在房屋门口出现时，他的母亲顿然吓了一跳。那时，她正喃喃自语着，当一般人孤身自语的寂静当儿，发现完全意想不到的有个人立在门口，就突然会觉得吃惊。

"你什么时候进来的？怎么一点响声也没有？"吴占奎的母亲说，心口还遗留着余惊，急激地跳动着。她说话时，发现吴占奎的那双眼睛，阴沉而且怕人。他还站在房门口，全身浸在灯光照不到的阴影里。所以望见的不是黑眼珠儿，而是那两点眼白，由于眼白而反映出漆黑的眼珠儿来。当时吴占奎的母亲想："敢情是孩子中了邪气，怎么这样不正常？"

吴占奎就走进来，他的母亲越发吃惊了。因为他的耳边挂着血痕。而且他的气色是灰暗的，衣裳的肩部有一道给鞭子裂开的口子。最初，她还以为吴占奎是给旧交拖去吃夜饭的，现在看来，他不定是在什么地方和人厮打过。

她惶惑地望着他。

"刚才好像是那个戴眼镜的在我背后！……我知道你在我背后！"吴占奎低低地说。

"别瞎说了！"她的脸色顿然苍白起来，"说得怪怕人的。"她那瞬间却用不注意的神气，真的望了望他的背后，而且觉着汗毛陡然竖立起来。往往在孩童时期，独自走过坟墓，听见某种可疑的动静，会有这样感觉的。若不是自己的儿子，她那瞬间会逃开去。虽然她知道他不会对自己有什么迫害，可是坐在炕上，望着他那双眼睛，那空虚而无光的眼睛，她是怎样的恐怖呀！

"我知道是你……为什么还在我背后呢……"吴占奎仿佛在自语。

"小奎呀，你别吓妈妈了……全是鬼话，哪有什么戴眼镜的？——过来，我看看你的耳朵，和谁打过架？"他的母亲虽然嘴里这样说，心里却想他前额上有股妖气，一定中了邪。

吴占奎仿佛在漆黑的旷野里，周围全是阴黑的空气。现在又见到适才所望见的灯光，那灯光是很辽远、很辽远的。似乎他忘记了在门外感受的印象——那个一闪即逝的戴眼镜的人。他注意着灯光，那灯光逐渐飘到自己眼前一般，吴占奎突然晕眩而且倒在地下了。在这以前，吴占奎的母亲是故作安然地坐在炕上，又怕他走近来（她是那么小心而恐惧地暗暗窥伺着他的脸色）又呼喊他"走过来"，可是自己一动不敢动。现在才跳下炕，完全安心地，把他架到炕上，就跑出去，她的脸色惶惶无主，说明她是寻找邻居来帮助她安置她的孩子的，而且一到王老烧家的大门就开始哭泣起来。

正在这时，吴大鹏回来了。走到院心，他就听见老王家二婶儿的响亮声音："怕什么！别难过。许是遇见不正气的精灵了，烧几张纸送送再说啦！"

"谁病了吗？"吴大鹏等待老王家二婶走进院子问。

"他大哥呀，你回来的正好！"

"他回家来了吗？这孽种！我找了他大半夜，街上都戒严了，我才回来。他们有人说在西门外大街上看见他倚着灯柱站在那儿！"

"他二婶儿，你说我们老两口的日子怎样过呀！"吴占奎的母亲啜泣着说。

"这孽种！"吴大鹏往日总堵他老婆一句"过不了，也得过呀"，但现在他只说"这孽种"！实在他心里还想着另一件事，那就是消息紧张，他打算明天骑匹快马到沙子岭去收豆子，那里是俄"满"交界的地方，粮户们一定向外抛豆子，所以嘴里这么说。等见到吴占奎跪着一只膝伏在炕沿下，就把他抱起来，放在炕上，老王家二婶儿帮他把吴占奎的腿蜷缩到炕里去。

"你听他的鼾声，他是累了！一定是累了！就叫他睡吧！"老王家二婶儿叹一口气，"唉！若是往年也可以请个医生来把把脉，这年月，三天两日就戒严。"说话时她还挪移着吴占奎的胳臂，使他睡得舒服一些："怎么……这是什么？你看看……血呀！"

"那是一进屋就有的，不知叫什么东西伤了耳朵。"吴占奎的母亲说。

"不要管他啦！随他去吧！不会怎么样的，你听他那鼾声吧！玉芳呢？玉芳！"

"玉芳还没回来？"

"怎么还没回来？"吴大鹏想起在南城碰见她，也许她会带回来什么消息，也就不响了。

院外的街道上有种声音传来，那是静悄悄的深夜，军队调防的声音，只从那些有韵律的皮底敲打街石的步声，就知道是日本步兵，而且有种严肃的气氛飘到这屋里来。吴大鹏凝神谛听着，在那瞬间他望见老王家二婶儿的眼睛，也现出注神这种声音的姿态，而且向他老婆摇手示意，不要作响。接着是车轮和马蹄子的响动。

"还有炮车呢？"老王家二婶儿轻声说。

吴大鹏就叹息一声，表示没有什么可听的，脸上依然恢复了原有的思虑，坐在炕沿上，两手把脸埋起来。

老王家二婶儿也受了他的感染，神情顿然松懈下来。"你拿开手吧！"这是对吴占奎的母亲说的，因为她在老王家二婶儿注神谛听的时候，自己给吴占奎耳朵的伤口擦起牙粉来。这时老王家二婶代替了她，同时用眼睛望着吴大鹏说："大哥，看样子会打起来呢！"

"玉芳怎么还不回来？"吴大鹏突然问，继之又说，"横竖有一点钟了吧！"

老王家二婶儿声说得回去看看灶，因为酒坊烧灶的一打盹，不是把锅烧得太旺了，就是不够火，糟蹋柴火是小事，若把酒烧坏，可糟糕。不是顾忌成本，而是到期交不出货，和酒坊里又是一场争吵。实在她是不放心，正像一般妇女在邻居家里听到紧张消息而又是深更半夜，仿佛得立刻回去看守孩子，而且一站在孩子旁边，心就铁实了。

老王家二婶儿刚走，吴大鹏就听见手指节叩门声，这声音在他听来是那么机密而且使他吃惊。吴玉芳小姐每夜回家是不这么叩门的，而且回来的也不这样晚。

"爸爸，日本和俄国要开仗了！"

吴大鹏立刻发出一种警戒她声扬的响声，虽然她说的是很低。但她那激动而且兴奋的口气，已足够吴大鹏吃惊了，况且是站在门口外，又当密云遮星的阴霾天。

吴玉芳是刚从国防妇女会回来。从她那兴致淋漓的眼光中，从她那随时随地要微笑的嘴唇间，从她进屋门时，那种两脚一跃而入的步法，以及高声叫"妈"的嘹亮音调，都能觉到她是浸在怎样大的狂欢的情景中，她望见母亲用眼睛瞅了一下，那是禁止她发声的暗号。在一个不幸的家庭里，那些守望着将要和人世永久告别的病人的卧榻旁，望见撞入者的愉快面影就会用这种警告的眼色望人的。当时吴玉芳小姐伸了伸舌头，仿佛暗庆自己幸而没有做出失当的话腔来，就低声问："怎么的了？"及至看见母亲连这种话声都嫌太高的眼色，就用脚尖慢慢走到炕沿下。

吴大鹏把吴玉芳小姐召唤到她的寝室去。

从他的女儿嘴里，他得获了足以供他投机事业上参考的一点资料。他知道女儿是从"国防妇女会"回来，所以这样晚，因为"国防妇女会"举行战地救护的演习，并且有关于防空的讲演，欢迎某联队的日本官佐的宴会，那是傍晚才到达县城的几位以马代步的骑手。她还说，他们的睫毛全挑着黄土,像是从豆子仓里窜出来的扬大豆的斗倌儿那样,满头发、满鼻孔,也全是土了。这一些话吴大鹏就没有听清楚,和普通人面对着一个和自己事业有关的叙述者一样,不管怎么注意听,自自然然会把多余的描述忽略了,因为他的内心还在随着叙述的情节而不断地决定着:"是……是呀!就这样办!"或是:"一定十拿九稳的了!没有什么再犹豫的!"总之,吴大鹏连玉芳小姐身着的新式大衣也没有注意问,玉芳呢,自然也忽略了遮掩,仿佛她是真的从女友那儿借来穿穿一样,举止是极自然的。

这晚,吴大鹏和吴占奎睡在一面炕上。他最后一次催促他的老婆:"你在这儿守着他,不想睡了呀!我告诉你要扭灭电灯,要扭灭电灯,你磨磨游游地又在他旁边坐下了。你不知日本人节制电流吗?"

"我是防他醒了……"

"醒了就醒了吧!生叫你们婆娘家娇养的!"

"说的倒好听!"吴占奎的母亲说,"你知道小奎一天没吃什么东西,醒了若是要喝口水什么的!"

"好啦!好啦!到你姑娘那里睡去吧!"吴大鹏用不愿再听她的辩解的声音堵她,"明天,说不定我还要下乡去趟呢!睡去吧?醒了,我会叫你的。"

他说着话的时候,还听见玉芳小姐的寝室那儿飘来的愉快而又低微的歌声,那歌声是由鼻音代替的。听那鼻吟的动静,她是在脱袜子了,果然那时候就有木底拖鞋落地的响声,接着是:"妈……"

"半夜三更的,叫什么,你哥哥……"由于声音给门关闭住,吴大鹏躺在炕上想,自己老婆已走进女儿的寝室了。又望望吴占奎,见他睁着两只空虚的黑眼珠儿,睫毛像石膏塑像般死僵而不动。吴大鹏本想扭灯就寝了,现在他那充满脂肪的手臂,逐渐离开灯扭,离开墙壁。吴大鹏注望着吴占奎,披着衣服坐起来了。那时吴大鹏的脸色显示着惊疑,正像一个孤独的旅客在两边丛草蓬生的山路间,吹着口哨,愉快地走着，而突然发现脚前一条蜿蜒徐行的毒蛇，横路而过的情景一样，停下来，就会用这种眼神注望，又寂静、又惊疑。

　　吴大鹏就这样凝望着，足有十分钟。他还听见玉芳小姐和她母亲的说话声，他没有听清楚说什么，但从那慵懒而困怠的口气里，知道她娘儿俩是扭灭灯在黑暗中彼此望不见彼此的脸色，各自缩在被窝里就要瞌眼了。窗外，呜呜的风声，寓有暴雨将临的征兆。远远还有霹雳声，颤抖作响，时时要狂声吐泻一口气似的，而又吐不出来，使人替它焦急而又不平。但吴大鹏是没有这种感觉的，他的注意力完全集中在两只眼睛上了，直到吴占奎又闭合了眼睛，他才叹一口气，而且那凝然注视的眼光，才又现出平静的神情来。他心里想这是哪辈子作了孽呀！于是扭灭电灯躺下去，等到听见吴占奎鼾睡中切齿的吱吱声，他已经睡意蒙眬了。

　　就在这时候，吴占奎第二次醒来。他从噩梦中醒来。他是在攀爬一座巉岩，不是上升，而是下降，为了到巉岩底下的泉傍去取水，他是这样的渴，喉腔有股燥热的火焰，他依稀地感到自己的嘴唇吐出来的缕缕的烟火气。四围是高有千丈的黄风，尘沙在风的漩涡里翻腾着，什么也看不清，混沌的宇宙，混沌的视野，只有那一口发光的山泉诱惑着他，而他又是疲乏得要命，两手抓住岩石的一角，脚下再探索不到可以落脚尖的地方了。还距离泉水有二百公尺呢，他的两脚跳跃着，左右全触不到什么，全是一样平滑的石身，用膝盖儿也找不到可以抵支一下的陡处，又不容许他低头望，又不允许他依旧回到原来的位置，因为那上面还有个他所熟识而又似陌生的戴眼镜的人。他悬空地垂在那里……当他的手指抓不住那岩石一角的时候，他就醒来了。若是这时他能望见光亮，也许他的心里会明白，他现在是在什么地方。然而眼前一片黑雾，黑雾……吴占奎完全不知道他是从睡梦中醒来了。他是在无边无际的旷野里，什么也看不见，什么也听不清楚。连他唯一的生命意识——原始的渴欲也死灭了。他用两手探索着，心里默祷着

"让那人离开我吧"就偷偷地摸下炕来,轻手轻脚在黑暗中探索着。他摸到一个光滑的圆东西,知道是门抓手。当时他想:"我是做梦吗!这是什么呢!我是给他们关在笼子里了,我要逃出去,我要逃出去。"

他的脚尖又抵触到一个障碍物,那是椅子脚,他摸一道一道的小栅栏。他向左挪了挪脚,又是一件什么物体,大而低,他摸到那上面的光滑的小摆设。于是倒退回来向右走,这次他摸到两个圆瓜一类的东西,而且须蔓蓬松,又触到其中之一的耳朵,于是他听见一声尖锐的惊叫,那瞬间灯光一亮,吴占奎的脸色苍白,站在吴玉芳小姐的炕下。玉芳小姐是恐怖地站在炕上,脸色同样的苍白,手指颤抖着,向他望呢。

"怎么的了?"她母亲突然问。

吴占奎立刻像贼一样逃出去,椅子全给他括倒了。椅子上的瓷壶跌得稀碎。

八

吴大鹏连声高喊着:"你跑到哪去?小奎!小奎!——"他一手扶着门框,在黑暗中提上鞋,并且有一滴雨点儿落在他的前额上。因为风势正从门口转进来。"拿把伞来!伞呀!伞呀!"他匆匆地跑回寝室喊,一抓到就又匆匆走出来。他还听见他老婆在喊:"你不带个灯笼吗?"他当时想这样大的风,有灯笼也给吹灭了,却忘记这一夜是戒严的,说不定日本哨兵会在阴暗的街角上向他开枪。

刚出院子,他就觉得街道上的风实际比屋里所听到的风声大,而且天空也比院心黑暗,那些电杆上的路灯,本来就惨淡,现在由于天空的渲染,更浓黑的了。空间仿佛荡漾着黑雾,实际上吴大鹏也确实嗅到新鲜的雨露的气息。没有走出一丈路,吴大鹏的雨伞就在他手里摇晃着,继而油纸破裂开来,而且雷声滚动,黑暗的天空时时裂开一道亮的电光,大雨骤然降临了。远近一片狂暴的风雨声,风势还带着呜儿呜儿地惨叫,只有这时候,人们才会想象到什么是鬼鸣。吴大鹏走两步，就停一下，空喊着："小奎！小奎——"他所以站立着呼喊，仿佛听不见回音就想折身退回来，向东去寻找，但是实际上他空喊两声，依然向前走去。街道是乌黑乌黑的，他没法子能够看清楚十步以外的东西。雨水从他的头发上流滴着，他的面颊有着若干急流，一会子他得用手刮一下脸，一会子他又得刮一下头发。

当他走到街端听见雨水淋击河流的声音时，就站住了，他没有喊叫"小奎"，仿佛感到是没有一线希望了，站在那儿想是不是向西跑下去了呢？在他踌躇的这一瞬间，天空突然一亮，那是多么清楚的一刹那呀！他望见了绿辉下面的水流、河对岸的旷野，以及河身的远方那一道石桥，石桥上一长串日本步兵，像一条锁链儿似的伸展到无际的旷野里去，两端不见头。

吴大鹏突然意识到战争的来临。并且吃惊自己竟在深夜戒严的时候，忘记挑灯笼，悄悄地急匆匆往回走。

从那一片激雨敲打这城市的屋顶的声音中，吴大鹏听见有一种声音是两页在狂风中扇打的门板动静，若不是这动静的标记，吴大鹏是绝对寻不见自己的院落的，一走进门，他就觉得风势减低，同时也听见他老婆的呼喊声："小奎！我是你妈呀……"原来吴占奎是蹲在屋檐上，借着电光，吴大鹏清清楚楚望见他是环抱着烟筒，回着脸，向他母亲露着咬人的牙齿，因为她是踏在高凳子顶上，两手扼住他的一只脚向下拖。

"大哥！是咱娘呀！"玉芳站立在屋檐底下仰脸叫。

"小奎！你下来！我是你妈呀！怎么连你妈的声音也听不出来了！"她高声喊叫，因为风雨的激鸣，听来又是那么含糊。

吴大鹏在屋檐底下旋转着，谁也没注意他的招呼和问询。直到他跳上那高脚凳子，吴占奎的母亲才惊呼："你把我挤下去呀！"

"你给我吧？"

"我怎么撒手呢？一撒手他就逃了。"

吴大鹏扼住吴占奎的两臂，终于用力给他挣脱开，尽管吴占奎怎样挣扎，到底给吴大鹏抱下来了。手背给吴占奎咬出血来。

九

第二天鸡叫的时候，吴大鹏披着油布打着灯笼到合兴油坊去，叫老董备好了那匹腿力挺妥的公马。那时天色已经傍亮，吴大鹏带着一身赌徒刚走出赌场的疲倦，跨上马，向俄"满"交界的沙子岭出发了。摆在他脑子里的是战争，他要在战争中寻找他的家业复兴的机遇。昨晚那些不愉快的印象还纠缠着他，脑间时时现出吴占奎的疯狂的眼睛来，但他极力摒弃了这些不愉快的印象所给他的灰败的情绪，他要在这次战争中翻身。"九一八"事变以来，他的营业年年亏空，刘尖嘴的洋行藉着日本股东的力量，把持了这个县城的豆子市场，而他要在这一次弥补历年的亏空，谁都是在这种事业的成败在眼前的当儿，摒弃开他的因家事而来的不愉快的感情的。因之，在昨晚所目睹的日本军队过桥的印象，比吴占奎攀抱住烟筒而且回颈做着咬人的切齿姿态更深刻。虽然他的手背，还遗留着齿痕，而且痛疼；然而脑间在那站立河边而得的闪电的绿辉的景象太强烈了，在他困顿欲睡的状态中，他的神经没法传达他的痛疼感，脑子完全给那闪电间的大地上的反映现象占据了。雨水从他那油布制的三角帽子的边缘上流滴着，城外的旷野，一色是蒙蒙的灰雾，灰雾之间是天宇垂下的雨流，无数的雨线，排列得那么整齐而且稠密，望不到一丈远，全给灰雾掩蔽了。仿佛大地和天宇之间，只是眼力所见的距离是那些雨线，以外的远处完全是浓雾了。吴大鹏的气色阴沉得有如患伤寒病者。若不是那匹公马奔跑的步子使他的身子不时跃动，他或许在闪电的绿辉的回忆中，走入梦境。

当那匹壮实而骠美的公马，奔上大盘岭的顶峰，吴大鹏从昏沉的疲乏的情景中醒来了。大盘岭离城八十里的路程，只从山顶到山脚就占六十里路,虽然并不算高,但岭背露出阴云的边陲,而且离岭脚五里远的村庄是浸在初秋的阳光里。那一片铺着阳光的无际的旷野,是多么宁静、多么诱惑人呀!吴大鹏清清楚楚望见高粱林子的顶端那片红色的穗子,望见包着白布头巾的高丽妇女,在一块马铃薯田里挖掘什么,望见在岭背村的边缘上的一曲小溪,和溪边上行走着的用头顶着罐子取水的高丽姑娘。实际上那条河离开村庄有半里路呢!望来是那么近,就贴在岭背村的边上,而岭背村离开岭子五里路,就仿佛靠在岭脚跟下。

吴大鹏听见两边的楸木林子里的野雉的鸣声。那公马竖立着两耳,也哙儿哙儿鼻啸起来,仿佛探看岭脚下的村落有没有牲口似的,又仿佛望见那一片阳光下的绿野而愉快似的。走到岭脚,就听见远远传来的公鸡的啼声,是晌午天了。

岭背村就在大路边上,而路是个广旷的平场。老远,吴大鹏就看见那广场上停着几辆农车,只从那些没有卸套的牲口和牲口嘴巴下放着草料口袋来看,就知道这是忙着赶路的拉长途的农车,不知是进县城的还是从岭北过来,总之是在这村落里的客店里打尖。吴大鹏当时想,这些空车是做什么的呢?敢情是刘尖嘴子先一步雇齐车辆抢着购运豆子?那时车辆之间跳出三条公狗来,摇摆着尾巴,狂傲地吠叫着欢迎投店的这位县城里来的旅客。于是寂静无人的广场,出现了一个扎着围裙的店主,一边用围裙擦着手,一边凝望着来人,等一见是熟客,那年有六十而不留须的老人,就愉快地欢叫着:"稀客呀!老财东,怎么今年这样早就下乡呀?"又说:"路上怎么样?岭前还下雨吗?你的衣裳湿透了吧!快进屋吧!"

吴大鹏脸上透露出来到达一大站的旅客所有的欢快,跳下马,就问:"这里还太平吗?"同时倒退了几步,因为那公马刨蹶着蹄子而且抖了抖身子,仿佛要抖落身上的雨珠儿,实际上雨水全化作蒸气了,缕缕的上升。于是又望着农车上的马匹,哙儿哙儿畅啸起来。所以吴大鹏只听清楚那老店主的第一句话："昨晚过了一夜兵……"说得又低，以致下边的话给马啸掩没，不过从他那机密的眼色上看，吴大鹏懂得屋里一定有什么人，老店主的意思是悄悄警戒他。

这老店主，姓王名叫得福，原先在海参崴做过中国菜馆的厨师助手，日俄战争的那年，逃到这里，因为当时来往贩私货的行商多，就开起客店来，本来生意还好，可是十几年总是剩不下一点财富，因为在当地私通了一个"满洲"女人，这也说明了他的下颏为什么整年是刮得光光的。

当时王得福又大声说："喂干草是喂拌料？"这是指那匹牲口说的。

"干草，干草。"

"老财东还是这样省呀！马挺累的，给它一槽料草吧！我不多算你的，一角七分钱就中了！"

"干草，干草。"

王得福看见吴大鹏那不欲多说的样子，就笑嘻嘻地牵着马走开了。吴大鹏所以不愿多说就急匆匆走进那屋檐挂着"王家老店"招牌的房子里去，完全是为了要急于知道屋里是些什么人。走到门口，身上披的油布和油布制的三角帽就全解开，提在手里了。

反映到吴大鹏视觉里的，是这么意外，一时使他惶惑起来。余士德竟和那个麻脸的回教徒坐在一起吃饭。他和他们打个招呼，和在珲春县城的街上遇到一样，只点点头就想另外找坐的地方，实际上也可说是另找熟人。满屋都是蹲在地上聚饮的车夫，所以余士德最后招呼他的时候，他也不推辞，就坐到炕桌边，另外向跑堂的叫了一客打尖的饭食，那是说烙饼和绿豆芽炒牛肉，外加一碟酱、几根葱，是又合胃口制作又迅速的。对于余士德那热烈的谈吐，吴大鹏向来是用不言不语而且心不在焉的眼神对付的，不是憎厌他的职业，而是嫌恶他那对隐在眼镜下的狡黠的眼锋，尤其是那眼锋时时表示着他的愉快，仿佛要诱惑你上钩，攀谈亲密了好让你会钞。

"老财东,咱们一块儿喝两盅嘛?你放开手,放开,我不倒满,一点点,一点点呢!你要喝点,消消寒气。岭北的雨真不小呀!来吧!不让你请客呀!老财东!"

吴大鹏笑了笑,表示他没有在乎这个玩笑话,只说:"我要赶路呢!"等王得福一进来,他的脸色失去了那种虚伪的笑容,而高声说:"喂上了吗?那么快点拿饼来吧!"

"不喝点酒么?"

"好,来四两白干儿吧!快一点!"吴大鹏说。

"你看,老财东就是这样不给脸……"

"一样吧,你们先喝!"

"老财东!你们家的少爷怎么样了?昨晚上我送他到门口的!"余士德问。

"是你送回去的呀!真是——他着邪了?"

"上边还调查他呢!老财东,我不是在你老跟前讨好,我都给挡过去了。实话呀!人都不正常了,还会有什么秘密活动呢!我说这话对不对?老财东,你没有给他找个医生看看吗?是不是痰迷了心窍!"余士德说话时,眼睛就调换了一种悯惜的神气,仿佛他是吴占奎的近亲的好友一样。

"我也说不清楚,到底是什么病,疑神疑鬼的!"吴大鹏说的声音很低,但当王得福在炕左手的灶锅间问询时,他的声音又提高了:"不知道是什么病呢?我也想呀!想给他找个清静地方休养休养,可是哪里有清静地方呢?人慌马乱的岁月。"

麻脸的回教徒一直是骄矜自得地坐在那里不作声,现在突然说:"老财东,你是来找寻安排你少爷的地方呀?我劝你还是别到沙子岭去找。"说完就喝口酒,仿佛他必待吴大鹏回问时,再说理由,以显郑重。

"唔!"吴大鹏不再说什么,两手擦着筷子,因为他望着绿豆芽炒牛肉出锅了，脸上只现着预备安心就餐的神气，其实，他没有听清楚那回教徒说的是什么，鼻息间仿佛是说："可不知道牛肉可口不可口？"

"酒哪？"当堂倌端上菜来，吴大鹏问。接着说："烫热就中了，烫热就中了！"又向余士德和身旁的回教徒让着"尝尝吧"就自管喝起酒来。

"老财东是到哪儿去？"这次回教徒用一种平静的口气问，眉眼间失去原有的骄矜，并不是由于吴大鹏长久没有注意他，而是由于吴大鹏向他也让了让那盘菜，这样，所有在他进来时那种不过分注意自己的眼神造成的不快感，全都消逝了。他就是这样一个人，心顺了卖命都可以，心逆了就作威作福地胁迫人。

"到沙子岭去！"当时吴大鹏说，"你们呢？"

"老财东！"王得福说，"你去收豆子吗？老财东！我劝你再在这住两天吧！风声挺紧的，你收了豆子也没法向城里运呀！怎么样？这里的车辆都给官家抓去运军火啦！"他说话时，间断了两次，加上别的字眼儿，一次是"酱油！酱油"，第二次是"这就来啦！堂倌！那边要葱呢"，而他自己是全神集中在蒸气腾腾的锅里，他手握的勺子，在锅心叮当地乱响。

吴大鹏只唔唔地应对着，实在他是聚神地听着那回教徒的话，不过唔唔地向王得福送着声音，表示他一句一句都听见了，说真话，又是一字也没有入耳。

那麻脸的回教徒说："你知我来做什么？凭着拉车站的座儿，那辆篷车一天还给我赚个三元五元的烟泡钱。可是过去一趟有四十元金票的酬劳呢。不要紧，那些山头我全熟，俄国的边界巡防队都是白天在山顶上走一圈儿，入夜他们还守在山上做什么？我带过他去，把他送到海参崴就回来了，我又顺便带进几筒火酒去，听说那边的火酒要几百卢布一筒呢。"

"老财东，"余士德的眼睛微笑着说，"怎么样？跟我们过去做趟生意吧！"

"老了，不是年轻的时候啦！"吴大鹏嘿嘿地笑着说，已经有点酒意了。

"那么回头见了呀！"余士德又走到王得福面前去说，"老掌柜的，没带现钱呀！记记账吧，回来一块儿算！麻子，赶快去备牲口呀！得赶到沙子岭吃晚饭呀！"

不一会儿，院子里响起马蹄和牲口套的声音，有人吆喝着倒卧地下休息的马匹，那些农夫预备出发了。

吴大鹏干了最后一口酒，又走出来探望一下拴马桩上的那匹骠美的枣红公马。

"老王，得加点草呀！快吃完了！"又退回去用餐。他望见那些离开院子的车辆，听见牲口项铃和鞭梢的响声，急切地等待着餐毕好出发。赶长路的人，有谁不想和大队一块儿走，被孤独地丢在客店而不焦急呢！况且他又有着抢购豆子的心事。

十

那天晚上吴占奎给他父亲倒背着捆起双手，放弃在那间阴暗的贮蓄麻袋用的房间的土炕上，想使他安静下来，能够睡一会儿。吴大鹏离家之后，他的老婆喃喃着，守望着他。她的脸色依然是朽木屑那样不红不白，手里擎着一支蜡烛。站在炕下说："就是这样，你看，孩子病的这样，就这么丢下走掉了。……"她既没有为这不幸的事情而伤心，像一般妇女那样哭泣，也没有为吴占奎那失去生命光泽的眼睛而忧郁，尽是絮聒着，又说："你看，捆起手来了，还不老实，还要摔头摆脑的，还想挣开！"仿佛她是向自己说的，又说："绳子捆得那么紧，好像不是自己的骨肉似的。全不当是自己的儿子。活了大半辈子了——倒是惦念着鸽子群从瓦檐上飞下来吃豆子。"又从鸽子说到鸽子的主人："也不知道养护那些鸽子是安的什么心思？若是遇见不讲理的人,还有不拿枪打的?横竖打伤也就打伤了,能把人家怎么样?谁叫他不管,任着它们的性子,飞到这儿,飞到那儿,找粮食吃。"到头,连她自己也不知道说到什么地方去了。

这些话,吴占奎是一滴儿也没有听入耳朵里去。正像吴占奎的母亲尽自喃喃自语,没有听见窗外的雷雨交鸣的声音一样,虽然电光的绿色光辉,不时地在窗上闪现。

吴占奎也并没有疲乏,相反他的精力超乎日常的旺盛。额角有暴跳的血管痕迹,时时想挣脱开两腕上纠缠着的绳子。他不只是没有听见他的母亲的絮聒的语句,就是他母亲的形象也没有反映入他的视觉。他的脑子仿佛是一座烛火辉煌的客厅,在深夜,那一双玻璃窗完全失了它的作用,就是不遮窗帏,它的存在也失去了存在意义,犹如他的那双眼睛虽不交睫,也失去了存在的意义一样。外界所有的一切,都已经和吴占奎隔绝了,那些传达外界的景象和声音的器官完全自然而然地封闭起来,他的全部生命只在脑子里活跃着。他翻来覆去想着:"我要逃开,我要逃开呀!"

那时候,玉芳小姐吃惊地坐在暖炕上。两腿曲立着,一个手指尖点着炕席,从她一会子移到左边一会子又挪到右边的那双大眼睛中,可以知道,她是在怎样的惊惶无主的心情当中。那一双眼光,又黑又亮,从她听见父亲走出便门的脚步声以后,她就这么直背坐着,寂静地一动不动,只是那双黑眼睛时而移到东,时而移到西,从雷雨的交鸣间,她听见什么,这时候,她仿佛正在判断那动静所属。自然这又是她母亲在外间喃喃自语以外的声音。夜是多么静呀!就是霹雳和雨打屋瓦的响声这样混淆,她还能听见最低微的不可辨的动静。她的脸色逐渐由凝静的谛听而激动起来,喊:"妈!妈!"

"做什么?天还不亮,你不好好地睡,大喊大叫的!"

"你过来呀!"

"我还不过去了?"她母亲喃喃着,"孩子——孩子又这样,闺女——闺女又没有闺女气！谁家半夜三更这么尖呼高叫的！我可看够了，这个家！"这么絮聒着，把蜡烛拿出那间贮蓄麻袋用的屋子。

"妈！你快过来呀！"玉芳小姐又听见母亲返身走回那间屋子去。

她是回身送那只蜡烛的，仿佛孩子的炕头上该有这么个亮儿，仍旧喃喃道："你在那里叫吧……"

当她在玉芳寝室的门口出现时，玉芳的一双眼睛正凝定在房间的一角上，可以看出她是继续在谛听什么，这眼神立刻传染到她母亲的眼睛上，但立刻就说："那是狗——疑神疑鬼的——"

原来乌嘴卧伏在吴大鹏的寝室里，它的低幽的鼻吟，是那么使人不安，仿佛它望见了这个家庭的不祥的征兆。只有深夜在荒村里，听远处狼的饥寒嗥叫的时候，狗类才会这样低幽地鼻吟的，声音里带着不安而又凄凉的气味。玉芳小姐是第一次感到乌嘴的声音使她恐怖，而吴大鹏的老婆若是退回十年去，听见乌嘴这种凄凉的鼻吟，也一定会有种不祥的预感；因为她的父亲死亡的前夕，她是听见过黑头这样低幽的鼻吟的。黑头是她娘家村子里的看家狗，不知它是嗅到病人的特种气味，还是它望见了什么不祥的征兆，它哀鸣了一夜，第二天，天傍亮，她的父亲就咽了最后一口气。现在她说："怕什么！睡吧！"

"为什么乌嘴这样叫呢？"

"天上打雷呀！它就不害怕了？你当是狗不知道天发怒吗？狗比什么都机灵！"她上了炕，拉一把被子。那时她的脸色还平静，仿佛一心一意想困觉似的，实在她也太疲乏了，何况是激雨直泄的深夜。她嘴里还说："你那上半身露在外面，也不怕受凉，快倒下来！"可是心里开始不安："今天晚上怎么乌嘴神哭鬼泣的呢！"终于她又穿上鞋，一边叫着："乌嘴！乌嘴！你不好好困在那儿，做什么呀！"

乌嘴这时在门口现出头来，仿佛为她的两声呼喊所吸引，但是眼睛却露出无限的怅惘，像是丧失了主人而一无依恋似的，只在一个闪电划亮窗户的当儿，它仰了仰脸。这时候玉芳小姐从它的眼睛上，又望到母亲的气色,从母亲的气色上又望到乌嘴的嘴巴和鼻尖上去。她的面色透露出内心的极大的不安,而她母亲那喃喃自语的姿态,又完全似乎一个陌生人,充满妖气。

她说:"妈,你别老是叨念了!我怪害怕的!"

"我叨念什么!我不叨念!我是说乌嘴,乌嘴不是怕雷殛呀!你看它那样子!它难过呢!它难过——它知道你大哥病啦!它是和你大哥挺亲热的——它什么都懂呀!乌嘴还是你大哥没出远门儿时抱进家来的呢!那年你大哥刚在县立中学毕业,第二年就走了——算起来,乌嘴也该六岁了!睡吧!玉芳!天八成快亮啦!乌嘴——出去!出去!"她说话的时候,向地下擤了把鼻涕,就走下炕来,把门关上,并伸脚向外踢了踢。玉芳小姐知道她是驱逐乌嘴,等到她母亲回转脸来,她望见母亲的眼睫间,是湿润的。

"妈!"她又似谴责又似安慰那样低柔地叫了声。

于是她的母亲哭泣起来,正像一般暗地悲痛的女人,给最亲近的儿女一触破她的内心的苦痛就哭泣起来一样。有的会放声痛哭一回,有的不作声只管啜泣,但她是喃喃着:"你爹爹就这么丢开不管了——"

"妈!你听……乌嘴又嚎起来了!"玉芳小姐说。

接着是天宇滚动的霹雳声,逐渐高昂,眼看要爆发一声巨雷的响声,闪闪的电光,迅捷地一暗一亮,玉芳的母亲突然开开门,玉芳小姐望见她那隐约不清的背影消逝了,就提高声音叫:"妈!妈呀!"

"叫什么!你大哥一人在屋子里害怕呀!"她迅速地跑到外间去,仿佛在那声巨雷来临之前,要赶到吴占奎的炕边上似的,实际上她自己也是恐怖的,而且不是去守护吴占奎,而是坐在他身旁,仿佛心有所依而安慰一些似的。

"小奎——你别怕呀,妈来了。"

一进门,望见吴占奎是极安静地躺在那儿。眼睛依然睁得很大,气色灰暗。吴大鹏老婆俯在他耳旁高叫了两声,他脸上还是没有一点表示听见这呼声的象征。吴大鹏的老婆叹息一声，表示放弃了她的意志，就在这时候，窗外一明，一声巨大的响雷爆裂似的响了。那瞬间，吴大鹏的老婆不由自主地向吴占奎身旁斜了斜肩膀，而吴占奎依然是安静的，他浸入自己的幻想里，已经距离外界很悠远的了。

他回忆到小学时代，第一次下屯去参加李汉臣的结婚典礼。

那是春季一个艳阳天儿，吴占奎和两个同学结伴同行，离城五里就是李汉臣父亲的庄园。太阳的光辉，普照着大地上各种生物，草地绿茵间，开遍一朵朵小的黄色婆蒲丁花，有些挖小姑菜的农村的女孩子，在这绿茵上嬉笑着。每人手里都提着空的柳条筐。草地还没有耕种，野艾、山蒿全把地垄遮掩了，而且大地在春天的暖阳下仿佛发出缕缕的蒸气。当时，吴占奎才十一岁，第一次离开城市，第一次望见这广阔无际的乡景：这儿一块松柏密集的森林，那儿一块牛马欢鸣的牧场；这儿一块有着残碑断碣的墓地，那儿一块家屋聚集的村庄。吴占奎深切地感到春天的自然界所给他的愉快。现在想着，还觉得那时是自己半生中最幸福的一瞬间了。他们不自觉地歌唱着，刚走近李汉臣父亲的村庄的时候，蓦地路边一堆蒿草里飞出一对蓝靛鸟，吴占奎吓得脸色一阵苍白而且尖声欢呼着："哪去了？哪去了？"另外两个同学就奔跑着追寻蓝靛鸟的投落处了。他自己不去追，却老远望着他们，并高声问："看见它们飞到哪去了吗？看见没有？"他们向他招手，他也就飞奔前去，离开大路，跑到一条河岩上了。他们没有寻见蓝靛鸟投落的地点，却又给这河岩下的羊群所吸引了，这里没有一个牧童和人影，羊群在自由地散布着，有的空鸣，有的吃草。而他们向一个昂着头寻找角斗对手的山羊，丢着石子，不是气它欺侮同类，而是用它作目标，试试谁的石子投得准确——就这样耗费了他们大半天的光阴。等赶到李汉臣父亲的村庄，喜宴已经散场了，他们在临时搭的客棚里，只望见一些零乱的桌椅，椅面桌面全是一无所有的空寂。他们就是不吃这顿酒席，已满足了，大自然给他们的愉快，是那么丰富，只要两碗白饭充充饥，他们就幸福了，何必稀罕那一两块鸡骨和鱼肉。

"到厨房去！到厨房去！"一个同学这么喊。

"吴占奎——你们怎么才来呀！他们都跟着关老师到前岭骑马玩去了；你们没吃饭吧！等着呀！我给你们看看去。"

说这话的是李汉臣，他给吴占奎的印象是这样深，不只是他那套西式的有绣花领带的服装，最大的不同，还是他脸上那红的光润和幸福的笑容。他是这么新颖而又快乐，头上涂着发油，散着淡的芳香。他不再是提着教鞭在教室里走来走去那种权威者所有的严肃气色了，他的眼睛也失去用教鞭指人鼻尖时那种骄矜的锋芒，而且笑容也和他要想用戒尺打人手心时的阴辣的笑不同，他的心地是非常柔和而谈话的口气也格外体贴人，然而这并不能改变了吴占奎对他的因畏惧而恭顺的态度，他来参加他的婚礼，也是完全由于这种畏惧的心理使然，怕李汉臣因为他的不到场而在课堂上找机报复。他一滴儿恭敬他的心都没有，有的只是轻视和潜恨。那时，他垂手站在一旁，没有说话，等他一走，吴占奎望见同学中的一个人伸伸舌头，自己也就笑了。

冷盘热碗的宴余菜肉端来，只有一个装鲈鱼的盘子是残剩的，除了鲈鱼的头部和一条完整的有尾无肉的脊骨之外，还有一只鸡腿，两块肥的蒸肉。李汉臣站在跟前，他们一句话也不说，安安静静地吃着。李汉臣一走，他们就开始议论起来。谁都想吃鱼，谁都不敢吃鱼头。因为当地有种传说，说是小孩子吃鱼头，长大了，娶媳妇的那天，一定要落雨。抬轿的得在泥泞里走，贺喜的也离不开雨伞和油布鞋。有谁愿意把结婚穿的新衣裳的前襟和后襟，弄得泥点淋漓呢！

"怕什么！那全是迷信，刘喜春，还是你吃了吧！"吴占奎说，他自己可一口也不动。

"我不怕！"到底刘喜春吃掉了。吴占奎几次从自己碗里离开眼睛，偷偷望着他，纳罕他何以这么狂妄贪嘴，一点也不顾虑日后的忌讳。

现在他想起来，不全是为了那可迷恋的天真时代，而是怀恋李汉臣的高傲的青春，他现在完全把他当作一个可敬的人了。可敬的人还当壮年，就乞讨过活，是时间的残酷吗？

这里没有了蓝靛鸟，没有了森林，没有了羊群，原因是秋天吗？春天的郊野，还能有提着筐子挖小姑菜的农家女孩吗？

他们完全要谋害我了！那个戴眼镜的人是谁呢？为什么想谋害我？他们捆起我来是做什么？这些人——我要逃开去！

在他回忆的时候，吴大鹏的老婆早就离开他了，因为那声巨雷响后，玉芳小姐的呼唤，一声比一声尖锐，而且有呜咽的声气了。

屋里只有一只烛火，闪动着不安定的光辉。乌嘴给关在屋里，吴大鹏的老婆一直没有发觉它进屋，它走动十分轻微，一点没有落脚的动静，唯有狗和猫才能这么轻悄悄地走动，以致吴大鹏把它关在屋里还不知道。

乌嘴静静注视着吴占奎的侧影，垂着耳朵，眼睫的下面，挂着一粒圆润的东西，闪着光，似乎一滴儿泪。

第二遍鸡叫，乌嘴才不胜疲倦地卧伏下来。卧伏不久，又开始凄楚而又苦痛地呜咽了，用鼻尖闻嗅着炕脚，用爪子刨蹶着炕下的土地。

远近一片激雨敲打屋瓦和街道的声音，而乌嘴的呜咽又是多么刺耳呀，周围仿佛没有以外的声音，宇宙间也似乎没有以外的动静，只有这低幽的鼻吟，是怎样不安而又彷徨的声音呀！偶尔还能听见吴大鹏老婆在里间的叹息声，那时乌嘴会竖竖两只耳朵。

十一

吴大鹏骑着油坊那匹枣红马，赶到离沙子岭三里路的时候，就望见岭前沙尘弥漫成一片的三岔口集市了。老远地望着那雾蒙蒙的尘沙，仿佛是面临一个蒸发着早雾的池塘。同时也听见从那市集上传来的牛鸣马嘶的声音，而且连狗吠和人群的呼叫声，闹耳地响。吴大鹏一时不知是这市集发生了火灾，还是有什么变故，用鞭子催着牲口，奔驰起来了。

从市集口展列到市集中心的街道上去的,是一串农车的队伍,有牛拉的两轮高丽车,有一匹马拉的花轱轮车,有四匹套的四轮车,全载着火药箱和军械,外表用稻草遮蔽着,而且每轮车上都有押运的日本兵。最末尾的也就是停在三岔口市郊的这一辆,是有着高丽赶车夫的两轮牛车,那车夫穿着灯笼裤,头上包着白头巾,本来吴大鹏是认识他的,可是从他眼睛上看出来,他是用受了禁止谈话的警告的神气注视他,一如陌生人一样,吴大鹏也就不打招呼走过去了。同时那牛车上有三个竖膝而坐的日本步兵,他们把持着有刺刀的枪杆儿,满脸严肃的杀气,望着这个骑马走过的中国商人,吴大鹏知道他们并不是对他有什么观感,而是他们自己眼看要投入战争了,就不自觉地会用那种将赴刑场的囚犯的严肃的脸色望着路人,仿佛他们知道自己的生命只有几小时的活头儿了,而对世界有种距离渺远的感觉。

吴大鹏给这意外气象的感染,也切觉战争将临前所有的惊慌,而这惊慌和以前的不同,它是这样超越了他的事业心,收买豆子的计划已降落到第二位了。

街两边的家屋,都是泥壁茅草顶,屋子既歪斜,窗口又小,所有的门口和窗口,全给住民的脸孔堵塞了。他望见左手的小窗口上,有一个高丽姑娘的面孔,细眉厚唇,她是用那么惊奇的眼光注视着街上的车辆和来往在车辆之间的日本兵,以致吴大鹏骑着马从她面前经过时,她都不挪眼望望这位城市来的旅客。这是一家高丽旅店,门口还飘着白布招子,在这里吴大鹏又碰见中国话非常流利的店主。他的坎肩那排胸扣没有结,两手插在肥大的裤子里,一看就知道是个善谈的又懒又喜欢吃酒的老头子,每次见了吴大鹏都热烈地打招呼,用中国话问着城里各种货物的行市,因为他兼营着秘密的走私生意,从对江的高丽境界偷运布匹和盐到县城去。但现在见了吴大鹏,他向他笑了笑,仿佛吴大鹏是前两天就来到这里似的,既没有迎住马头,也没有打招呼。他低声和身旁的讲着简短的高丽话，可见那也是关于街上这些装载军火的车辆的。

第四家，就是中国人开设的旅店了。旅店主人是个胖子，三岔口市集上的人，都叫他肥猪老三，当面称呼他三掌柜的。因为他家底很富，同样兼营着走私买卖，而且住店的人，也多半是来往海参崴和高丽的私贩子。这时他也站在门口，一望见吴大鹏就说："财东来了……把牲口交给我，进屋歇息！"

"怎么？今天过兵吗？"

"过了一天啦！进屋洗脸吧！"

屋子挺大，两边是两面广阔的火炕，当中摆设着矮脚方桌，和可容两人并坐的四脚凳。平日是极宽畅的，但现在全是拥挤的住客了，每个方桌上堆满了行李和家庭用的锅、碗、盆、橱……那些农民，把家庭的使用东西都带到这客店里来了，除了孩子的哭声，听不到他们交谈。当吴大鹏进来时，所有的人都对他注视着，仿佛从他脸上能发觉到什么似的。他们的眼光是这样惶恐不安，又仿佛是要从他的眼光里找安慰。

"怎么像逃难似的？"吴大鹏自语似的说，实在他是要探问，又没有熟人。

"老财东！"一个白发农民，红眼角，有一丛山羊须，从第二张方桌走过来，分拨着挡路的人们，"我们怎么办呀！老财东，他们把我们就这样赶出来了，连袋子玉蜀黍都不许带。"

"打起来了吗？"

"打还没打，要打呀！张高峰山下大小村子的人，都给赶出来了……"

"爷爷！"有人隔离着一张方桌叫，"爷爷……别说了！"

"莫谈国事呀！"三掌柜的进来喊，"墙上贴着的告示要注意，咱们老百姓别管国事……老财东，怎么样？在外屋洗脸吧！这里没有地方。"

吴大鹏明白他那一部分警戒的话，是暗示给自己的。也就退出来说："水怎么这样热呀！掺点凉的好吧？"又小声说："怎么，真要打吗？"

三掌柜的就俯在他耳边说："日本探子到处都是，屋里就有，歇会子再说吧！"就又高声招呼："伙计，给客人掺凉水，尽站在门口看什么？"

"我还想收豆子呢！"

"收豆子呀！"三掌柜的笑着说，"你连一粒豆也没法收呀！有几头牲口的都捉官车啦！就是收了，你也没法运呀！官车还不够用呢！这里是手巾，胰子在那边面案子头上。"

三掌柜的点灯去了，两脚踏在凳子上。吴大鹏就开始洗脸，耳际响着淋漓的水声，然而他还是听清楚有谁站在门口低语："走了，走了……"那时屋里寂静得很，吴大鹏听见街路上响起鞭哨和驱策牲口的声音，轮声碾动，但没有牲口项铃的动静，有人的脚步奔跑过去。

吴大鹏洗完脸，站立在门口，瞭望的观众，已经退进屋里来，脸上有无限的安慰和感叹，正像去观望什么出奇事情的人，得到满足一样。他们还自语式地告诉旁人："还有野炮呢！都拆卸开来！"若有人说没见到，他就会说："你没见到呀，真是……就在那辆车上呀！"并能说出那辆车的特征，以示真实，暗含着对忽略它的人的轻视。镇市里的小市民，对这些事物是有着高度兴趣的，要不，他们吃饱了又不能整天打盹，怎么消磨这个大好的日子呢！

三掌柜的又一次用眼色暗地警告不要多说话，就向吴大鹏问："要吃点什么吗？"又说镇上没有面粉可买了，不过对这位老客人，是格外的，三掌柜的吩咐灶上的伙计，打开封闭起来为自己店里的人手做吃食的面柜，给吴大鹏挖面打饼，可是葱花和猪肉是没有办法得到的，因为三岔口镇市的屠户，已经两天没有收进一口猪了。屯落里来的又全是难民,除了家私连一袋粗粮没有带进来。

吴大鹏实际上一点食欲的口胃也没有,从门口望见屋里的炕角,那些蹲聚在男人背后的妇孺的夜深也不想睡的忧郁的眼睛,那些时时企待着发生什么变故的不安的眼睛,已经失去自信力了,而且又没有和三掌柜的交谈的机会,只见他依然镇静地应付着这些来自附近屯落的农民:"哪有麦粉呀!这时候还要吃麦面,留着钱过年再用吧!"自己并对这俏皮话满意地嬉笑着:"要吃呢,就弄点儿玉蜀黍吃吧!这还是我们自己要留着吃的呢!可得先说下,没有咸盐!"

这天晚上一直到半夜,大部分人还是没有睡,除了叹息,听不见什么声音。吴大鹏盘膝坐在暖炕上,心想再抽袋烟就睡,突然一声圆润的响声从不远的地方传来,山头发着钢琴键般的回响,吴大鹏凝神地昂起颈子。

足有五分钟。一息声音也没有。

当第二次响声传来的时候,吴大鹏观望着人们的机警有光的眼睛,立刻就下了暖炕。

"是炮弹……"

"打起来了!"有人低低地说。

吴大鹏像一朵浪花似的涌出来,一句话也没有说,虽然人们现在的注意又集在他的背后。他是非常匆急地开启了门,而且并不关闭,抛弃开了这座客店。十分钟后,他跨在马背上,在密星满布的天宇之下的灰白色山路上,奔驰起来了。

那时炮声稠密,能够清楚地望见左手的山峰有火光时闪时隐,他断定是张高峰的左右,心想:"把全家都丢在城里怎么办呢?尤其是贮藏在炕柜里的一些欠人和人欠的借据……"

十二

吴大鹏那晚上迷失了方向,等投奔到有灯光的村落里,才知道他是越过图们江的江桥走到朝鲜国境里去了。在那名叫十八大集的高丽屯子,拘禁了一夜,第二天给日本外务警察押解到偏粮城,而且病倒了。起因是两天前的深夜受了凉。

战争很短的几天就结束了。等到玉芳小姐得到驻珲春的日本领事的越境签字,去保释她的父亲的时候,吴大鹏已经死去两天了,临时埋在图们江边一块荒墓场上,因为没有标石,竟找不到了。日本狱医的"症征调查书"上写的是心脏麻痹,而狱吏交给她的遗嘱是注明亡人殁前的呓语:"回海南吧!你们折当折当家底回海南去吧!"

而吴占奎母子们都依旧住在县城里。吴占奎还是整天给捆着两手,而且时时要挣脱开来,见着人就用口咬。有人劝她最好带领着吴占奎到屯子去让他静养一下,但她却喃喃地说:"屯子和城里还有什么两样,我还没有住过?一样也得受高丽人的气。"从这她又说道:"我是住不惯和牲口睡在一个房间里的大火炕。烧柴吧,一烧就得三四普特儿。"玉芳小姐呢,也改变了,一天到晚寂静地坐在家里,不爱说话了,而且学着做起女工来,一时一刻离不开针和线。说话也轻柔而且低微了,只是一个人时候,会不知不觉地叹气。

吴非有

一

中国南方某省属的一个小小山村的汽车站,周遭经常飘着尘土。每当汽车驶过,飞扬起的尘土,就有丈把高,灰蒙蒙的,像雾样腾在上空。正对车站有家馒头铺子,窗口摆设着的酱肉、咸黄瓜、炸鱼等下酒物,都盖着纱罩。窗外的小零食摊,搭着遮阳的棚布帐子,这帐子上的灰沙,每天也都积得厚厚的,像北方初冬那些寒冷的日子,行人伞上落的积雪一样。春末的黄土在江南这块山地,也正像北方冬雪那样猖狂地飞舞,它们统治着整个空间。

夕阳只能照着车站的屋瓦了,反射的金光粼粼闪耀。小零食摊已经在拆倒棚布帐,可是候车室的旅客们,还在等候最末一次南下的客车。说是候车室,未免堂皇一点,其实,这仅仅一间房子,分隔开来,里间算作站长兼卖票的房子,外间就是所说的那间候车室了,兼着也算是购票处。因为兴奋的情绪已被长长的候车时间消磨尽了,并且也好像什么话都说完,再找不出可谈论的,所以旅客都哑默悄静的。有的无聊地看着壁钟,或望望自己手指尖,有的低低面墙叹息,更有的点烟抽,那划火的动静嗤嗤的,是撕破房间沉静的唯一响声。

正对车站的那家馒头铺子,也坐着三五个旅客。他们的神气,都似乎比站里的舒适些。许是他们已经有人挤在卖票口那排人群间了。靠西墙窗口的一个青年,朝外望着暮色将临的麦田,身子斜着。两手握了藤手杖的顶端,两脚交攀着下端,不声不响。脸上显着有社会地位的人所特有的那种严肃而平静的神色,三十开外年纪,个子不高不矮,身腰却筒形的粗,和普通我们习见的绅士一样,唯一的特征是鼻尖微红的。他的身旁放着一个手提箱,贴的名片上,印着仿宋体"吴非有"三字。茶桌边搭件在主人身上过了悠久岁月的冬季大衣。领口有裂痕,两侧则由于主人有双手插兜的习惯,绒面都磨光了,但还很整洁,表征主人的性格是仔细而俭朴的。

吴非有站起来,把大衣挪到手提箱上,朝墙里挪挪之后,戴起毡帽,抓着手杖,走出馒头铺子来。望望站里的挂钟,时间还早,于是在站外小步来回走起来,正像有教养的绅士们一样,那步子仿佛随时都要停下来那种缓慢法。

麻雀唧唧喳喳在红辉满映的低空,飞鸣着。南面矮矮的岭脚下,一辆露天卡车,散放着腾起的尘雾,飞驶来了。

吴非有心想跑过公路,到馒头铺子取东西,赶忙抹回身子。正当这节骨眼儿——他伸腿要横越公路的瞬间——卡车嗨嗨叫了两声。他退后两步,再偏脸望望车身距离自己的近度时,猛然发现车厢里站立的许多军人中,有个有双水灵灵大眼睛的少女。

——乖乖,是她呀!吴非有心里叫着,想朝她扬扬手,因为当时他明明看见她的眼睛,正在望自己,可是这时却又故意避开去。吴非有朝后退一步,车子从他眼前一闪而过。

吴非有的眉毛掀了掀——一点儿也不会错,乖乖,就是那个女人哪,他想。同时他的眼睛并不离开那军装少女的身影。她下车时,他望见她对同车者说什么了;他又望见她和同车者挥挥手,又在小零食摊上买什么了。

"她一定会找我。"吴非有想。并且他断定她会和以前一样,豪放地咯咯咯笑,开口又是把自己当作孩子似的逗弄一会儿,一直把自己逼到脸红脖子粗才住嘴。

乖乖！这回可得给她个辣糊尝尝，可攀不得第一次。那时在上海，他才刚出学校门，因为没职业就投到流浪朋友的放荡生活里，整天无聊、沉闷的日子只有在扑克牌上消磨了。亭子间，除去赌手，没有闲人，他们都静静地盘算着自己对手的牌点，借以帮助"打王"或"帮王"。

"非有，快出来接客人呀！给你介绍的女朋友来了。"接着是高跟鞋敲击楼梯的得得声，还有另一个女人咯咯咯的笑。

吴非有的心，很厉害地震动了一下，立刻把牌丢了，连牌毡一股脑儿向床里塞。

"那怕什么？"牌友半惊半疑地叫。

"别打了，人家看见成什么样子！"吴非有低声说，一面为了客人来的意外，而没有预先收拾房间而不安。满地碎纸、花生壳；台子上又是香烟蒂巴和零散的火柴杆儿、纸片、报纸，又是散乱的笔头和杂志。现在只有把枕头旁那双破袜子朝被里塞的工夫了。我的天！

"你不打，我们还打呢！非有，得给介绍介绍……"

"别吵，别吵——来了，来了。"吴非有满脸郑重地说，那神气似乎紧急警报后谛听到敌机的嗡鸣似的。

门吱的一声推开来，一个少女出现在门口，露着两条雪白的胳膊，还有没抹口红而鲜红的薄唇。一双水灵灵的大眼睛，眉尖挑着浓兴，微微掀动一下："嗳！这许多人呀！——哪一位是吴非有先生呀？"回脸咯咯笑起来。

"站在窗口那一位。你们又玩扑克吗？嗯！我没去过——非有！"他们同乡陈太太说，"你也不招呼声。"

吴非有这才抬起眼睛，说什么呢？"坐坐，坐坐。"并且心里嘱咐自己——别发慌，千万沉着。

赌手们——那些流浪的青年，全都站起来了。有的招呼客人，并请陈太太介绍给自己，有的收拾牌页。

"我们到前楼打去。"穿工装的朝另一个斜闭闭一只眼，"让地方给人家谈天,走。"

"那对不起,扰闹你们了。"陈太太说。

"在这里打吧,我们还想看看热闹呢!"少女双臂交抱着,望着吴非有,"这房间可太小了。"

"在前楼打,宽绰。"穿工装的在爆响的笑声里,大模大样地提着牌毡出去了。

吴非有一直找不出话说,站在那里不是,坐着也不是。屋里就有三个人了,吴非有这才装着并不拘束的神气,走到台子上去摸暖水瓶。

"坐坐,坐坐,喝茶,喝茶。"他自己也不知道说的是什么。心里越警戒自己,不要把水倒在杯子外边,手就越发颤抖起来。暖水瓶也抖着,碰得杯子边当当地响,幸而暖水瓶里流不出一滴水。

"没有水了,没有水了。"吴非有像是对自己说,手还再进一步抚抚水瓶。

"谢谢,不渴。"那有一双水灵灵大眼睛的少女,歪身坐在床上了,一手按着被子。

"非有,我给你介绍一下,这位是王少龄小姐,你不是想找个女朋友吗?"

"谁说要找?"吴非有望着桌角满脸飞红,抽出一根火柴折断,又抽出一根折断。

"还这样年轻就找女朋友吗?"咯咯咯笑着问,"你十几岁了?"

"那!二十一岁了呢!"吴非有并不用抬眼,就知道那双水灵灵的眼睛望着自己,他竭力不使声音带出兴奋来,正经地说,"真正年纪,照西欧法算,要算二十岁,可是一般的,现在那照中国法算。"

于是王小姐又咯咯咯笑起来:"用功好了,用功自然会有许多女朋友找你,不用你去找她们。"

"他很用功呢!"

吴非有对陈太太的轻薄,显然有些激怒,但装作满意的笑。

"你都看什么书呀？"王少龄小姐斜着身子朝床后那窗口伸手，抽出一本书。

好久，吴非有不知道说什么好。每次见陈太太给自己递眼色的时候，他就朝她摇摇头、皱皱眉，一半表示自己不高兴说什么，一半也表示自己说话的艰难。

陈太太扬声要到前楼去送点东西，就出去了。吴非有默默在那里想："乖乖，这样个女人。"他听见她翻书页的动静，他默默望着她那又长又密的睫毛，突然她闪眼朝自己望着："你老是看我做什么？"

"我没有看你。"吴非有在这瞬间，下齿咬咬嘴唇带着沉思的口腔说，"我是想看那本书，你看的那本书，本来是小张借给我的……"

于是王小姐又放纵着她那兴致淋漓的热情，高声笑了，像春天流水似的，咯咯咯的，既动听，又悦耳；可是吴非有嘴角只露露庄严的笑影，脸却不自觉地红成一片。

"——若是我不说小张借给我的就好了，说小张做什么，本来是我自己的。"他想。

房间里又沉静下来，只有书页划划地响。

足足十分钟，吴非有没有抬头，手在专心一意折断一根根火柴，仿佛折得极自得。

"我去看看，前楼有开水没有？"他突然说。

"我不渴……"她想他为什么这样忧郁呢？为什么老是说开水呢？

"喝一杯吧！我拿去，就在前楼那边。"吴非有慢慢走出来，并轻轻掩了门。

一到前楼，吴非有就松口气。

"你不陪客人，跑出来做啥？"

"你去，我一个人说什么？"吴非有的眉皱皱，"这又有什么可笑的，真是无聊。"

"你还管住我们笑了，老兄，又发那份脾气。"穿工装的说。

"真是个雏，我情愿是……"

"你给男人丢透脸了，老兄，你跪在她脚下说'我爱你'。她就不会那样目中无人地笑了，女人就是这样，你压……"

"好了，先生，别开玩笑了。"吴非有说。

"你请她看电影去好了。"另一个说，打下张"老K"。

"你先回去，我稍过一会儿就来。"陈太太说。

"真是你的客人，你不招待，倒叫我。"吴非有匆匆出来，一想，不对，于是又拉开门小声问，"那热水瓶，有开水没有？"望望穿工装的摇摇头，就蹬蹬蹬地跑下楼来。

灶披间的铜水壶，正噜噜地响着，热气从壶嘴直冒。提到手，怪轻的，多半是开水。抹转身子，就又蹬蹬蹬朝楼上跑，第四个蹬还没响出来，半截腰贡的一声，吴非有就拖着这声音滚下来了。铜壶敲着楼梯阶，叮叮一阵响，水流也发出滴到楼梯板下的动静。我的天！幸亏他滚得快！铜水壶没有追上他，开水因之也没有洒到他的头上。周遭冷冷静静，又没有什么人，吴非有连忙站起来，悄悄摸摸鼻子，还没有碰掉，满好满好的在脸当中。忽地，亭子间门口发出声音："你在做什么呀！"于是吴非有望见王少龄小姐那双水灵灵的吃惊眼睛了，接着又是爽朗的笑声。

"没什么，没提住滚下来了，这楼梯很滑。"吴非有确乎没有感觉到什么似的，很平静地把壶身和壶嘴、壶盖拾在一起，慢慢走进灶披间，在门后扑了扑身上的尘土，想不即刻出去，稳稳心，喘喘气，心里打算明天换双布底鞋，没想二房东那满脸狡黠气的扬州婆娘，闯进来了。

"吴先生，怎么的了？刚才没跌坏吗？"这婆娘高声说。

"没有。"吴非有小声答。

"哟！我那把壶嘴怎么掉下来了？"这婆娘的声音更高了，弯腰拾着壶嘴，朝壶身对对，"这跌成什么了！……"

"不要紧，我歇会儿给你买个新的。"吴非有皱着眉想——一把壶值得那样——想回到楼上。

"你没烫着呀！吴先生。"这婆娘跟着说越发不肯放低嗓子了，"本来这壶还是我们男人在外省做事的时候，朋友送礼送的，这是真正风磨铜的，古物呢！现在买也买……"

楼梯得得响了，夹着陈太太说话声，还飘浮着另一女人断断续续的明朗的笑。

"这壶我用了二十多年……"

"好了，好了。"吴非有完全被激怒，"我说赔你的，又不是不赔——我现在送女朋友……你们不多坐一会儿。"吴非有双手插在裤兜里，脸色显然还遗留着怒尾，勉强对客人笑着。

"我们走了，有工夫请到我们那去玩。"王小姐两眼，似乎失去原有的兴奋，在门口朝他扬扬手，咯咯咯的笑声也离开她的嘴边了。

"对不起，连碗水也没预备。"并不拼齐两脚，吴非有随随便便朝对方点了点头。

直到吴非有回到亭子间，二房东那老婆娘还纠缠着他，说是那样的铜壶再也买不到了，说是现在修理人的手艺亦不好，也不能把铜壶还原。后来，吴非有找个铜匠焊好，才堵住她的嘴，可是还不十分满意。抗战前吴非有在社会上已占到点地位的时候，还接到过上海友人的信，告诉他那扬州婆娘二房东，还常常对房客讲起那把铜壶："啧啧！这铜壶用了二十多年，从来滴水不漏，自从民国21年，我们这亭子间住了一个吴先生……"信里边描述着她的声色。

现在吴非有听到身后的嚓嚓脚步声了。他依旧缓慢走着，手杖轻轻点着地，短促的呼声逼近自己时，才站住脚，眼睛沉思地望着前面的少女，和无意中被老友唤住而被唤的人却不知道召唤者的姓名一样。

"吴先生，你不认识我了吧！我，王少龄。"

"嗷！真想不到，真想不到。"吴非有握住伸给自己的手，"几乎不敢认了呢！你这几年还没变样。一说起来，我就想到了，哈哈。我们到这草上坐一会儿怎样？谈谈好吗？你没要紧事吧？"

对方望着吴非有的两眼，又咯咯咯笑起来。同时顺着他的脚步，肩膀紧贴着他。

"你的笑声，还是那样。好几年了，正经好几年了……这边坐坐！"吴非有坐在王小姐铺的手帕上，她自己摘下军帽铺着："老远我就看出是吴先生了。"

"真的，好几年没见了，可是我没有一刻忘记你的笑声……哈哈……"

"现在吴先生不脸红了吧！"

"哈哈！你还是那样顽皮。"吴非有极郑重地说，因为一时找不出话，就吐了口痰。

几分钟后，他们紧紧握握手分开，邀定在省会碰头，吴非有得到了许多老友的动态，他感叹着是生活摆布人呢还是人摆布生活？在这又碰到她了，眼送她走向车站后，直到窈窕的背影在紫黯色中隐蔽了。

车站上笛子鸣叫，吴非有匆忙赶到馒头铺子，汽车漱的声闪过去，他立刻站住。

"车开了吗？"继之，他嘱咐挑夫，"那末把我的行李挑到旅馆去。"

二

吴非有的出身，在他周围的人，很少知道的。他自己生活在孤独的圈子里，从来没有使这圈子露出一点可给朋友探眼窥出底细的空。对别人，他也守着相当分寸，即使他知道某人有些有趣的史料，也只自己埋在舌下，烧酒都灌不出来。这倒不是中国古有道德所说的"对友莫言他人非"，而是生恐那些有趣语气失掉自己一向用严肃所造成的周围友人对自己的崇敬。假若不常接近他的友人，路上顺便闯进他的居所玩玩,立刻在他那镇静沉着的表情下,会感到逼迫的,并受到他的传染,这情景似乎两个国家外交大使晤面一样,而其中一个又是无事拜访,那么五分钟后,主人就是预备招待一餐丰盛的小吃,来宾也不得不礼仪彬彬地辞谢了;从此绝不会没预备话而随便闯进他的住处。用这种生活方法和友人划了一条不即不离的距程,而这距程使友人们又影响到它的坚固性。总之,一些日常生活中,和吴非有交往较密的,都知道他是个有教养的人物。

"府上是……"

吴非有遇到初识友人的问询时,会简捷地答以"寒舍在北京"。这使想饶舌头的人们,无可辩驳,一口纯粹京片子腔就是铁证。说真话,吴非有的家乡,还在距离北平若干路程的保定。

当段祺瑞初起时代,本是出身望族的吴非有的父亲四老先生,手头还有从祖辈一直传了几代的百把亩田,雇人耕种着;但当吴非有过五周岁生日的时候,这百把亩田在四老先生的大烟灯那豆大的火光上,逐渐烧完,家运开始衰败。极深刻的使吴非有叹息了半生的是:一个冬天晚上,风雪在窗口和古老院墙扑击着、咆哮着,而四老先生一手撮住下巴,埋着忧郁眼睛,叹息着烧晚饭的木柴没处借。说实话,也并不是没处借,倒是难以启齿。最后,还是决定劈书房的那套楠木制的刻花桌椅。虽然客厅那套家具更旧一些,可是,一想到客人会在这里窥出露洞,就毅然地保持下来。为了顾忌绅士门第的尊荣,宁可这样。四老先生是不主张在小家的邻舍们眼前开口让自己口中脱出个借字。当爷儿俩亲手劈的工夫,四老先生不止一次小声嘱咐吴非有:"斧子捏紧,用力轻点,你听听你劈的响声多么大,隔壁刘老二家还没睡呢!"直到现在,吴非有想起那套楠木刻花桌椅立刻会感到一阵余痛:"唉!劈那套客厅的,多么好。"这地主家庭没落的悲惨,孕育了他的大半生郁郁寡欢的性情,并决定了他之后在社会上的发展。

在私塾读完《礼记》,吴非有终止了学业,没有名入黉门,不只自己，连四老先生希望的美丽花朵都死灭了，幸而他却以"少年老成"在远远博得了好名声。因为这中国古有的美德，吴非有受到所有亲戚、本族、邻舍的赞扬，就是几里外的村庄，母亲为了儿子惹祸，或被另外孩子抓破脸，就会边打边骂，定不可少夹一句："你不学学保定财主家的非有。他倒是十六七岁的孩子，谁不道个好。"所以当四老先生得了烟后痢下世后，吴非有很快被本族收养下来，不久送进北京洋学堂，直到高等师范毕业，吴非有才以教育者的姿态在社会上放光辉了。当北伐那些战争岁月，吴非有是全部消磨在上海一所国立大学里，贡献出他三年的青春、才能、精力，他获得了享受它的权力就是说他依靠它，得到了优越的助教位置；但新的思想和新的生活意识，又使他开始了青年运动者的辛劳的日子。终于离开那所大学，建立起自己的据点，壮年创事立业的日子开始了。他创刊了经济批判性的杂志，借以领导千万绕立在他周遭的青年，同时左臂下新添了皮包，右手也开始握着手杖了。这手杖，他不肯使它触地皮，不是提在手里，就是挂在弯曲的右臂上，然而这一切，并没使他的严肃态度受到损失。他博得了千万青年的尊敬，也得到了接触有名政治家们的机会。

在这照他自己所说"过的是和黑暗搏斗的生活"当中，吴非有完全是一个新生的人物了。说话总是低低的，满脸找不出一点欢喜的意思，总是时时皱眉，闭嘴，用参加不相干者的追悼会那种冷静而又庄重的表情，参加着讨论。他很少争辩，或坚持自己的意见，并且他更很少提出自己的意见。因为他怕自己的意见被拒绝而失去青年们眼睛中，对自己闪耀的尊重光辉。若是会议出现了两派的激烈辩驳，那么吴非有估量着双方人数的多寡，再从脑子里搜集有关这问题的论著中和多数人的主张相同的部分，但又不完全把少数人的见解扬弃。虽不加自己一点意见，却构成了自己的理论系统，避开调解的口吻，调解了。虽不考虑问题中心的本身，然而赢得两派掌声是一定的。

在一切人们集合的场所，都能挑开他的智慧和才情的渊泉，只有遇到女人，尤其王少龄小姐式的女人，他才发现了自己本身存在着某种足使自己吃惊的缺陷。

碰到王少龄小姐这天夜里，吴非有是心神焕发，脸上闪出极少见的开朗光润，眼睛仿佛有着随时想笑那样闪闪的光。就是太顽皮了，要规矩点多好，女人总该稳声稳气的，才能过日子。自己关在旅舍想了一阵，表征忠厚老实的眼睛，望着台子上坐镜映出的那双善良的眼睛，微笑着；突然吴非有的指骨轻轻敲一下台子，站起来，他听到房间里一声自己的欣悦舒服的叹息。两脚点地，身子朝床上一掷，就势倒下，让两条腿慵懒无力地下垂着。刚一闭眼——像得到初恋少女的第一吻而分手后，自己躺在床上微闭起眼睛一样，狂欢的感情又冲动着、燃烧着，他的手有力地拧着枕套："小乖乖！小乖乖……"声音逐渐颤栗，显出像西班牙斗牛力士屈身在回退就扑过来的牛头前一样的激动脸色，眼睛射着强烈不移的光。猛地坐起身子，被抛起的枕头就从空中打来，迅速地挡住它，又用力掷上去："我的小乖乖！"他专心一致接着自己抛掷的枕头，全部注意力都集中在它上面，不让它有一次失手落空。他完全沉醉在这技艺上了，汗点开始在他红鼻尖上出现，他喘吁，疲乏，身子觉得热烘烘的："哎呀他娘的……哎呀……累死了，小乖乖。"他对枕头说："你把我累死了……听话，歇歇我再陪你玩玩。哎哟！累死了，你这小浪蹄子。"用两指捏女人红腮的姿势，飞手拔了枕头一个"萝白"。

气息平静之后，吴非有整整衣领、裤脚，他想该洗洗身子，来享受浴后的轻快睡眠了。用绅士或文官召唤人的那种稳重口气："来人哪！来人哪！"

"浴室间有人吗？"

"长官要洗，马上可以洗。我们这有三个洋盆，现在都空着。"茶房是个壮年汉子，光头，金牙，短裤褂，笑嘻嘻的样子，似乎终年不变："长官，茶水凉了，叫一声。"他盖上壶盖。

"喂！你别走。把这个搬到床上。"说话间用脚踢踢箱子。

"长官这就洗吗？我去叫他放水。"

"长官！不要找个女人陪陪吗？"

"呵？"

"要找个女人陪陪吗？"茶房望着这阴沉不欢的旅客说。

"不要。"吴非有背朝茶房打开箱子，"这里查夜不？"

"长官，你放心。宪兵、警察都在十一点查，十二点钟叫来放心睡好了。有时候也作兴不查。这里的女人都能说普通话。"茶房发现客人没有申斥意思，于是赞扬私娼的话，极流畅地从他口里淌出来。他夸着这里私娼的身份，大多是杭州逃难出来的都市少女，又年轻，又标致，又能体贴入微，并发誓担保客人满意。

"她们怎么不找点小生意做？"

"长官，她们都是娇养惯了的，哪像乡下人，拉不下脸来呀！"

"那么她们都认识字吗？"

"认识，有的还能写家信。长官，保管你满意，谈得来，说得去。……"

"那么她们都是二三十岁了吧！"

"哪，十七八的都有，长官尽量你挑……"

"有苏州人吗？"

"有，从前这里有……"

"好！你去叫他们放水吧！"

"长官，那么我去叫几个来，你看看。"

"去！你胡说些什么！"吴非有立刻显出憎恶的脸色，"把水弄得烫烫的，听到没有——去吧！"

"长官……"

"去！去！"他大声说，连自己也吃惊他是这样严厉。

挟了预备替换的内衣内裤，拖着拖鞋。十分钟后，吴非有在浴室出现了。上衣，茶房给挂在三脚架上，衬裤是在茶房离开后脱掉。站在火炉前望望自己营养得很丰腴的身子，在大腿两侧的发痒处，吴非有仔细检查了一遍，电灯光不强，他疑作那些是湿气性的病症，可又不像疥。吴非有很疑虑不安。电灯高高悬着，光力贫弱得像败落寺院的佛前残烛似的，阴暗不明。他举手既够不到灯泡来放长电线；低头，眼睛又不能贴近大腿的绯红处，辨别究竟跳蚤从这路过过，还是真的湿症预兆。他对自己肥胖的身子，巡视有二十分钟，终于断定是衣服日久不洗的缘故，就投身入蒸气弥漫的热水盆里，蒸雾围成一片，吴非有的形体完全被遮蔽了。他微闭两眼，皱眉忍受着全身皮肤所感到也痛也痒的刺激，他体味着这刺激给予极大的颤抖性的舒适。脸涨红，鼻子显不出特色了，只是那红红峰尖上汗珠滴滴……气息短促，他大声喘吁着。沉入心痒兴浓的酣醉中，吴非有开始握紧毛巾，有力地摩擦身体上他能够摩擦到的每一部分。社会所有的一切荣誉、权威、金钱、爱情、真理仿佛都远远离开他，只有这瞬间他享受到宇宙中最大的幸福了。当他在这最幸福的出浴瞬间，他完全失去控制自己的力量，他的巴掌在他那又光滑又白的臀肉上乓的拍了下，"乖乖"的声音，从他口腔里跳出来。天呀！茶房就立在眼前，吴非有粗眉立时皱起来，他又朝背上拍下："这里有蚊子了！"

"蚊子？"茶房缩回拿毛巾的手，"长官，我们这可没蚊子。"

"没有怎么的！有……"

"长官，我们这……"

"你出去，这里不用你。"他截断对方的辩解。

"长官，该怎么，怎么说，我们这儿可没蚊子。"

"嗳！你这茶房真怪，怎么老是顶嘴辩舌的，没有蚊子，我还会暗昧天良，凭空按赃。"

"长官，我可不敢辩嘴。长官，我要辩嘴，你打我嘴巴，该是怎么是怎么，我们这儿可没有蚊子。"

"去，出去！"

"是，长官，你叫我出去我就出去，我可不敢违背你老的意思，该是怎么是怎么，没有蚊子可……"惶惶然的眼睛闪闪，退出去，吴非有还能听到他的声音，"我们这可没有那种伤天害理的东西。"

吴非有完全在愤怒的状态中，所有浴后的愉快，都被这不幸的争论损坏了。虽穿着洁净衣裤，但眼睛在紧促的粗眉下，被发泄不出的气愤逼得怒光闪闪，经过暗沉沉的甬道时想："——我不是出了一次两次门，从小就在外边混，碰到这样不讲礼貌的茶房，还是第一遭，妈的，一口咬住石头就不放，说话不能欺良心……"掀开自己房间的白布门帏，完全意外的，一个柳影窈窕的妙女出现了。

"没有错，你老是在这房间。"媚荡的眼风一瞟，笑了。

像平常人遇到这意外事情一样，吴非有没能立刻做出一个适应的表情，像没有听到她的话，也可说用根本没有感觉她的存在似的姿态从她脸前走过去。他觉出背后有两只有力的眼睛射着脊梁。他惶惶然，完全不由自主地走到桌边喝了杯茶；及至发觉这茶是冷的，伤身子的；水已经流入他的肚子里了。这更激怒了，在他刚想启口喊茶房的时候，他发觉她早已投入自己的怀里，并且她那两条藕白胳膊已经围着他的脖子，他自己不明白怎么会坐在床上了。

"老相好的，你的脸多胖，多漂亮。"

由于"老相好的"这不文雅的称呼，他像中了一只冷箭。突然跳起来，皱着眉，嘴唇颤抖着："去，你给我去！"他指着门口。妙女眼睛闪着恐怖，脸色一阵苍白。

"哎哟！岁数不小，火气还那么大。"瞬间她又恢复了原有的媚态，那胸部更有力地贴近他："不怕吓坏了人家。"

——她还撒娇呢！真不害臊。吴非有开始推开她，又像要从她手里解脱开自己之后，就拔脚逃跑似的，"去！你给我出去。"在紧张的摆脱时他又说。正当这时，正当他将自己的头从她环抱中低缩回来时，吴非有突然发觉门帏边缘有四个手指伸进来，一个极迅速的动作，他颓然倒在床上，装作已经躺了两三个钟头似的平静地躺着。女的坐在他的腿上，吃吃笑。

"长官，不买什么东西吗？"

没有响声。

"长官，要买什么早说声，这就要关门了。"

"他睡着了，你去买包香烟吧！大前门的。"女的说。

吴非有高声叹叫着："——完了，完了，什么都安排定了……"

整个旅馆像潮水低落似的，逐渐平静下来。窗口能够全部看清的那幅旅馆本身的巨影，有几只方方眼睛闭了，有几只还在楼上楼下放着光。

吴非有木然地面对着女的，尽力躲开相触的视线。偷眼望望，鸽蛋眼，尖下巴，秀唇菲薄……女人所特有的诱惑力，在这鳏夫的身上，开始发酵了，而这酵母，只是坐在他身前的窈窕形体。

"老相好的，快睡吧！你老是看我做啥……怪叫人家不好意思的。"后一句是埋眼摇肩说的。

因为那不文雅的称呼，又皱皱眉，吴非有的眼睛一立："你说的都是什么！再别那样叫了。"

吴非有觉得这话在女人身上，发生了重大的影响，她的鸽蛋眼闪出像幸运突然飞到头上一样的光润。突然不轻不重地在他腿上拧一把："该死的。"

"你叫什么名字？"吴非有现在才显出浴前随时要笑的面容了。

"老七。"

吴非有又憎恶地皱皱眉："这土娼多俗气。"

老七也在想："——这家伙，神经病似的，脾气多怪。"

"你先睡吧！"

"不，人家要吃碗面！"摇摆着身子。

吴非有叹口悦服的气,付给茶房买欢钱之后。躺在床上了,低声唱着:"杨延辉,坐宫院……自思——自叹……"

十二点敲过,吴非有静静望着老七收拾被褥。

"别扭灯。"

"人家不吗?怪难为情的。"突地张开臂扑到他头上,之后,纵放无忌地像把吴非有当毛巾洗似的一阵剧烈的揉摸,吴非有尽情低叫:"我的小牙刷,我的小牙刷。"甚至随着狂燃的情欲,他顺口叫起"我的小钢笔尖"来了。

"扭灭灯吧!"女的抖搂羽毛的水鸟般,站开抖搂着衣服。

"别扭。"

"人家不吗!"

"别假惺惺了,快脱衣服吧!"

"不吗!"

这次是吴非有凑过来,替她解扣。她辞拒着,他不停嘴地说:"嗳!听话,别闹,我给你脱。"当老七赤裸裸的胸部、乳峰……全部坦露出来的瞬间,她立刻窥出吴非有脸上的突然变化,那完全是陌生的。

"你有梅毒!"

"哎哟!你老是一惊一慌地吓人家!"老七从木然中清醒,"我当是天塌呢!"

"我晓得这些红点……"

"你快住嘴吧,这是人家热的痱子。"

"痱子?"

"痱子。"

"呸!我知道,你当我是傻瓜!去!"

"这不是痱子是什么,你看看。"老七的感情立刻被吴的冰冷脸像传染,她沉静地望着他。

"凭良心说,你这是痱子?"

"可不是痱子是什么！"

"去！"

但老七却自自然然，像在这房子已经度过若干岁月似的，投身在被子里了，沉默着不说一句话。

吴非有很明白，推脱她是困难的，若她吵起来，住在这里所有的全体旅客，会披着睡衣挤进来，吸取这在无聊旅途上的珍贵的解闷材料……想想，吴非有终于心灰意冷："——简直这是旧式结婚，硬逼着我和她一起睡，娘的，倒霉。——这是什么旅馆，简直是一群土匪。"

把被子全部拉过来，将自己身子包围得严严实实，丝风不透，闭眼睡觉了。

"我盖什么？"

吴非有不响，黑暗中锁着眉："——妈的，那口冷茶喝得不大好，要闹肚子，倒霉！"

老七忿忿把新式大衣披着，倒在里面边结扣边想："——随你怎么样！反正你已经付了钱。"

俩人背对背，不知什么时候，却睡着了；又不知什么时候——想来夜已很深，都感到冷——俩人嚓嚓又吵起来。

"你别朝我这边挤，向外点。"

"谁向你那边挤……"

"你知道，你的病有传染性，我不是说挤……"

"谁有病，人家那是痱子。"老七也低声说。

"你怎么老是说痱子，那明明是梅毒。"哑着声，生恐隔壁有人高喊"不要吵，妨碍人"。

"你怎么说也是没有病，人家明明是痱子。"

"凭良心说，你不是梅毒怎么的，你当我是傻瓜。"

"痱子是什么样，病是什么样，你不信，捻灯看看。"

"你还辩嘴，再辩嘴，给我滚出去！"吴非有满肚火气，一反身又闭住嘴了。耳边开始听到老七的嘤嘤啜泣，好久，这抽抽啼啼的啜泣声，在吴非有心里扰乱着。他突然地坐起来："你成心一意和我找麻烦，是不是！"

"人家本来是痱子……"她哭泣着辩驳。

吴非有完全忍耐不住了，手颤抖着，乓地扭开灯，连老七也看出吴非有的气性暴发了，他的脸色苍白，只是鼻尖依旧保持着红红的颜色。于是她停止声息，极力镇静自己，收回眼睛，等待事变的发展。然而好久没有动静。偷眼望望，吴非有伏身在窗口望什么。不管——一赌气，老七埋脸不久，就睡了。

吴非有开始感叹了。周遭静悄悄的，他觉到一种悲楚气氛，飘溢四围。窗外星光暗云，他一点没望到。

——她是一个多么可怜的悲剧的人物呀，该使人同情的……是什么身世呢！那一定隐闭着一个人世的悲剧。回头望望老七埋潜在被里的形态，吴非有发出一声叹息。他感觉到像俯身在孤独的流浪孩子前问询，而那孩子又不自知本身的悲哀那种感觉。

黎明前的寒冷刺心的气息，使吴非有打了个寒噤，然后一手遮嘴"喔……"的一声，伸开两臂打个呵欠。他太疲惫不堪了。但不想再睡。望见老七露在外边的大半只胳臂，吴非有叹着："她睡的……也不怕受寒。"悄悄走过去替她拉拉被子，又轻轻把她的手放进去。老七两眼突开，在这一展眼间，一种发自内心的微笑、完全不自觉的娇美微笑，映入吴非有的眼睛里。

三

离开那个小村镇的时候，吴非有还是沉在悲哀和由于那自动地现在老七秀唇上的美笑引起的愉快而凝成一种混合无序的感情中，久久感到自满和不安，及至在另一个铁路小站，搭上夜班特快车后，许是因为车厢的宽阔，身子可以随意转辗走动，而感不到公路车上的挤塞、狭窄，吴非有的绅士型脸，整个开朗了。旅程中的人们所觉到的那种心神舒散，重新回到他的身上。他有着充分的自由，愿意伸腿就伸腿，愿意动脚就动脚。用着上流社会人物惯用的神气，一肘压着窗口，两手握住支持了他整个松弛无力身子的手杖，眼睛不望近前的乘客，尽自朝窗外远瞩遥望，即便把眼光关在车厢里，也常是超越旅伴们头上向远处送。周围像只有他一个人的形体，别无存在似的。"——喽！喽！想不到这样一个气派十足的绅士，会被土娼欺负了一夜，就在几个钟头之前……"他自想着，"但总是值得尊敬的，自己那崇高无比的感情，是多么纯洁、至圣，没有一滴俗情庸欲。"两脚交盘住手杖，一只腿轻松自得地颤动起来了。不久，吴非有的全部注意力，被窗口外连续飘闪过的满片绿野引诱住，任凭车身震动得怎样剧烈，他的感情舒适地朝闪逝相接的一株株乌桕树丛之外驰骋开去。他第一次发觉暮辉下的原野的可爱，那无边无际展开去的土地，多么广阔呀！像平日生活惯常迟起的人，突然在一个初冬早晨，打开门，一眼望见昨夜落满地的无涯的积雪一样，胸口顿然开阔而畅快。他也第一次感觉到生活的美和健康的幸福。这健康是他经常注意饮食、营养、睡眠时间、饭后的散步……而获得的；但最要紧的，还是节俭，这次他为着没有买到三等卧车的上铺，就出越了他的生活常规，下铺贵两三毛，两三毛能买三四十张十行纸呢，所以他没买！对今晚上的睡眠，忧虑了好久。现在，正当他收回纵情远眺的眼睛的现在，是心坦意静了。周遭零零碎碎地响着旅客们的畅谈阔论，吴非有闭起自己眼睛，休心养性了，渐渐耳边失去人们谈论声。铁轮滚碾铁轨的激烈的动静，越来越响，客人们有的拉下窗帘，关住灯光；有的任性伸着懒腰，给谈天的对手示意自己要睡了。窗玻璃反射着车顶灯辉，偶尔也能映出人们疲倦的憔悴的嘴脸。满车空气是不可耐的沉闷，只有吴非有香甜的响鼾出色，一切的上流社会礼仪都离开他的身子，满好满好的一个善良而庄重的绅士，腮压住手背，嘴蛋形地张开，帽子掉在了地下。使邻座的戴瓜皮帽的汉子,不时望望他,这倒不是为了这青年绅士的失状。从那汉子的忠厚老诚的眼色里,就可知道,他是多么吊心提胆地听着吴非有的响鼾,那响鼾时而被鼻孔的什么塞住,而中断了。戴瓜皮帽的汉子就紧张而屏息地直盯住他,等到流畅地通过鼻道的气息声音,那汉子就轻松地透口气,正像一个少女听取她的有喀巴口病的情人诉情一样,既劳心,又劳力。

第二天的吴非有仍然是贵人风度,越过邻近旅客的头上,朝远处望着,一手插在大衣袋里,一手挥着手杖,慢声慢气指点着行囊,交付给黄包车夫搬运,他终于现身在以盛产桂圆出名的中国某省省会了。

半点钟后,吴非有在一家最有名的大饭店安顿下来。为了在朋友跟前叫得响亮些,他很满意这饭店的新式建筑。这完全是海滨别墅,半边突出方丈大的圆形廊厅作为入口,半边缩回五尺宽的长方形建筑,闪着上下两排整齐的玻璃窗。和入口线齐的一排矮栏杆上,只缺少绿荫满片的茑萝,而顺着门台的西阶走下去,又是栏里窗外的那五尺宽的长方草地。半圆形廊厅的上层,作为半圆形的晒台,像帽舌一样伸在两层楼上的餐厅门外,正方形的洋楼高层的平顶,形成正方式的平面露天花园,而花园的走道,像巨斧柄似的通到斧头般二层楼礼堂的门里。油漆楼板,洁白门帘,宽甬道,粉墙壁。上下两层,两式一色。总之一切是朴素美好,但吴非有却住了礼堂背后最高层的普通房。所说普通房,只不过光线黑暗,设备倒齐全:带纱帐的铜床,安乐椅,茶几,书台,烟灰盒,瓷痰盂,干干净净,完完全全。

抬着胳臂,让茶房刷遍大衣的前胸、后背、腋下、袖口,吴非有边侧着身子边想:——大旅馆,到底讲究。

十分钟后,吴非有雄伟的身姿在街道上出现了。两个英俊挺拔的青年军官,迎面走过来,彼此都是显着青年名流们在会合场所那种近在肩侧也不相望的眼神,昂然地穿过去,背对背,越走彼此越远了。此外,吴非有还有一个不注意街市人物的原因,那就是自己注意力全部沉入没有走到被访的友人门前，那种焦急状态里。但照他的脚步看去却依然是一步挪不了四指似的，加以寥寥的行人那种匆匆的走式，越显得吴非有的斯文了。透过这外形，不难窥出吴非有的有良好修养的素质。这动作是和他的富态而体面的仪容配合得多么合适，看他站在高墙深院的门前，轻轻用指扣敲了。

门悄悄闪开一条空隙，一个农妇像的脸孔慢慢从门缝伸出来，仿佛夜鼠露头洞外探嗅深更的声息一样，最初一瞬间，两眼疑疑思思的，而当这臃肿的粗胖腰围一映入她的眼里，立即知道来宾的良善，并且非把门全部打开，只半扇是没法挤进那大南瓜般的身量来。

"谁？"吴非有望见院门右侧的纱窗闪动的面影，似乎不止一个，另一个低音："我不认识，你看！"

一进屋，脱下帽子："南波先生，您还认识您的小兄弟吗！——您想想看！"

"嗷——"一个拉长尾音，刘南波把笔插入笔帽里，同时挪座位！"想不到，想不到，一个人吗？从上海来吧？"摩擦着两手，又想起什么，俯腰盖上铜墨盒，并且摘了玳瑁眼镜，又吹吹桌面，其实桌面连点微尘也不见，边说："倒茶，把那个新茶盒打开——就是那个扁扁的，描花茶盒。"眼不望女仆，又提起铜墨盒，像日久失清理似的，只有这时才获得清理机会一样，再吹吹丝迹不留的放铜墨盒的桌面那小小位置。幸喜身旁没有扫帚，有的话，吴非有觉得他很可能还得退到房门口，让主人仔细地打扫打扫。旁边显然有个女人。当主人整理什物的兴趣正浓时，女人又不招呼客人坐，吴非有自觉淡然无趣，站着也索然无味，于是，自己没法不动手看看自己有什么清理的没有。皮包没带，首先把手杖从左臂上摘下，轻轻倚靠在桌旁，次则帽子、大衣，并紧紧腰带，情景显然使刘太太有点恐怖，那完全是打手在动手前所有的一套。两个文质彬彬的绅士，同时感觉到自身是整理妥当，可以开始重要的会谈了。

"走了几天？现在走路真不方便呵！"

"还好。"吴非有说，"您胖了，一年不见您就胖了。真快，我们离开一年，抗战三年了呢！"

"我胖了吗！我是胖了吗！丽玲，他说我胖了！吓吓……你们来认识认识，那么小把戏您可没见过，来！给吴叔叔行个礼，他叫小公鸡。"刘南波把他儿子小顺子一把拉过来。

"你老是小公鸡小公鸡地叫人家。"丽玲说。

"噢！那个叫小母鸡！快来给叔叔行个礼。"

"几岁了，小朋友？"吴非有拉着对方的小小的手掌问。同时一个微笑浮在他的嘴角上，等待着对方的答复。

"七岁。"

"属什么的？"

"属鸡的！"

"照中国算法，六岁，六岁属鸡，记住，小朋友，哈哈……满好，满灵伶。"

最困惑的朋友初见的那种拘束而艰于交谈的感情，离开吴非有，失去的自主力，也逐渐逐渐恢复，吴非有能够充分地抽出谈话以外的注意力了。

刘南波，看去，四十开外，前脑秃秃的闪着润泽的光辉。中等身材，穿上蓝布长衫也显不出高一寸，平胸脯，塌肩膀。圆下颏，尖端栽着几根稀须。估量着，身巴骨软弱，实际上，又是壮气蓬勃，过着生命力开始升到最高度的舒适愉快的日子的人。主妇的性情，一眼可能看穿，是个十十足足出身乡绅门第的善良女人，和丈夫比，正是棉鞋配棉袜，长袍衬短褂，那样妥帖，那样合适。

靠壁的书柜玻璃，闪着光。对面是三脚茶几，上面铺着洁白台布，一套花色相同的中式茶壶茶碗，丝尘不染。另外，报架，宽容一人的沙发、躺椅、乌木雕花的太师椅、西式壁钟、表轴挂联、墨笔《群峰拱月图》……都是光洁触目，仿佛这是新居的主人结婚不久似的。只是院墙过高，阳光正午时，不过射到面对外门口那所毫无遮物的客堂。一年到头，这屋子总是阴暗四季。刘南波自称和太阳没缘分，除了酷暑的黄昏，到后园子乘乘凉，一年十二个月，很少出屋。所有的日子他都消磨在躺椅上了，另外一部分是耗费在笔墨上：因为他主办本市一个销路最好、历史也最久的报纸。每天定例得完成一篇社论，付给报馆特派来的侍役。而且除此，来敲门的，只有信差了。现在他正拟写一篇题目叫"注意春期卫生"的论文，在这他要以万物生于春季开始，唤起当局对于国民健康的注意，想拿抗战胜利必须以尊重国民健康为决定的条件作结尾。

"我妨碍你做事情呢！"吴非有随心所欲地谈了。交际式的礼仪还在这两位朋友间存在着，但极自然。

"妨碍什么！您来了，我真高兴，这里简直像沙漠一样，我过的就是沙漠中生活。您来了正好，吃茶吧！这是祁门的红茶——你把那包砂糖拿来——这茶才好呢，您看看。"

"呔！是不错。"吴非有两眼贴近碗柄，"呔！是不错。"

"您看看这颜色多红！"刘南波用瞭望海洋中敌舰的眼神，望着碗里的水，"你看看呀！"

"是，真红呢！"

"您再拿鼻子嗅嗅。喷！你倒是嗅嗅，这香气多清楚。"

吴非有闭住嘴，鼻子抽吸着，发出嘶嘶的声音："呔！真清爽，像什么似的，这清香气，像……"

"您再看看这叶底，您看多么整齐，又嫩又小。"

"这香气，像桂花一样，可真是好。"

"您来看看这叶底呀！您看……"

"好的。"

"您倒是看看呀！"

吴非有重新端起茶碗，注视很久："真嫩，真小。"

各人的茶匙都搅着没有融化的砂糖，刘南波恐惠客人多放些，客人辞谢着。两只困惑的眼睛，俯视着茶，仿佛研究化学的学者，窥探砂糖在茶素中所起的变化一样，吴非有能够很清楚地听到刘南波啜水声。

"这房子是租的吗？"

"对了。挺贵，一月——这同共四间半屋，里边这间是卧室。对门两间，一间作餐厅，一间划给娘姨住，厨房在隔壁，是两家合用——一月您猜多少租钱，三十多元法币。"

"上海可不得了。"吴非有刚要开始掌握会谈的中心作用，被丽玲从沙发上送来的声音打断，表示自己愿意听，吴非有扭过脸去。

"在先前这所房子还不到二十元，这几个月警报没有，搬到乡下去的，又搬回来了，人一多，什么都飞涨了。"

"是的。"吴非有又掉脸朝刘南波，"你可不知道，上海可更不得了，一间亭子间都得三四十元，什么东西都贵得要命。"

"是吗？听说重庆更贵哪。"

吴非有感觉到他的朋友，对这话题没兴趣，于是更换一下，就像店员对顾客兜销生意似的，这样货色你没意思，换一种试试怎样！

"所以'过桥'的人……这'过桥'您一定不知道，就是过苏州河的大桥朝日本方面去的意思……特别多，当然主要的是个人思想的问题，不过客观上，例如，生活程度，也是个原因，什么东西都不是单纯的。您想想，第一，大米要一百来元一担；第二，一月拿不了七十八十的人，别说住房子，光买油盐米柴也不够；第三，一家人要有三大两小的，只好叫烟筒一天冒一会烟了。但在我们教育界上，可很少有人不顾正义，背着真理走的。这说明了教育界对祖国这次抗战贡献的伟大。"最后这句，是望着丽玲说的。

"怎么样？您没受到威胁吗？"

"威胁是经常不断的,说来兄弟极惭愧……"眼睛闪着光润,吴非有的谈趣,解冻春水似的勃勃不绝。不幸丽玲望见小顺子衬衣袖口流满湿淋淋的墨水,就急步趋前,朝小顺子的头上,拍一掌:"还不快下来,刚换的新衣服你就弄脏了。"小顺子在羞赧的瞬间,突然转怒了,跳下椅子,用小拳头有力地击打起她的两腿,不知是母亲过于慈爱,还是以此自骄,一个得意的笑,在丽玲脸上放光了,一边抓住那对小拳头:"你不怕吴叔叔笑你!你吴叔叔笑你呢!"

"听话,给你买藕粥吃,你看你不是把衣裳弄脏了,到我这来。你看他立瞪的两眼,不是活像小公鸡?"一个旋身,小顺子又扑奔到刘南波两腿间。正像娇生惯养的顽皮孩子,在人前受到父亲申斥一样,扑击着刘南波的膝盖和手背。

吴非有默然望着,心里大不以父母的教养法为然,没有响,喝口茶之后说:"挺利害呢,小朋友。"那股谈兴被捣落的怒气,已经显在他眉色间了。

"将来恐怕是个小流氓,听话!听话给你买藕粥吃。"

"那倒不然。"吴非有体贴着朋友的脾性,"中国国民性的懦弱原因,还不是吃了几千年的一种传统家教的亏。所说'少年老成'简直是摧残童性,幸而有过去二十年的新教育史,若不的话,中国怎样对付日本,老实说,全靠那青年坚持抗战呢!"

吴非有想拉回失去的话柄。在上海救亡运动的话题上,他可以有把握让听者毫不感觉到自己吹嘘,却只说自己是在如何困苦中坚持自己的领导,来换取对方的尊重。

"你是没见到上海青年的工作精神,那真叫人感动,他们成天送讨论大纲来……"吴非有放下茶杯,望望刘南波的脸色,那脸色没有现出聚精会神的样子,正像一个老练的主人,对客人谈话,虽不感兴趣,也不得不装作注意听的样子。扫眼丽玲太太,她却正望着自己,神气仿佛等着下面的话。她的眼睛似乎说:"你说下去呀!我听的正有味。"吴非有转过脸,只要有一个热心听者,他是不惜口齿:"上海,那真是……"丽玲望见吴非有的眉头一皱,他是完全忘记刚才谈些什么,以致接不上先前的话线了。

"上海还是那样吗?"丽玲问,"回力球场您去过没有?"

"回力球场吗!还是那样。我整天去,整天都是挤得满头大汗。"其实,他只在亚尔塔路的电车站上,见过赌客们的沉郁脸色,不知怎么,一个善良的绅士,顺便吹了句牛。

"巴洛夫呢?我是说回力球场第一把手,那个老是出场爱穿哥萨克衬衫的人。"丽玲发觉吴非有似乎并不熟习这人名。因为他的眉又皱了皱,像极力追忆一件忘记的人物似的,眼睛间的光辉黯下去。其实巴洛夫,还用想。买"独赢"的,谁不知道他,一出场,不是排在一号,就是六号。打麻将还有不知道白板是什么的!

"那么电影院呢!米高梅的片子,有新……"

"巴洛夫!"吴非有还在自问,"嗷!我这记性,真糟糕,巴洛夫是那个高身量……"

"不,巴洛夫是挺矮的,天天穿着哥萨克衬衣出场的那个。"

"对了,对了。那个胖胖的……"

"不对。"丽玲太太嘴角边出一丝笑,"不胖,可挺结棍。"

"喀!"刘南波前额也皱起来,"你老问巴洛夫做啥!我们谈谈别的。"

"那么电影院呢!"

"巴洛夫?"吴非有颈骨抽缩,忧郁的眼睛,望着空间,远远无阻般地闪着渺茫的光辉,"巴洛夫?——嗳!这次可想起来了,想起来了!我的脑子真坏,是挺结棍,矮个子常穿哥萨克衬衫,那家伙两条胳膊可真有力量,我记得一点不错,脸稍微黑点。"

"不对——他是脸红的。"

吴非有的脸色,可完全苍白了,眉毛抖动着:"我记得一点不错,脸是有点黑。"

"不对。"丽玲太太脸也一沉,"我买过他的'双独赢'还不知道?"

"我也不只去过一次,太太,凭良心讲,您可不能说我没去过。"吴非有笑着说。

"哝——你们谈这个做啥?"刘南波瞪着激怒的眼睛说。

"是一是一,是二是二,兄弟我绝不能拿着秤砣当大印……您是记错了。"

丽玲的脸上,显出往往在辩论某一问题,正确的那方面被否定后所常见的那种愤怒。她慢慢地说:"是红脸就是红脸,是白脸当然是白脸,我活了这么大,可绝不能拿着粉当口红擦。"

"刘太太您误会了,我可没说您拿着粉当口红擦,我可从来不会说这样的话,哈哈……您误会了。"

"我可没误会。"丽玲仍然在气愤不平。

"您真固执。"

"您!老兄,您看茶都凉了,是不是。您喝口尝尝,我不撒谎,凉茶可不能喝。"

空气凝结住,屋里一片寂静。吴非有微闭着嘴想:"——这女人真怪,我跑南跑北,见过不少码头,这样女人还是老和尚办喜事,第一遭。"

丽玲太太同时想:"——看那红鼻子,就知道是个不怀好心肠的人。哪有一个正常人,是个红鼻子的。"

女仆冲过第三次茶,少龄小姐身穿朴素的时装,露着两条藕白胳膊,光肥的白腿,两只脚是穿着高跟网鞋,神色焕发,闪着青春的光润,带着咯咯咯的笑,走进来。一进门,笑声立即停顿,眉毛一挑,两只水灵灵眼睛,又是惊疑又是喜,仿佛说:"你也在这里!"这一瞬间,吴非有觉得是最幸福的一瞬间,惶惶然地不知自己是坐着还是站立在那儿,握住少龄小姐伸给自己的手指抖动着不放。

"您从哪里来？"

可是王少龄小姐没听到，她正在问刘南波："先生的论文完了吗？"没有等刘南波抽空答回，又低脸朝小顺子："叫我声阿姨，阿姨给你带糖来了。"同时握住丽玲的胳膊："累死了，你也不让给我地方，休息会儿。"

吴非有望着这带有千军万马声势的女人，低低喘着愉快的气息，坐在那里，没挪动。

四

午餐的吃喝虽不丰富，主客们却全吃得肚满胃足。主人刘南波临离饭厅时候，双手搓着说："晚上再正经吃一顿，弄点花雕喝喝，花雕是这里最有名的特产，晚上我们好好喝一顿，好好喝一顿。还有王秘书准能来，那是个好人，挺有趣，您没见到过，不要走呵！我还得赶那篇论文，老兄，坐一会儿。好，失陪失陪。"留下来的三个人，也先后离座，两个女的把椅子拖开，靠窗口坐下，继续谈笑着。丽玲太太拉开绿色花边的窗帏子，一片阳光在东屋顶煊耀着，溶化的金液似的闪着灿烂迷离的光辉。望过对面纱窗，可以很清楚看见刘南波屈俯于案端的形态。

这时吴非有望望粉墙上的意大利风景油画，十字纹布组织成的彩色西湖图；望望窗口外的阳光、屋瓦、鸭蛋青的天……看去仿佛一本正经地，一个审美学者在观摩人类造物与自然造物的差别程度似的。其实，说老诚话，他什么也没看见，耳朵在专心一意地谛听少龄小姐的话，他心里高叫着："——她的音调，多么娓娓动听呀，像暑季听着勃勃流泉那样诱惑人，使人闻声思饮地发着渴欲。"

"吴先生这边坐呀！"丽玲望着他说。

"一样，您这窗口外头，可真美极了。"就机望望少龄小姐。

像没有听到自己的话声，少龄小姐那两片薄薄的红嘴唇，湿润润地洋溢着光泽,而且灵巧地拨弄着。衬在秋季晴空那种颜色般的眼白中,那两点乌光欲滴的黑眼珠,凝止地望着丽玲。那绝美的眼光,侧面看,像两条阳光似的诱惑着吴非有。自己坐在她的旁边,却又如落入黑暗的幽谷里一样,享受不到一点那光的照射。吴非有又觉得她这种兴致淋漓的谈锋,多少是和自己在场有关系,不管她自己的贵妇式神姿,是多么高傲。而这关系,是和剧台上的人物对话,完全为了观众一样,他觉得少龄小姐是尽兴地在丽玲身上表现她自己的能力和智慧来引诱观众对她的迷惑。

谈过对于她的上司某县县长处理这次戏剧队纠纷的不满,接着说明这纠纷的真相。在党派外衣的遮掩下,少龄小姐声言政工队长对某个出色女演员存着暧昧心思的。在谈话当中,少龄小姐中断过两次,一次两手捧住丽玲的腮问:"你不高兴听吗?"一次用手轻轻摩弄着丽玲的鬓发说:"你两眼瞅着我,你不我就不讲了。姐姐,瞅着我,不许往旁处看。"丽玲太太就现出良善性情所有的那种微笑。

"若不是为了神圣的抗战,我老早回到上海去了。"结尾,少龄小姐叹口气,"在后方无论什么人,男的女的三年来都麻木了。在前方,也把抗战当作职业化了,理发师用剪刀似的。究竟这是什么生活呀!"

"您也知道注意生活吗?"吴非有管不住嘴,顺口插一句,立刻又吃惊这话的不适当。

少龄小姐牙咬着下唇,俯眼沉思似的。一秒间满脸浮出一个苦笑的花影,同时眼波瞟一下吴非有,站起来,扶住沙发靠手沉默住。

"我当是小姐们,只知道注意衣料颜色、样式,注意指甲的洁白、外套的肥瘦呢!"劳不得不再补充一句缓和前句的唐突了。吴非有很得意这串漂亮句子,而笑起来。

"吴先生,我们到后园找李子吃呀!"少龄小姐云雀洗羽般拍着两手:"姐姐,你们的李子都熟透了,见了客人都不敢作声。"

"哪熟透了,都指头尖那么小,满树找不到颗红的。"

"有李子吗？那很好。"吴非有说。但很伤心，前会子的话给少龄小姐一舌根压下去：——妈的，这小狐狸崽子。

丽玲已经被冬青丛遮挡住。吴非有尾随少龄小姐的矫健的步子后，突地一阵青年在初次得机要拥抱恋人而又不敢的那种颤抖的愉快，震动了全心。他只要一伸胳臂的事情，只要一伸胳膊……他加快一步，和少龄小姐并了肩。顺着走道，排立着几株向日葵，穿过冬青丛围圈成的花坛，是条玉山石砌的行人道，丽玲从这走进抹着灿烂阳光的密李子林的深荫去了。吴非有的呼吸开始受到压迫。

"你怎么脸红红的了？"少龄小姐扬声问。

"少龄。"吴非有对自己的唐突又吃了一惊，声音低低颤着，"很早就……很早就想和您谈谈了。您不预备离开这里吗？到西北去，再不我们到江南游击区去。"

"到游击区去？"少龄站住，惊疑后，接着一连串银铃的笑——咯咯……

"你不是不满意现在的生活吗？"吴非有诚恳地说，"我是和你说正经的话。"

洋溢在少龄小姐眉宇间的光辉，骤然消沉。吴非有的那种慎重的表情，立刻传染给她。两条光辉胳臂交抱着饱满的前胸，站住不动。

"我希望你珍重自己的青春，少龄，我希望你能到游击区去，即便眼睛看看这伟大时代，也就不辜负你的智慧了。少龄，你是聪明人，在上海时，我就……看中了……"一声爆发的悦耳笑声，打断吴非有的话。身子一扭，像春末茸茸的草丛中跳出的野兔似的活泼、惹眼，少龄小姐旋风般跑开去："来！这边李子有红的了。"偏脸投给吴非有一个巧笑。吴非有木然地停住，久久望着李子林，没声没气。他忘记刚才究竟是什么话拨动他的舌头。他自己一大意，它就溜出来了。悲哀堵住胸口，低着头，不得不拉脸陪着她们打李子。说话最多的是丽玲太太，仰脸指划着："这边的，快要碰到了。再把竹竿伸高一点……""你看不见，真是，就在那枯枝上。"少龄小姐满脸红辉飞耀，她简直没有注意自己手上擎的竿子，她想想那句不完整鄙俗的话，觉着极憎恶，但终究又高兴那话的真实。她自己觉得俨然是幸福的天使了。

刘南波到隔院望见两位客人一个不少，才放心。客人并没对这园林扫兴，主人极自得。秃额映着夕阳闪光，脸上发出卸去困苦工作后应有的愉快的笑。

"老兄，过来，看看我侍奉的这些花。"他发现一株石竹是梗断叶枯了，蹲下来，"这是谁弄的，您看看，好好一朵花，好好一朵花。"他自语着，拔出根子仔细审查一周，重新埋下。

"掷掉好了，您还望他活吗？"吴非有说。

"能活，能活。"绕着蛋圆形花圃，巡视一周，用农民环顾将要收割丰稻所怀的那种缠绵感情，半像自语，半像对客人，低声说，"都要露头了，侍奉花是容易事？冬天得给弄稻草，夏天又得勤浇水。"

"整理得很好。您真是勤谨。这简直是到了公园一样。只要在这坐一秒钟，人世间什么都可以丢掉。哈哈……"

"客气。您没看见，夏季这里才好玩哪！太阳傍落的时候，在那密林荫下放把睡椅，一躺。左手一杯浓茶，右手一支大前门，看看晚霞的变幻，数数初升的星星，您就真正会体味到幸福这两字的真意。"刘南波边走边指点，"您看，这是木兰，多壮，三岁了。夏来开花，这东西是稀罕物，吓！吓！那小叶的一条龙形的是木槿！您看，这龙须草，去年才栽的，我和丽玲整忙了一天。"

"真是极少能侍弄得这样好的。"吴非有羡叹着，偶尔在刘南波介绍后，用手摸摸，当介绍次一种的工夫，才依恋不舍地离开它。

"这是紫薇。听说得七八年才开花，我托人到湖南一个大绅士家要的树栽的，您知道，那花有这么大，手指尖这么大。等再过一个多月，您就看到了。花一开，满片一色红。这树可没皮，多会都是光的，一年脱两三次——不怪怎么的！这才栽了年把工夫。您摸摸，您用手摸摸，多光。您看这边，快要裂开了，脱下来就是皮。"

"噢！这么块事，真没见到，连听都很少听见。"依然做出贪恋的神色，"这是多么美呀！简直是世外桃源。"

"这是山茶。"树身丈把高，杯口粗，密叶森森显着脆质的光润。刘南波仰脸望着说："您看快要结花苞了，您看那一个小绿球一个小绿球的，就是那些叶根上。这不是吗？您看。"

"这真高得有点出奇。我看不清……是了是了。看清了。一个绿球一个绿球的。"

"这是房主栽的。听说当初房主做过清末的大官。我住的这所房子，就是当初那大官的书房。您估计下，这株山茶该有多少年龄了。不只二三十岁，最少它也经过四十个春秋了。这花的香气，清淡。花片是白色的。一到春末，这花的芬芳能传到前面的小天井去。"

"噢！山茶花的香气，很清淡！这可真是稀罕物。"

正当主客兴高趣浓的时候，娘姨两手搭在肚前，走来召唤："刘先生。"

知道前屋有客，从到防空壕去的半路上折回，吴非有依然尾随主人赞不绝口。感觉知会他，背后有两条水灵灵眼光，透过李子树丛，望着他。于是两手插入裤袋里，迈着美国水兵式的捷健步法，走入后门，没回脸。

少龄小姐直等到眼睛里失去胖胖的影子，才透口气："他真有趣！"

"谁？"丽玲本意去抢坠落蓬草中的那个红李子，一听话有来源，跑来问。

少龄小姐眼尖手快，趁势抢到手："在这哪！哈哈哈……就在你脚下，你看多么红。"把那失口的话掩饰了。

"我特意不捡，叫你拍手高兴高兴。"丽玲望着她的红润润脸蛋。

"呦！你又特意了。"秀美的嘴一撇，"你的那一个可不愿意，他要吃醋的。"

这回是丽玲脸红了,低眼找寻什么似的。怕她翻脸,少龄小姐故意说:"没有了。你还想沙里找金子。"

两条长影,在阳光下沿顺花坛石铺道挪移着。

"你想什么?少龄。"

"想——"笑眯眯的眼望着对方,"想——你今晚上预备什么菜招待客。"

"你老是没有实心话,鬼丫头。"

王少龄小姐没等进屋就觉出腮肉烧得烘烘热,怀着甜美东西的心口,秘密地跳动不止。进门没敢抬眼,扑到刘南波的椅背上:"李子都叫姐姐抢去吃了,刘先生应该管管。"

"好。"刘南波继续谈下去被打断的话,"您再仔细想想,到重庆去干什么?在这里住半年,您会知道这地界的生活,多么平静,多么松心。我不撒谎,王秘书要是把县长弄到手,老兄您可接他的校长缺,保管您不吃亏。"

"这里的生活,简直沉闷得要死。"少龄小姐自动地朝下瞟一眼,正遇到吴非有越过刘南波肩头的眼光,"吴先生虽然是老教授,办教育老本行,恐怕也住不惯。"

吴非有满高兴少龄小姐对自己的身份没估低,并且也觉到她是顺风捧自己,不管怎样,总算对自己存着份好感,虽然这份好感她是明明白白地故意在自己眼前表示出来,她的眼睛说着:"你知道吗?我的心对你怎样?"没音语言。"谢谢。"他的眼睛说。

"我们明天好好商量商量,我以为您该再考虑考虑。"刘南波望着面前茶碗激起的花波,仆人正沏第二遍茶。

五

谈话逐渐热烈。在这平静的屋子里,像遇到喜事临门的稀有的光辉日子。主客们的谈锋越来越旺，来宾新添了一位，省立法政学院助教曹宏业，那正是吴非有从后园回来碰见过的一位正经人。他回去立刻打发勤差送来自己的诗集。听差回去后，他关在自己房间，足足过了两个钟头，才又来；声言说是去会一个记者的访问，以致使吴非有久候了这位新交。

吴非有对这循规蹈矩的人物，特别起好感，尤其是他那和颜悦色的神情，随时随地吴非有都想拍拍他的肩膀。曹宏业可没给他这机会。但吴非有是决定要找他大意不防的时候，在少龄小姐眼前，拍拍这位教授的肩膀。曹宏业的面像，完全呈示着安分守己的和善性情，对吴非有不怀善心的那动作以前的预兆，已经感受到而且惶惶然警惕着了。他老成持重，既不愿让别人吃亏，也不愿自己身份受损失。和他打牌的性子一样，从来不留红中发财白板，图侥幸来个挂张，也不贪清一色对对和三番四番，总是把把放倒个小平就满足了。若把他当作扑克也不是人人喜欢的老K、A，又不是人人讨厌的二点三点，像我们中国国制一样，既不民主，也不独裁，他思想虽不肯激进，又不甘后退，不左不右，不前不后，照我们前辈的称呼所谓，"完人"之一。距离吴非有这样近，终究不放心，最后挪到少龄小姐跟前，把他那高矮适中肥瘦相宜的身体，用坐在照相机前那种两手扶膝的端正姿态坐在背椅上："我听听，王小姐讲什么这样起劲。"少龄小姐坐在沙发靠手上的身子朝里挪挪，现出一个使他感到自身受悦的眼风和美笑。

谈话分成两组，靠窗的写字台两端是吴非有和刘南波面对着，很快地接上话线。另外一小组的声音较高，显然是丽玲在分辨什么："你当是我不知道……""我眼睛也一点不缺，我就会听错了……"吴非有望不清她那激动的脸色，心里想："——这女人真蠢，多么讨厌，怪不得这里客人都少来呢！"

"刘老在屋里吗？"没露面，声音突然从客堂外传来，又憨又粗，带有壮年军官的火药气，"吓！客人够上一桌了。"一个伟壮身形矗立门口，把由前庭透到门口来的一层稀薄光辉给全部堵住。主客纷纷站起来，在这一阵桌椅骚动中，吴非有没听清楚主人的招呼声，但断定那是有身份而又和主人来往较密的人物。这由小顺子热烈地连蹦带跳扑上去，抱住那汉子的腿，就可以知道。主妇催促着娘姨："点上灯，拿来呀！"小顺子急剧地招呼着"叔叔，叔叔"，被唤的人在频频应对着少龄小姐丽玲太太的问询"……您来得正巧""……大炮，王大炮"，这一瞬间，杂乱的一瞬间，没受到注意的小顺子，呼声越来越高，一边跳着，想扯他的手，或是围巾，几乎要哭了。

"小顺子，你这小狗仔。"灯一亮，吴非有望见少龄唤作王大炮的人，一把抱起小顺子，"来亲亲嘴——嗨！好乖孩子，亲亲这边！"把左颊献给小顺子，"那么再亲亲这边。好乖孩子，叫声叔叔——嘿！这才是好孩子哪！我问你，叔叔这几天不来，想不想？"

"想。"

"小顺子是小狗仔不是？"

随着小顺子腼腆地抱住王大炮脖子困惑不答的动作，人们才喘口愉快轻松的气息，只有电影在幕布上映到最末的"完"字，才能听到的那种气息。他那熊似的宽背，滚圆的肩膀，又粗犷，又有力。宽边玳瑁镜框中闪着一双马眼，粗壮的鼻头下，有着菲州土人所有的两片厚唇。他带给人们强烈刺激的生气，冬夜围着烈焰烘烘的火炉那样，所有的客人都感觉到屋子里暖气醉人。顿时屋里增加了千人万马的声势。当他被介绍给吴非有，两个绅士紧紧握手的时候。不知是吴非有大意失检，还是王大炮放性无忌，吴非有眼看着对方一只巨臂倒下来，手掌压到自己的肩头上。这使他极伤心，一不能翻脸厮打，二不能摆脱。守着少龄小姐，只好仍旧庄重地站着，久久才若无其事地擎指把按在自己肩头的大手掌攀下来："——这家伙当我是个傻瓜呢！硬装不错。"

谈话继续下去。而这次是王大炮演着主角，每人的兴趣都集中在他的身上了。香烟气一团团飘卷着。完毕了国大代表会议在本省所发生的一些新闻报道，他接着朝刘南波叫着："老大哥，你该活动活动，凭咱们这份资格阅历，是不是？老曹，我说这话是不是？"顺势在曹宏业肩上拍了拍。吴非有觉得这家伙在赌场上定押独门，足球场上定打冲锋，战地炮手，后方消防队，十十足足的鲁莽种。于是自己就尽量防备着他，谁敢保他在兴高采烈的当儿，不能一扬手敲掉对方的帽子。

晚餐摆设妥当，客人们还谈着。王大炮来回地走着，一边吐着烟。他一刻也不安，偶尔站住，就伸手伸腿地增加他说话的声势。吴非有觉得他的眼睛不时朝少龄小姐那边投，显然是某种欲望在他内心燃烧，满脸放光，他大声地在刘南波那种睡沉沉的陈述间，插嘴、辩驳："中国全民族都得捧出生命来抗战，你不能这样光图自己的幸福、安闲。"这是由宪政问题引起来的争论。他的声音给人带来一种万山丛中野马嘶鸣的感觉，而刘南波的语调始终是深谷流溪睡沉沉的："打当然是得打，可是不一定人人都得把抗战挂在嘴头上。要表现忠诚和正义气节什么的，在我们土埋到胸口这把岁数的人，只有身陷亡土的辰光才能看出来，因此首在修身，身不修，何以治国？吴先生，您说对不对？""依我看是这样。"曹宏业接口说，"日本是猪啰，中国是阿木林，猪和阿木林打架，你想还有好打。和尚光头，秃子头光，滚来滚去，谁也撕不到谁的辫子。""这是……您说得太严重了。"吴非有用一个弱国外交官对强国外交大臣的抗议口吻，皱着眉说。"听我说，喥喥——听我说。"王大炮雨点般击打桌子。"您这样的说法，很有问题。"吴非有不给王大炮插嘴的空，同时心想——听你说干什么，凭什么听你说——接下去："您想想，哪能这样说法，一个体面的学者，哪能这样说法。"

女仆第三次进来，催请主客吃晚饭了。

屋里的人全都站起来，这瞬间，都表示着刚才过于兴奋，以致疲倦不堪，吴非有首先伸伸懒腰，刘南波轻张两臂打个呵欠。只有王少龄小姐还和丽玲辩论着什么，眉飞色舞的。

客堂上顿然拥挤了。客人们围绕着桌子，主人主妇站在一边推让。曹宏业则望望这望望那，显然挑不出就近哪一盘哪一碗坐下，方才得劲。"您是远客，坐下呀！"刘南波在吴非有背后伸臂挡住，像防备刚走入笼口的公鸡，突然会掉头狂飞似的。吴非有就越不放心了："还是您先坐。""我可不能，吴先生。"曹宏业说，"还是您，您是我们的稀罕客。""这您太客气了。我可不能不讲礼貌，您岁数也比我大。""这可不能讲岁数，坐呀坐呀！菜都冷了。"王大炮过去想按吴非有的肩，吴非有一侧身挪过正位！"还是您来坐，曹先生。""天下就没有这个道理，正位是您的。""是呀！是呀！您还是来吧！"刘南波向空位上点着头，像哄骗一个企图脱逃医生的手术刀的孩子入套一样，吴非有就越远，转到王少龄小姐旁的下座去："我可不能不讲礼道，该谁坐谁坐，您太客气。"王大炮却把熊身子，在木椅上安放妥当，望着眼前的圆口浅碗，红烧肘子："可不错，你看菜都凉了。"说着把椅子挪近些。吴非有贴近王少龄小姐的上手坐下去。

"这不成。"王大炮说，"你得朝这坐。"

"一样。"吴非有装作若无其事的样子，拿起筷来，"菜都冷了，菜都冷了。"

少龄小姐本来挨靠着他，现在却把小顺子半抱半提地放到自己腿上："好好坐住呀！乖乖听话。"

"给我吧，我来弄他。"丽玲说。

"好的，他愿意靠着我哪！"

不知什么时候，刘南波又绕到吴非有背后来："您得起来，朝上挪挪。"

"这不是一样吗？来，来，菜都冷了。"

"您还是放下筷子，哪有客人坐到这里的，我可不能让别人说闲话。"

"在哪不是一样,您看,菜都冷了。"

"不成,不成。"王大炮离开座位,气势汹汹地伸手来拉,吴非有老是有防备,就缩着两手,两臂终于交抱起来,不使对方抓到:"我可不能坐上位。"

"您是得朝上升升。"曹宏业在他下手挤,"这个位是我的。"

"您坐上位吧!喂,别这样客气,菜都冷了,你看,都冷了。"吴非有皱着眉说。但刘南波两手扶住他的椅背继续催他挪动挪动,捉住椅背就像能逼迫他离开一样:"您还固执,我可就不高兴了。"

"我可不固执。"

"这不是固执是什么?"

"我可不固执!"吴非有仿佛一个塑像般挺然不动。

"不固执,理该朝上挪。"

"我可不能朝上挪。"

"我来,你躲开。"王大炮的厚嘴唇在吴非有脸前咧着。两手抓住后者的臂,——吴非有极迅速地把住椅子腿,想使自己身子和座椅凝结在一起,估住千吨力拉不开的力气。于是王大炮用力一拖,椅子就吱吱响。

"您可小心,别把椅子腿弄断呀!那椅子腿可不结实,松木做的。"曹宏业近前怕妨碍他俩的角力,退后又没处立。

吴非有一注意座椅,上身被拖过去,整个基础动摇了,连忙两手朝桌腿一攀,就在这危急当儿,臀部和椅子摩擦当儿,嗤的响了一声。王大炮立刻松开手。

"噢——裤子刮破了。"吴非有站起来。被他拥撮到上座去。他立刻后悔自己失言,不该叫出来。

这巨大的不幸事情,极扫兴。主客们避讳着提到裤子,甚至于眼睛也避开吴非有,彼此推让一会儿,各自就座。现在才发现,花雕还没拿上来,曹宏业不好就动手,坐在那里,咽着口涎,只好找话搭讪:

"吴先生,您这次来,路上可真辛苦了。"

"不辛苦,不辛苦!"吴非有没心思找话说,正懊恼着——一条新做的法兰绒裤子,好模样刮了个洞。裤子确是崭新的,路上他都没舍得穿,预备专门换着会客人的,谁想没见过一打客人,它就耍脾气呢!冷不防王大炮的胳膊伸过来,搭在他的肩头上:"我们好像极面熟,在哪儿见过似的。"既庄重,又坦然,吴非有被邻座诱惑贵妇式地搭住脖子般地说:"是的,好像面熟。"和被拍肩一样的困惑光辉从他眼神射出来:——妈的,这多么肉麻,一个绅士这样被一个绅士搂脖搭颈的。"过去你在哪儿做过事?""在陆军大学教过两年书。"对自己这大口吹嘘,吴非有吃了一惊,本来他是预备说"艺术专门学校",不知怎么一来,这"陆军大学"几个字自身借他的舌头说出来了。幸亏王少龄小姐一直在和丽玲纠缠着,耳朵没注意到。"我说呢?一个亲戚在陆大读书,他常提到您,是的,你当然不认识他。"吴非有声言桌底有什么,俯脑巡视了一遍,顺势身子朝外挪动过来,他的脖子摆脱开那家伙的搭抱了。曹宏业这时又要吴非有伸出手掌来,他可以断他的妻财子禄寿的获得成分:"您伸出来,我看看,您的鼻子可不错,这叫朱砂鼻。来,把手伸给我。"吴非有把手伸出的工夫,花雕上桌了。刘南波亲手朝对面斟酒,吴非有立刻缩回手来,像小心酒杯受不住酒的重量而歪倒似的,两掌护住:"好了,好了。"临到曹宏业,就推辞着,让对面王少龄小姐的杯子满后,才放出自己的空杯。

丰盛的宴席,开始动手了,大家一齐喝口酒,拿起筷子:

"来,一齐来。先尝尝这焖全鸭。"

"来呀,来呀!"客人们彼此让着。吴非有望望左望望右,眼睛似乎说"你们倒动手呀!光看着做什么",点点筷子。

"不错不错。"王大炮挟了块鸭翅子,不得劲吃,索性就改筷为手了。"小鬼!"他朝邻座王少龄小姐喊,"给你这块,才嫩呢!"

"口味怎么样?火候重点吧?"刘南波放下筷子说。

"还好还好。"吴非有慢慢嚼着,"北平的鸭子可真新鲜……"

"北平的吃喝,当然啦!"曹宏业把在口里嚼的东西咽下肚去后,停筷畅谈了,"讲究也真讲究,东来顺的涮羊肉真是叫得开。"转脸朝王少龄小姐:"你知道,那羊都不是我们这里养的羊,那是从小就养着预备吃的菜羊。"像我们中国普通宴会一样,客人开筷吃过第一口之后,而谈兴还没有重新鼓舞起来、布置起来,老世故的客人或主人,就定规不移地抓住某一问题发挥些议论,那么动手吃第二口的时候,第一口老早已经进入胃口去受消化了,并且也可看出我们的中国上流社会人士,是多么循循有礼。刘南波也不例外,这时献出他的全部关于饮食的知识和经验。他怀恋着砂锅居的水饺、东兴楼的一鸡三味,尤其是山西的汾酒。另外,他有千古成为遗憾的是烧牛肉没吃过,豆汁儿喝不上口。

"讲吃喝,到底是得到大地方。"刘南波又擎起筷子,"来,来,再尝尝这苏鱼怎么样。动手嘛!来,曹老兄。"

"我是愿意吃牛肚,这是爆牛肚吧!"筷子夹着,收到眼前瞅瞅,吴非有才放到嘴里,"不错,真是不错。"

"这爆牛肚可不容易,火候要不老不嫩,吃着才又香又合口。"刘南波看着周遭又一次放下筷子,不得不继续说下去。王大炮也开始插嘴,他极力夸赞清真教馆的清炖牛肉汤,这引起曹宏业的兴趣,他搬出俄国大菜的苏布来压倒对方:"那味道,调和得不腻不淡,鄙人在莫斯科的时候。……"

"外国那当然了。"王大炮截断他的话,身子向前一俯,那神气似乎说——你们都把头伸过来,我悄悄告诉你们呀——声音放低:"兄弟在巴黎的时候,遇到《人道报》总主笔巴登谷洛夫,一见面他就问兄弟:'贵国真是天才国家。'当时,简直把兄弟问愣了。您猜他是说什么?"向吴非有询问,吴非有摇摇头。那意思并不是不知道,也不是不感兴趣,其实是给王大炮那种询问孩子似的语调一个难堪,表示自己不完全是傻瓜。接着王大炮说那外国主笔讲了一段外国人到中国学厨子的故事。

"呵！怎么样？"曹宏业问。

"来，来，酒都凉了，一边吃一边说，来。"随着主人翻转鱼身的筷子，鱼身被撕裂开，竹筷密集。话声消沉中，能够清清楚楚听到筷子相碰、鱼骨瓷碟相触的声音。盘子立刻光了，王大炮放筷，喘口舒适的气继续着。

"那厨子到中国来，看看炒菜，不称，切肉没分量，用盐使手，从来不知几格兰姆……总之什么也没一定的标准、定量，乱七八糟一弄，居然很好吃。少龄，你看小顺子把酒杯弄倒了。"

少龄小姐脸一红，爆发出流畅的笑声，人们继续谈论着，并没注意到她所以笑和脸红的原因，正像会议在热烈地开始讨论辰光，没有人注意到侍仆沏茶一样。只有吴非有知道她的秘密，虽然她的眼睛有意避着他，而时时又想看他是不是一直在盯着她那样故作不知的女人的坦静。那水灵灵的眼风，完全是匍匐在屋檐上欲捕小鸟而又故意表示不注意它的狡猫的眼风。恰当这时，王大炮的"少龄"两字，使她一阵惊悸，而抛掷着笑声，来掩饰自己的心怯了。

现在酒滴淋漓，笑声和话声交杂的当儿，刘南波像开动起磨电机，观望着引擎马达、齿轮、皮带……轰隆隆、轰隆隆自己转动起来的机手一样，静静地看着客人燃烧的眼光、激动的脸色和舞动的手势，不插嘴，只偶尔点头应对着。飓风刮草似的，王大炮的粗憨语调霸占住所有人们的注意力，仅只吴非有的听觉里却没侵入一字。他全部精神注入王少龄小姐两眼中了："——那两眼活像峰巅两个深泉，我是多么想投入洗个澡呀。为什么她对我这样摆着俨然不可侵犯的架子呢！是女人的诱惑方法呢还是不喜欢我呢！天啊！她的眼睛又看我一下了，他准喜欢我。再等一会看看吧！她若是真喜欢我，不出五秒钟，再看我一下，若不，就是不喜欢我。"

"外国,什么都是外国。"王少龄小姐望着王大炮说,"老实说,中国要抗战下去,还得自力更生。"

"这话对呀!吴先生您说呢!"曹宏业两手捻着筷子说。

"对的。"吴非有点点头。收回眼睛来:"——这小狐狸……我自己多么无聊呀!想这些做什么!真无聊。"然而正当这时候,吴非有眼睛自身一抬,触到王少龄小姐那两个放光的小窗了。

"什么?"她立刻又俯脸朝小顺子,"那牛肉丝有辣椒,阿姨给你块红烧肘子好吧!"

话一停,刘南波就拿起筷子。

"来,来,尝尝这辣子鸡。"

"好的。"吴非有讨厌这种拘谨的吃法,自己没动筷。这样,他觉得气派大方些。

"来嘛!你尝尝。"

"随便吧,我喜欢吃醋溜鱼。"其实,他并不比辣子鸡还喜欢鱼,为了不居被动地位,豪放不俗一点,他的筷子越过辣子鸡,朝鱼盘上伸过去,正当这时刘南波亲手夹块鸡腿,送到他眼前:"那,那!"吴非有的筷子,赶忙缩回来预备挡回去,而鸡腿已经放到他眼前的菜碟上了。

"我随便,您就是客气。"吴非有夹着鸡腿,想送回原碗里,但立刻被对方的筷子抵住。

"您尝尝,味道满好。"

"随便你了。"

"这条腿才肥呢!我不撒谎。"四只筷子交触着。

"我吃,自己会夹。"四只筷子靠近辣子鸡碗了。

"你尝尝,不吃亏。"四只筷子又退到吴非有面前,吴非有坚决不吃了。

"我自己夹。"

"您尝尝，保你不吃亏。"刘南波重新夹到客人碟边，突然被吴非有的筷子一拨，鸡腿落掉了呀！一只满肥的油黄鸡腿，落到桌下去了。于是两个人各自分头，从各自桌边低头望着，仿佛找寻那只满肥鸡腿的落处，以便拾起来似的，同时，各自说："你看掉了。""我说我自己会夹。"吴非有辩白着。"掉到哪去了。""大概掉到桌腿那儿。"

这当中，王大炮和曹宏业，正沉醉在酣谈里。那是关于抗战经济的问题，王大炮是主张切实征收各种税制，即便外援断绝，政府也能支持下去。

六

香烟的游丝，飘摇着。每人的脸，都红辉满面，王大炮歪斜的眼神，表示着酒已经在他浑身燃烧起来！解开颈扣，让热气挥发出去。主人，也脱掉长袍。他们完全集中在战时经济的问题上，各人都搬出所有的知识来，驳倒对方。那已不是为了博得别人对自己才能的赏识，而是完全出自酒后的一种爽直本性。正像是赛马场在最末一圈决定全盘胜负时，而跑在最前的第一匹马，将被第二匹越过而又不能越过的当儿，人们完全集中在王大炮和吴非有两人的脸上，主人忘了让酒，客人也忘了尝新添的热汤了。

"平价？那也就是说说吧！"王大炮暴怒地说，"我们中国的政府办事，就是这样。书面上讲法律，文件背后，讲友情，就拿酒来说吧！抗战的初期，可有过禁令，说是为了保障吃米量，你看现在怎样，还不是吃三斤的三斤，该吃四两的四两……"

"那可不是这样说法，酒捐提得不高！……"

"酒捐提得天高，也没用。"王大炮不望吴非有，对刘南波说，"老大哥，你说是不是？政府有过多少命令，什么所得税、利得税，什么营业税，还有前天颁布的遗产税。老实说，实际上政府得到多少？命令,白纸写黑字,一贴就算完。你看,第一次欧战时候的德国,有几个能发国难财的,完全靠统制力,我们中国……哪个办税务的不发财,钱都叫这些家伙弄去了。老实说,不是中国没办法,简直是没法办。"

"你不能一口否定了税制!……"

"我什么时候说否定税制?我是说税制的不得法,物价腾贵,完全是这里来的。"

"只要民众生活能改善……"

"虫声,虫声,这是一片虫声。"王大炮立刻皱眉摆苦脸说,"什么改善生活、减租减息,完全是虫声。中国农村哪里稍微有点毛病,虫们就在哪里潜伏下来,什么二五减租、三六减租的,鼓动鼓动,老毛毛虫在西北一叫,小毛毛虫就在四下里应声,老实说只要税制实施得法。什么都不成问题……"

"这是什么话,这是什么话。"吴非有心里说——这完全是狗叫,狗叫。

"来,来,还是尝尝这木须汤吧!"刘南波不止一次提议给曹宏业,不过为了怕打断两个客人的话兴,先前只用筷子轻轻朝他手中的筷子点点,或敲敲曹宏业眼前的酒杯,来唤回他的注意,现在他却大声说了。

"话可不能这样说。"吴非有夹了块牛排骨,放在小碟上。眼睛虽然瞅着排骨,心里却另想找出什么适当话给对手一顿侮辱。

"老吴,我们别谈这些了。"王大炮喝一羹匙汤说,"你肯帮我忙吧!你若肯试试,我们弄一等县干干。第一科让给你,你又在陆军大学教过书。我们来试试,老大哥你说好不好?"

吴非有脸色和缓下来。像一个站在媒人眼前的小姑娘一样,只顾吃着排骨,不讲话。

这时,人们全都抬起眼睛互相望着。

"是小孩子哭呢!"

"不。"丽玲说，"猫叫。"

刘南波的手一晃，意思是："嗤！"接着，女仆开门声，不久一声爆发的欢呼："哟，我的天，一个……谁家丢的小孩子。"

这引起一阵骚动，少龄小姐首先离开座位。座间，人们正期待着这意外事件的发展，谁也不作声，寂然中能够清楚听到曹宏业喝汤发出的——咄咄声。

"光身吧！"王大炮朝门口问，"若是光身那定规是个私孩子——罪过。"

随着咯咯咯的笑声，一个看来不满周岁的孩子抱进来了。于是各种猜测纷纷投来。丽玲极力说，她自己是最先听到的，少龄小姐则说自己听到半天了，不过没说出来。那婴孩已停止了哭泣，除了面部，全身被包裹在裹布里，头发稀疏，淡黄色，黑红混合的面颊，分不清眉毛的长短粗细，只有两粒滚圆的泪滴，依然明亮亮地挂在眼角上。少龄小姐轻轻打开裹布，小短衣，小短裤，和一双绣花的小鞋，完全现出来。

"看这打扮，家还过得去，怎么会丢掉呢？"曹宏业俯腰站在那里。

于是辩论又起来了。吴非有猜度那是丧了生母的独子，父亲一定很年轻；王大炮断定那是流浪者的孩子；少龄小姐例外地反驳："你看这双鞋，明明是还算过得去的人家。"翻翻小衣："哟！还有肚兜呢！"

"一个悲剧呀，悲剧！"刘南波的眼光黯淡下来，语调凄哀，两只眼睛似乎没有看到眼前的孩子，渺远地看到别处一样。这语气和表情，立刻传染给座中每一个人，整个酒宴中爆起的兴趣，被破碎了。丽玲发出一声低低的叹息。

"你看他这两个小眼睛，多黑多亮，一定将来有个大发达。"丽玲说，"多么可怜呀！他妈说不定今晚一夜睡不着呢！"

"啧！真是可怜，一个满聪明的孩子。"曹宏业说，"你只看看他的脸相，就知道是个聪明的孩子。"

"悲剧呀！嘿——你妈怎么那样狠心肠，把你给丢掉了。你看看他的小手……啧啧……真是叫人见了心痛。"刘南波重新坐到主位上。

"怎么办呢！他要吃奶呢！"少龄小姐说。

"怎么办！你给阿七嫂，叫她抱到育婴堂去吧！"刘南波对女仆说："你抱着送到小路口育婴堂去。"

"先生，我不知道。"

"育婴堂你也不知道，就在小路口嘛！"刘南波说，"你到小路口问警察，警察会告诉你。"

曹宏业这时却在想："——少龄小姐，今天怎么这样快活呢！腿脚这样轻巧，随时要扑到谁的怀里撒娇一样。席间，有条公狗诱惑她吧！这条小野母狗！……"

女仆抱走那个被弃的婴孩之后，主客开始吃饭了，吴非有郁郁寡欢地说："这是整个的社会问题，只有理性解决，没法讲慈善。"

"唉！"曹宏业望着筷尖拨出的稻壳，筷子又在碗边上敲敲，没人知道，他是叹息那可怜孩子的命运还是因为饭里的稻壳太多。

当这郁闷不乐的宴会完毕，主客们吃吃茶还为了那被弃婴孩的不幸而叹吁的时候，吴非有听到少龄小姐绸衣的悉索声，月影光亮，她的长长影子现在走廊阶台上。她站在那儿，望着天。"今晚月亮真美。"自言自语地朝通到后园的西廊缓缓走去。

月色清白，格外显得树丛、花坛的幽静。空间飘散着深夜所有的花草的香气。少龄穿过冬青丛的马蹄形入口，置身在石凳上，期待着什么似的，不时朝来路望着。又幸福，又恐怖地喘着气。不久她听到草径传来脚步声了。心里叫着："他来了，他来了。"于是心几乎突突跳起来。

吴非有刚刚送走王大炮，满心巴望早些抽身来后园。现在既来，却又把脚步放慢了，并且左右环望着，像是在独身散步一样。时而望望星空，时而摸摸向日葵，渐渐地来到花园中心，背朝着少龄小姐，他仰脸吐口气。

"月亮快圆了。"

少龄小姐两手撮住胸口，轻轻呼吸着。寂静中，能够清楚地听到春夜的微风吹着芳草的响声，李子林、茶树那些枝叶摩擦的动静，和手杖敲点泥土声，少龄整个身子埋在吴非有的颀长影子下，望着他那宽大的肩背，又是恐怖，又是欢喜："——他没看见我呢？"

"剪得很齐呢！"吴非有用牧人抚摸羔羊的手势抚摸着一道围墙形的冬青丛。他的那种自语的调子，在深夜是那么清澈动耳。少龄小姐望着他，没有说话，但却觉得自己两颊绯红了。

"你这久不作声。"吴非有掉过脸来。

"我以为你没看见我呢。"

"哪里，我早就看见你了。"吴非有依然背着身说，"这冬青剪得真齐，不是吗？"

"嗯！"

"怎么的了，你不高兴吗？"

"怎么我不高兴？"

"那么你不说话。"

"本来很齐嘛。"

忽然，想起自己的裤子，于是赶紧转过身子，少龄小姐那两只挑着月光的眼波，立刻和他的眼睛接触。他听到自己心跳的动静，那是多么厉害的响动呀！一边说"这冬青剪得可真齐"，一边抽手摸摸臀部的裤子，他的手竟从那被座椅裂开的孔洞，伸进去，摸到裆胯下自己的热烘烘肌肉了，"我的天！小狸猫都能窜进来呢！"他心里叫着，越发惶惶无主了。因为少龄小姐是那么情深味浓地望着他，他还得说话呀！

"这月亮可真圆，快十五了吧！"

"你老是月亮、冬青的！快给人家掐朵花去吧！"少龄小姐坐直身子,"墙角那边,那朵,不是,那朵大的。对了,对了,拿过来,拿过来我看看。"

吴非有和一般男人一样,获得自己深深爱慕的女人的差遣,有着极大的快活。故意装作不以为喜的平平淡淡模样,把花递给她。这回他是站在她的身边了,是那么近,他可以嗅到从她身上发出的香气,他可以看清楚她那微微起伏的饱满胸部,他可以听见她的腋部由于臂膀动作而起的绸制衣服挪动声,她那姣美的脸蛋映着月辉越发显得娇光闪闪,她那咧着的嘴唇是多么红又多么薄呀!他望见她把花送在她自己鼻前时那俯下去黑密密的眼睫毛,他几乎两腿一蹲就能把自己的脸,放在她的膝盖上。他的耳朵里有种声音:"你快捧住她的脸吧!她一定把嘴唇送给你,快呀!快呀!"他就越发惶乱不安了,他几次想启唇说什么,几次又找不到什么可说而咽口唾沫。他完全忘记他还有两个手臂,这时是抓着手杖,还是做什么。"真香呢!我就是喜欢花。"少龄小姐笑着,现出红唇间那两排美小的白牙,"你闻闻。"吴非有低下脸去:"好,真香,是木兰花那就更香了。"他不知道自己的语调为什么这样冷淡,而且他自己也觉得脸色严肃得连自己也惊奇。她站起来了,长秀的身子就放在他眼前,只要张开两臂,他立刻可以拥抱过来,血这一瞬间充满他的脸。

"很晚了,我要回去了。"少龄小姐没有把不满意他的色严语少的失望感情现出来,神色间仍是喜笑自若的,两眼还望着对方的眼睛,等着他的挽留。

"是的,很晚了,我也要回去了。"吴非有低着头,手杖在脚前划什么,但站在那里却不动。

"你什么时候来?"少龄小姐又嗅嗅花问,"我可以抽空去看你。""少龄。"吴非有望着自己脚前的手杖说,"我希望你也离开政工队,和我一块儿到前线去。"对这话,他自己又吃了一惊。手杖在地上划了两圈才抬起眼睛,恰巧和少龄小姐的眼波遭遇了,那眼波说：“还有呢！你说呀，我们俩离得多么近呀！”

"你不感觉到这里的生活，像死池水那样腐臭吗？"吴非有的口气，没有脸色那样严肃怖人，"这样的生活，我一看就够了，这些人物简直是一些糟烂的木头，木头糟烂了还可以烧两壶茶招待客人，可是他们呢？"

"可是刘老很好。……"

"刘老只会让客人吃鸡腿，简直连点灵魂都没有。"吴非有不理少龄小姐一直说下去，"只是一块有生命的肉，一堆会动的肉，对的，有生命的肉。"

"那么我呢？"

"说正经的。"吴非有两手抓住手杖，但他却没有注意到它在有力地掘刨着草丛，"我希望你能和我一块儿走。"突然又问："少龄，下午我和你说的话，你考虑过吗？"

"没有。"

"没有？"突然觉着一阵冰冷，"真的吗！"

"嗯！"

"那么你是不愿离开这里。"

少龄没作声，只用眼睛望着他，心里想："他怎么这样呢！我也得考虑考虑，就这么走了吗！"

"那么你是不高兴我了。"

"并没不高兴。"

这以后，吴非有望着她，没说一句话。两个人足足对站有五分钟。这之间远方的街道上传来一阵汽车疾驶的响声，这响声在幽静的深夜是那么清澈，使人感到仿佛街上已经早空静无人了。夜风有些凉起来，树叶唰唰直响。

"你知道，少龄，我不能离开你。"吴非有的语调，显然很悲哀失望，"自从我们第一次见面后，我一直在想念着你，我曾想种种方法打听你。为了追忆你的姿态,和那顽皮的笑声,我往往扭灭灯,尽自默坐在窗口上,望着星星,望着天空……我的心都碎了,真的都碎了。我说什么好呢!在那个车站碰到你,见到你还向我那样嘲笑式的笑,我的头全碎了,真的……"吴非有很满意他的口才,他从来没发现自己有过会说这么动耳话的一张嘴巴。

少龄小姐听完话,才喘过一口气。在听的时候,她几次想笑,但一望见吴非有那两个想吞她的眼睛,笑意就立刻消逝了。她没有间断地想:"他的舌头怎么会活动,手怎么死呢!""我是和他多么近,只要他扶扶胳臂。""他的胳膊一定很有力量。"由于这些连续的询问,以致有些话没有听到。总之,现在她是完全了解他了,正像打牌的人已经看见别人推倒了一样,那付和牌一摆清楚,就兴淡意冷了。她断言他是深深爱自己的,他已经是被自己降服了。她假若愿意,可以指挥自如地驾驶他。她停止听取他的衷诚的解白了,她已经预备好该说的话和说话的腔调。

"你不要这样想吧!我自己是已经受过许多刺激的人。我是完了,希望你努力。不久有另一个新的朋友安慰你。你是有希望的……"少龄觉得这话或许把他的对自己的恣爱完全切断,她边说边审视着他的神色。他像阉牛似的温驯。现在他的眉尖,掀了掀,抬起手掌遮住眼睛。她继续说:"不过,我们为什么在上海没能够见第二次面呢!那时候……"

吴非有颓然倒在石凳上,手杖跌到她的脚下,他开始哭泣了,继之声音大起来,他完全制止不住巨大的悲哀所掀动起来的颤抖。他虽然还在坚然地克制着那响声,但哭泣却越来越厉害了。

少龄小姐感到极大的满足,她的嘴角浮出一个极不易窥出的笑。她没对他的哭泣,觉得突然,仿佛这在她意想中是定不可无的现象一样,她自己也觉得自己对他的感情,和二十分钟之前,已经很显明的不同了。

"非有。"她低低地叫了声。

这轻微的呼唤，甜蜜动耳。在他是宇宙间一把幸福的锋刃，刺开了血管一样，包围着感情的理性，完全破裂开来，蕴积了悠久日子在流亡者和鳏夫身上所有的那种苦痛、孤独、悲楚、不幸遭遇……凝结起的混合感情，血似的应刃飞溅了、奔放了。他的身子不由自主地倒下来，两手紧紧埋住眼睛，泪水从他手缝空间直滴着，每当他深深喘吸口气，鼻子和肩膀就激起一阵剧烈的颤抖。这当儿，石凳上一个不幸的小甲虫遭到意外的吸力，被抽吸入吴非有嘴巴里。他立刻停止哭泣小心地吐到手掌上，眼睫毛挑着泪水，仔细望望！胸脯依然在煽动着，又用手捻了捻之后，吐一大口唾涎，手背擦下嘴唇，继续着现在已变成甜蜜的哭泣了。他觉得少龄小姐的手指，在他腿部轻轻摇动了一下。

"非有，非有……"

"客人到哪去了？"突然月光下传来女人的呼唤声，"吴先生……"

吴非有立刻跳起来，完全不自觉的，像老鼠发觉狸猫的脚步一样，迅速地溜到冬青丛后一蹲，裤子嗤的一声，一手擦着泪，一手摸摸臀部："我的天，越弄洞越大了，这回一匹骆驼都能窜进来。"手杖他也忘记拿，夜露已经湿透了他的裤腿。他的心还在恐怖地跳着。现在他能够清楚地听见女人衣服的挪动声，深夜的话声是那么格外触耳。

"你没看见吴先生吗？"

"他刚才在这里，现在到那边去了。"

"一点钟了呢！"

"我喝酒喝得太多了。"

吴非有站起来，微笑着走过去，对丽玲说明自己是在厕所里，并声明自己有点头昏："酒太好了，我从来没有这样醉过。"接着是不自然的笑声，他也觉得她知道这笑声和他的神气不适合，并且他的眼睛是尽量避讳着投到少龄小姐身上，这一点，丽玲也看出来了。临离开花圃的时候，吴非有又赞叹了一次花草的雅致："真少见呢！这冬青丛剪得这样齐。"一觉这话他已经说过两次，脸上现出一种困惑和激怒，同时为了裤子裂破，他是戒备着自己的两腿，尽量走在她们后边。

对刘南波又侧着身子感谢了一回，那时女仆正在扫地，客厅的灯已经熄灭。

告辞着，退出来，又和少龄小姐邀定见面时间，吴非有才跑回大旅舍。街上连深夜的馄饨担也不见了，几十步远就能看见在寂寞徘徊的警察。

回到自己房间，浑身觉得骨酸肉乏，头晕身重，破除了睡前洗盥的习惯。二十分钟后，吴非有倒在床上沉沉入睡了。没脱衣服，没脱鞋。房门还开着，连灯火忘记扭灭，这时远远地传来鸡叫声。

七

吴非有初醒，脸压在木棉枕上，默默望着绿窗帏遮着的金色阳光，心中空无所有的，甚至于连自己都忘记了似的。房间在春天早晨那种光明快人的气氛中，格外清新悦目，显得一切物件都满快活，满有生命的快乐感一样。穿衣镜闪着不冷不暖的光辉，吴非有觉着照耀得屋里越发洁净称心了。呼吸着从四扇玻璃窗上的一道排气口中送进来的新鲜空气，吴非有又闭上了眼睛，"啊！多么写意呀！"心里说。不久，又睁开眼睛，望望绵窗帏，望望它上边映进来的阳光，他愉快地叹了口气："我是来到内地了，这多么舒服呀！"像病在床上过了整个寒冬，而第一次起床却发觉春草蓬生的原野那样，他的健康遇到这富有生命力的阳光，使他觉得快乐奋发，仿佛随时有声音似的说："是要做番事业的时候了。"他又想起上海，他觉得那阴暗的都市，已经和自己绝缘了，而且似乎他离开它已有十几年，除了那都市的恐怖、混乱、沉闷以外，什么都没有留在他脑里。那恐怖的气息使他感染最深切的，是他离开上海的前晚上。那时，暗杀案件正层出不穷的时候，他刚从一个私立大学出来,在那里他曾出席某一个定期性的名流们轮流的学术演讲会主讲"清代的治学方法与学禁"。他极满意在这一讲题里暗示出那时的文人气节与富有反抗性的诗文举例。路上他由于这兴奋的激动,按照自己的往日遇到这类似事情的癖性,打算进北方酒楼,喝两盅高粱酒,切盘五香烧肉。这天他没有带手杖,只挟着皮包,横穿过行人拥挤的八仙桥马路,他窜进平津大菜馆。

当他踏上从楼梯口能望见楼上的房间人物那一阶梯时,他不知道他为什么那样没有自持力量,发觉临街的窗口那一组,正在兴致淋漓喧笑着的日本人时,他竟没能迅速地退回来,并且也没能毫不迟疑地走上去,居然站立了一下。那一瞬间,一个身穿日本和服的中年人同一个西装的、脸上有生短短一方髭胡的日本人立刻机警地站起来,正座位上粗眉大脸的那个,显然是军官一类的人物而换了便服的,正在低脸接近高脚杯喝酒,这时也抬眼朝吴非有望着,吴非有知道这情景十分糟糕,很大一座餐厅,却没有一个中国食客,立刻走上来,眼睛避开朝窗口那边望着,"伙计!伙计"叫着,尽自在侧面一扇独窗前坐下去,摘下帽子之后,并朝桌上吹吹不见丝毫的灰尘:"伙计!"他听到楼梯响,他自自然然地不朝侧面望:"有包子没有?"

"包子刚才出屉,你老喝什么?五加皮还是白干儿?"围裙满净的堂倌走到他旁边问。

"不喝酒,拾盘包子来,快!"

"得,你老。"顺手擦擦桌角,离开了。

和堂倌对谈当中,吴非有松心许多,他只眼睛一瞥就觉得那一组食客又安静下来,但那粗眉大脸的日本人,却仍朝这边望着。两眼闪闪有光,吴非有深切地觉到自己神色的怯弱了:"光被他这样看着,不敢回一眼,他越发觉得我这样确是干那码子事的了。"这样一想,他也就朝他还望一眼,那眼神说:"你老是盯着我做什么?你当是我有什么怕你的不成。"在和那两道眼光相接触的短暂间,吴非有望见对方的大手轻轻敲扣着穿日本和服那中年人的椅背，当中年日本人刚要回脸朝自己望的时候。吴非有迅速地挪开眼睛，越过这些人们的耳朵，望着窗外的冲霄楼尖、电线，"要是下雨就糟了，伞也没有带呢。"他自语着。那粗眉大脸的日本人，也随着望望窗外，之后站起来对他的同伴低声讲什么，眼睛朝他这边瞅。之后，他们全都拉开座椅站起来。吴非有就静静望望眼前两只筷子，望望酱油碟，又摸摸口袋，神气是在找什么东西揩揩筷子、碟子。

这时堂倌在他眼前放下一大盘堆得小山丘似的肉包子，另外一碗清炖童子鸡是端给窗口那桌日本食客的。可是他们已经都离开桌子，等他们之间的一个同伴穿外衣，粗眉的那个正把围项的毛巾朝胸口塞，中年绅士戴上了毡帽。

"电话的有？"

"做什么，你老？"

"算账的，电话打虹口的去。"吴非有听见粗眉的说。

"没有，你老。"堂倌掀着围裙揩揩手说，"下边的，水饺子的下锅煮了。"

"不要了，算账的。"

吴非有这时正吃第二个肉包子。在楼梯上听见手杖得得皮鞋彳子地响过一阵，才抬脸喘下气，望着寂无一人的宽阔餐厅出神了一会儿，一辆电车带着清脆的铃声轰轰地驶过去了。他立刻警觉站起来，挟起皮包，在楼梯口却遇到那堂倌。

"先生，你……"堂倌现出猜不到他和日本人之间发生了什么那种茫然的神情说。

"不吃了。"付给一元法币，吴非有像被人发现的蹲伏在深草里的野兔似的，带着惶惶不安的心情，匆匆离开这饭馆，混入众多的行人丛中，路上，他不止一次回脸望望有没有跟踪者，并且犹疑不绝：——即刻回家呢还是到别处混一下，恐怕身后确有人追踪，最后他窜入霞飞路一座电影院。他是向来对电影没有好感,却是京戏迷,但现在他是饿着肚子坐在光线暗淡的一排排密斜椅子中之一了。他的脸色仍在紧张不安中,眼睛现着随时可能发生什么恐怖事情之前的惶惶不定的光辉,心在惴惴不宁,跳着。

"——完全是我最初一上楼梯口的时候,站一站,闹起来的。他们也许认错了人,那么他们一定跟着我。"他想着,一边两手捉着说明书铺在膝上看,这样也可以把那不安的情绪安定住,他想一个一个字看下去,但他没能够这样做,只大略一看,就又翻过说明书的背面来。没开映以前的焦急,寂寞的空气,在四周密坐的人群当中散布着,香烟味和观众消磨这无聊时间的攀谈声,荡游空间。然而吴非有却觉得自己离开这些远远的,似乎孤独地留在一个森林里一样,他的注意力全集中在搜寻有无野兽的痕迹上了。他不时巡视有没有朝自己这边暗窥的眼睛,不时又低头向说明书。现在有一行小字引起他的注意来:"观众注意:倘本院上映时间,发生意外事变,观众请各自安坐勿动。"于是他更加惶然无主了。他四周环顾着,许多的观客依然在嬉笑自若地坐在那里,他身旁的一个华丽少妇在鼻子贴近童式发上结着红花带子的小女孩的耳朵内:"你要吃糖吧!那么你要什么?倒是说呀!"那小女孩安稳地坐在她膝上,尽自口咬着指头,并不向她母亲看,也不响。右手一种青年人的声音:"华赖斯皮雷演的片子是粗线条的,李昂巴里木……"一个安南巡捕在侧楼下来回走着,手提小警棒,时时朝观众群间巡视,吴非有即刻想起一星期前浙江路那座小规模电影院门前发生的暗杀案件。他觉得那类似事件已经在哄哄人丛中潜伏着,卖零碎吃物的小贩,衣服整齐地在他眼前闪来晃去,人丛中有零落的催促开演的掌声了,偶尔夹着一声尖锐的口哨,突然他的眼光和前三排的那穿宽领中式大衣汉子的眼光,接触了,那汉子脸胖,下颏很丰满,扭头望他,同时电灯暗灭。

——这家伙准是包打听一类的人。透过映在幕布上的暗沉沉光辉,吴非有能够清楚地望见那汉子在和同伴咬耳说什么,同时他那同伴向后扭头看了一看,神气显然是找什么。吴非有抽眼向侧楼下瞅了瞅,见不到安南巡捕,但那条白色警棒,却老是能隐约看清,影片上映中,除了那沉闷的放映机响声和对话外,他能够清清楚楚地听见身后的划火柴动静,嗤嗤地响,那动静既冰冷又恐怖,吴非有挟起皮包,手按自动起落的坐椅,悄悄站起来,迅速地溜出门外。这恐怖的记忆,一直到他身在开往内地的德国轮船上,还使他不安。

吴非有畅快地叹了口气,现在起身,用两只脚搜索着鞋口插进去:"若不是我机警,他们认错人,把我架了去,那可就没娘的孩子,有苦没处诉了。"他自慰般说。接着,他立刻记起少龄,连续想起的是刮破的裤子:"若把她弄到手,可不坏,真是个小狐狸精灵呢!会撒娇、会逗人的。……裤子是磨坏了呀!"打开窗帷,太阳光射进来,他知道已经傍午时分了,依窗搓搓手,无忧无虑地呼吸着新鲜悦胸的春天气息,他自己也不晓得为什么这样快活,浑身充满了生命力,全体的血流仿佛春天在溶化中的冰雪积淤的河溪一样,舒畅地到处流着,那流动的声音,他都清晰地听见。

十分钟后,吴非有关上门打开皮箱,开始更换衣装。皮箱是旅行用的,皮包四角,提手旁有两条皮带,样式极旧,但皮面犄角,都没受一点损伤,绘着各种图案各种色彩的旅馆标纸,层层叠叠地粘在上面,有的准是五年前的了,标纸白处已经变黄,蓝色已经变灰,可见主人购买它已有若干年月,而且又多么小心翼翼地保护着它。里面的衣物,放得满整齐,一眼便可望清所有的东西:发光的蛋圆形梳妆镜,麦精鱼肝油,领带,鞋油,中欧两式的信封信纸,几件中国式长衫,短褂,宽腿裤和西装。一身大领角有四扣的西式外套,那还是他在北京时做的,现在看来仍有八成新。此外是牙膏牙粉,和那把用了二年的秃毛牙刷。半点钟的时间,吴非有全花在打扮上。现在那面穿衣镜里,现出一个兀自望着并齐的两只鞋尖的绅士身影。头戴有花边围带的毡帽，外穿布制服，下半截短装腿毛绒裤，草绿色高筒丝袜，手杖挟在胳膊窝下。这时他抬眼望着立在他面前的体面的学者微笑了。当那影像摸着嘴巴，正在考虑是否刮刮脸的时候，门外一阵得得的叩门声，那影子背过身来，吴非有就离开镜子开了门。

"昨晚，吴先生没喝醉吗？"曹宏业手拿帕子走进来。

"没有没有，请坐，我还没洗脸哪！"

"昨晚真是扫兴哪！"

"哪里，哪里。"吴非有立即知道他该说什么，"没送到育婴堂去吗？那还好，真是抗战后，这样的悲剧不知有多少！"

茶房端水泡茶，曹宏业坐在床东手的茶几旁，左看看右望望："这房子还不错呢！就是小一点。"

吴非有应对着，开始洗漱，提出旅馆公用毛巾，使自己那块破而白净的擦着脸，脸贴近椅上的瓷盆，边擦边问："好久这里没落雨吧？""真不得了，今年要是旱，可真不得了。"混合着琅琅水声，话音就有点模糊，"天气是真暖，简直……都不觉冷。"他不知道为什么今天能够这样谈吐自如。往日他有一次走进许多青年友人集会的场所，他们正边谈边吃花生糖果之类的东西，"嗅！他们吃得满起劲呀！怎么样，花生炒得脆不脆？"顺手抓把过来，那不是为了他喜欢吃零食，而是一种愉快使他这样做。现在他的心情，正是那样，神色满自然如意的，说话也满自然如意的，可是什么东西使他这样愉快呢！他却不知道。漱洗一毕，就走到曹宏业旁边，拉过椅子，预备接谈，那神气正像一个有名望的青年教授做完某事件和等待了他许久的访者接谈之前那样，两手搓搓，似乎说："……有什么指教的吗？那么我们谈谈吧！你想想从哪说起。"

曹宏业不完全是被动，这时询问起对方沿路的观感，接着谈起战后农村中的饥荒，和这城市的繁荣。两人的意见差不多都一致。例如曹宏业说："中国真地大物博，抗战后，物价虽然暴涨，实际上只要有地种的人,都腰包装满了。""当然,当然。"吴非有就会完全同意地这样答,"这就说明为什么中国能有战胜的把握。"吴非有说句:"可是米荒,很值得注意,像昨晚那悲剧,那母亲不知道怎么才能过活着呢?"曹宏业也就完全同意:"是呀!苦的就是我们这些靠薪水吃饭的人!"

"这你该作首诗,一个好题材。"在谈话中,吴非有觉到曹宏业在自己跟前那种自怯的眼神,在地位比对方高一流的人,是极容易辨出这眼色的懦弱来。

曹宏业笑了笑,并没作声。之后,突然记忆起来似的说:"可是,昨晚我派人送给你的那些诗,你看见过吗?"

"写得很好,不过我没详细看。"吴非有望望手表,"快十二点了吗?"显然不是要摆脱来客,就是在探引来客过访的原因。

"走吧!我们到京津饭店谈谈,我的太太还在那等着你。"

"这太客气了。"

"便饭。"

"真是叫人过意不去呢!"吴非有仿佛因为他那恳切的神色,不得不拿起手杖似的。

"没有什么好菜。"

两个体面又和善的学者,在路上各自走着。阳光照耀得柏油马路满亮,街两旁商店楼窗的玻璃,也光芒闪闪的,所有的门全都关闭住,千把步的街道,可以一眼望到底。只有警察的皮鞋声,答答地响。吴非有现在才觉出身处内地城市的滋味。

"有警报吗?"

"空袭,天天有,没关系。"

吴非有的手杖在脚边一跳一跳的。他望那空壁墙上所涂的大幅抗战标语,有的是新涂不久,有的是粉色已经剥落,但依然触目动心。一辆崭新的小雪福兰汽车,在冷静的路上驶过去,除了沉闷的轮声嘶嘶，再听不到什么。弄堂角落闪出来一个流亡的孩子，脏手脏脚地跑过来。这些情景和暖身炫眼的春天阳光，极不适合。吴非有觉得现在应该一切都是快乐的，朝气蓬勃的，明媚悦人的。只有飞闪在空中的呢喃燕子，知机知时，享受了自然所给予的快活，其次是自己。于是他想起少龄那双挑着月光的眼波，又记起王大炮所说给自己第一科位置的话："——一定得找他详细谈谈，干干第一科，把少龄弄到手再离开这沿海省份也不晚。"

"可怜可怜吧！我不是难民，找亲戚没找到……"一个脏手的孩子，睁着使人怜悯的黯然无光的眼睛，跟踪着边去边哀求。

"这是敌机轰炸的吧！"吴非有向曹宏业说，同时手杖指着一家新式西药房侧面的空场。那空场已被零乱破碎的瓦砾堆满，一面残壁还遗留着失去窗棂的光口缺洞。

"上半个月。吓！那次真危险，我正从南波公馆出来，刚好紧急警报——去。"那脏手要扯他衣袖，曹宏业扭脸的工夫，一挥臂，那乞讨的孩子就又跑到吴非有这边来，吴非有加紧脚步，尽自望望这望望那，完全没有第三人存在似的接口说："你的公馆，住在乡下吗？"

"前些日子才搬到城里来。"

"有小孩子，躲警报就讨厌。"

"可不是吗？"

那脏手的孩子，一直喋喋不停地跟随着他，吴非有沉默一时皱皱眉又问："还很远吗？"

"那有黄包车停住的门口就是。"

八

吴非有在最初被介绍给曹太太的时候，没能够见机应变地作出适当的欣喜脸色，或是兴致淋漓的活跃表情。在那对从来不摸脾性的夫妻跟前，只点点头，既不谦虚，也不冷淡。这神气完全是最初一瞬间，受她那眉额间的沉郁情色的影响。他那生趣蓬勃的快感顿逝，仿佛一无所喜那样坐下来，这决定了他以后的沉默寡言。而且这沉默寡言似乎是正常的，若是他这时再提神扬眉谈什么，他想反而会使他夫妻俩吃惊的。

用眼睛和客人打过招呼后，曹太太那矮小的身体，带着绸质衣的索索响声坐下来。半截雪白胳臂压着白桌布，手指平搁在有提带的皮夹上，神色是专心在等待满足食欲，又坦然，又无语。曹宏业用眼睛说："怎么样呀！这就要菜吗？"

这时，吴非有默默地一无所欲般坐在那想——她为什么这样不高兴，遇到这样情形，客人往往把眼睛注意到别的地方，以便给他们交谈几句私语的空。吴非有也不例外，望望四面映着电灯光的油漆板壁自语说："这房间，怎么这样暗。"茶房掀帘走进来了，他是高个，穿着号衣，满规矩地把菜单放到桌中央。

曹宏业对太太述说使她久候的原因，是由于他们的客人起身晚了。吴非有趁机想从她脸上找出什么来，可是她只皱皱眉，嘴角作出"说这些做什么，我又没埋怨"那种表情。茶房仍然塑像般站在那不动，但他俩却没注意到。

——两口子，一定发生过什么口角，也许她夜里患了伤风，受了凉。吴非有可以看出，他朋友的全部力量，都集中在讨太太欢心这点上，像没有他们客人的存在似的，吴非有被冷落地丢在一边，他觉出茶房在看他的眼光，但吴非有却作出除开他和他的朋友夫妻俩，也没有第四人存在的神气，既不好拿过菜单点菜，更没有什么话和茶房搭讪的，只有尽自坐在那里，无忧无虑的，他像是根本坐在自己家里的安乐椅上一样。心里却激怒，并深恨当时不该考虑一下就来了。

当曹宏业掀起菜单过目之后，眼光才落到客人脸上："吴先生，你喜欢吃什么？"

"随便好了。"吴非有淡淡的脸色中露着欣喜说。他也知道自己这欣喜是故意装的。

曹宏业那种使人一见就有伸手拍拍他的肩膀的那种体态，现在引起吴非有的反感来。那一表情的木然无味的脸，转向他的太太，用温州土话询问着："这样油炸是不是可口？""那么清炖呢？""这样红烧——你忘记了前回我们吃过的。"他一样一样朝他太太推荐。最使吴非有困惑的是身边站着茶房，眼光又没处投，不得不倒杯茶吃。

"这是请你太太，我作陪客……唉！"

菜点好，女的又嘱咐句："不要放胡椒呀！——你告诉他。"皱皱眉："他又要放胡椒了。"

"茶房！可不要胡椒，听到没有！"

"酒要不要——晓得了，长官。"茶房边下楼梯边高声声复一句，"三号叫的菜，免胡椒。"

"我是不喜欢吃酒的，你吃不？"

"不要。昨天我吃得太多了，今天还有点头晕。"说着用筷子插入茶杯，挑出一层黑灰。其实，吴非有自己没意识到，自己究竟是在做什么、想什么。

描花的盘碗端上来以前，夫妻俩低声下气地谈着，三个人动手平心平气嚼的时候，夫妻俩仍旧低声谈着。曹太太眉色间有些喜意了，当她听到她男人的一句什么可喜的话时，她整个头仰天笑起来，仿佛那样她可望见空间那可笑的某种具体形象一样，只有洁白的脖颈和光滑的下颌现在人们眼前。直起头来，那两道黑漆的眼光才第一次降到吴非有身上。吴非有也咧嘴笑笑，虽然他不知道这笑的原因。之后，开始吃第七块排骨。虽然自己没受到热烈的趋迎式的攀谈，但在不受上流社会那种拘束人的礼仪这点上，吴非有又觉得这样倒满自由自在。曹宏业有时也朝他点点筷子："吃呀！请随便吃。"

"这还用客气吗！我是随便吃的。"筷子小心翼翼夹出饭粒中，白的稻壳，在桌边……吴非有又扒到口里两筷饭。两片嘴唇油润润的在灯下闪着。

隔壁突然有人声,和挪移木凳的动静,并爆发着男人们所有的响亮的笑。"你来好了。""我吗!我可不……老王来。"以后的声音就模糊不真,但却听出是女人的发音,原是肃静的空气,骤然吵杂起来。曹太太皱皱眉,显然讨厌这些声音,但一望见在用孤独餐客那种默默无趣吃法的吴非有,就又被一班好奇感吸引住!——这人真有意思,怎么一句话也不说。

吴非有这时也在想:"我从来没碰到过这样相待客人的,丢在旁边不管。南边人,真怪。"夫妻俩话一停,曹宏业的那种就匙喝汤的嗤嗤响声,格外的响。

隔壁这时传来一串咯咯咯爽朗笑声,吴非有整个胸口颤动起来了,一阵热。"那时候,那时候,地理教员……找我……"笑声更加多了,吴非有断定那说话的声音是由王大炮阔唇中吐出来的。曹太太又望着电灯皱起眉毛:"吵死了。"

吴非有没加思索,也没耐心等手巾擦嘴,就和曹宏业打个招呼,身子在隔壁房间出现了,手掀门布帘:"老兄刚来吗?"朝王大炮走去,这一瞬间,人们都静下来。本想拍拍对方肩膀,却遇到对于朝自己迎头扑的手掌,于是极自然地两手相互捉住:"就在隔壁,曹老兄也在这儿,我一听声,马上知道是你老兄。"两人心里同时想"……这家伙,在人眼前要装像呢!想拍我的肩膀,幸亏我的手捉得快,险些,险些。……""我给你介绍介绍,来!"王大炮说着逐一介绍过:"怎样,老兄,昨晚上醉了吧!"

"没有,没有。"

"我们这位吴公是陆大的教授,新从上海来,要到四川去,我留下来将来担任第一科……"

"诸位请坐,大家都是青年朋友。"吴非有不愿直直站在那里像被店员介绍的商品似的,搓搓手说。同时也觉出少龄小姐的两只水灵灵眼睛，有意避着自己，仿佛对王大炮的话，起着绝大兴趣那样，尽是望着他的方大头颅。吴非有觉得她这样对自己反而又情深一步。他两手抓住手杖，用向楼板锥洞的姿态，时而望着鞋尖，时而抬眼应对询问几句，无非是为了在这里多站一些时候，以合上流交际场所的礼仪，一个有名望的稳重人物，不能进来一闪即逝罢了。这里，他感到明爽，愉快气息又吹入肺腑，从窗外走廊送来阵阵花香，眼睛里只有煊耀的阳光和少龄小姐的红腮、亮眼、笑嘴、白牙。"你不再吃点酒？""不！"他闪闪眼，倒不是没听清楚，只为了这样话式更有声势，更适合他的身份："不了。——好，歇歇到我那去坐一会儿，好，我等着你们。"说话中望一眼少龄小姐不敢直看自己的眼神，点头走出来。

一进三号房间，吴非有的眼睛，就幽暗起来。曹宏业正剔着牙。眉眼皱褶着，口里发出啧啧的声音，看来，茶房预备了毛巾站在他身边很久了，吴非有提过一块，有力地擦擦脸，鼻子揩得红红的。曹太太依然安然自若地坐在那里，仿佛并不想离开那把雕花座椅，一直坐几个钟头似的。

"走吧！"

"好。"曹宏业站起来，满身充满大嚼后的舒畅，边把牙签调换了一道齿空边戴上帽子。既没问吴非有刚才会到谁，也没有帮助太太结上白绸被肩的领扣，享受着胃饱肚满的那种舒服，牙齿间，啧啧地响着，世间的一切他都忘却了。世界上还有什么比这剔牙那瞬间幸福的吗？

在门口和曹宏业分开手，吴非有的手杖点着柏油路，连头也没回，稳哉安哉地走起来。行人是这样拥挤，雨后蚂蚁那么拥挤，但他没有觉到。

吴非有在自己房里，一直没有安然一秒钟。用野狼被囚在狭小栅栏中的姿势，在窗口和床位距离间，来回走了一会儿。他的脑子闪动着腮的红、眼的亮、牙齿的白光。"有希望,有希望。""不是冷淡,正是少妇初恋的那般劲。"偶尔看看表,"快了,快了。"现在他又在床上躺下去,一手遮住眼睛,又幸福又急促地呼吸着:"昨晚上离得多么近,若能亲个嘴,她一定躺在我的怀里,轻轻发喘。"一些毫无连续性的思线,扰闹着。但若有一点微微的楼梯的响声和鞋底摩打木板的动静,他的手就立刻会离开他的眼睛,注意辨别那响声是朝哪屋里去。这时的一分一秒时间,在他是多么长久、多么宝贵呀,躺了不久,他又"一步两步三步"地数着走到窗。胳臂肘支着窗台,下巴压在手掌上,正在凝然不动,忘记他是等待客人的时候,客人们来了。于是他用他们来不来与他完全没有什么关系的表情,开始淡淡地打招呼。

王大炮醉眼迷离,开首就埋怨这房间不宽超:"少龄,你说是不是。"少龄小姐完全是另一个人了,眉宇间洋溢着困惑的感情,像有所忌疑地把头摇摇,不说什么。她身穿墨色外套、墨色短裙,裸腿,又黑又亮平底鞋,只有两只短袜是白的。短发依然齐整地松散到外套领上,偏脸四顾,在观察友人新居表情中,吴非有可望见隐在鬓边几绺柔发,那光泽焕发的脸上却见不到一点笑容。

"这哪成?"王大炮按按桌子,动动椅子,试探桌腿是不是坚牢不移的时候,才有这样举动,"这哪成,没有好房间吗?还是到二楼去——歇歇我找两个朋友,陪你打几圈小牌,玩玩。"于是俨然地变成这房间的主人口气:"茶房,调换调换房间——走,我们下去看看。"

"好的,好的。"吴非有应和道。他自己也觉得距离少龄小姐,已经很远了。下楼梯的时候,他正是用站在岭脚仰望冲霄峰尖那种眼睛看王大炮,再望她一眼,她在通过楼梯下的露天花坛时说:"这地方很好玩哪!"拐入二楼角朝下之后,吴非有立刻后悔,他自己当时,没能够接过她的赏叹话柄说几句。

24号单人房间,若做某一团体集会的场所,满够用。中央铺台布的圆餐桌，足能容六人。少龄小姐在那圆餐桌周围那四把乌木便椅之一上，坐下来。西壁嵌玻璃框的两幅名人对联下，放有宽可躺三人的高背大沙发，西壁有三脚茶几，自动开合的骑椅，带半身镜的高橱。王大炮拉开靠窗的长条桌中几只抽屉，看了看，又关上，吴非有则在宽容五人并排睡的大铜床上坐着："我有点头痛。"

"老吴，把那靠门的写字台摆过来，贴窗放着，来呀！我们自己动手，让茶房打电话去——茶房！"

"鬼使你这样热心。"吴非有一切又觉得黯然无味，少龄小姐的严肃表情，传染给他。他说："忙什么？你歇歇叫茶房搬好了。"这话倒不是由于那失兴的心情，而是因为自己表示不是没主意而说的。

"吴先生。"少龄小姐不望胸前自己那两只手在如何相互拨弄，"你若是在这长住，窗口摆几盆花就更美了。"

说话时，她用没有望见他的眼睛向他望着。和在楼梯口一样，吴非有这时没说什么，只笑笑，过后立刻又悔恨失去那机会："——我病了吧！大概失魂了。"茶房站在他的眼前，他看那号衣，剪裁的20红字。

"你去打个电话到司令部，就说王秘书请徐主任到来有紧要公事。"王大炮背靠长条椅，两脚交叉着正点纸烟，这不能说话了，拿火柴那手上的另外三个指头晃动晃动，意思是"等一会儿"，茶房停止，等待他未全的嘱咐："去！叫他马上来，你说我在这儿等他呢！"同时火一掷，吐了口烟。

"那么你不叫高参谋来吗！"少龄两只水灵灵眼睛望着他问。

"嗯！"王大炮完全用还有紧要的话朝朋友说，没容注意这些的神气，看看少龄那眼光又投到吴非有身上："我告诉你，徐主任是你们的同乡……"

"先生。"茶房掀帘进来说，"司令部有电话请你赶快到那去，有要紧的公事下来。"

当王大炮听这话时，表情严峻，之后又顿然闪出开朗的光辉，少龄小姐注意到，并预先知道了那使他明快开朗的原因。吴非有却在她那审视王大炮的两只凝然不移的眼睛中，得知一切了，这一切是他从上午在他们的宴会间所疑虑不绝的——就是她和他的关系，现在是完全证实他的猜疑并没有投空，而她就是连隐瞒吴非有的心思都不用呀！她和那爆竹性的粗犷人物之间，有着某一种坦白爽直，自己人对自己人那种纯然的东西存在着。吴非有没有妒性，这一刹那他感到难过，赌场输去一大注财宝那样难过，他的脸全部黯然下来。"我马上回来，别出去呀！老兄，今晚玩一夜。"直到王大炮这样说着把少龄带去后，他的嘴角才又现出快乐。那是当她经过楼下迅速地仰头上望时，那短暂的一秒间，当她的眼风富有魅力地一瞥，爱恋光辉，只一闪即逝，吴非有却幸福地望着她的背影，直到她在远远的街口，吴非有视线被那些接连不断的屋脊遮隔住，但依然没动。

　　此后，吴非有沉入狂欢与一种自怨自艾的不安中。他想起当她回脸仰望时，他该伸伸手表示自己对她的一盼是如何愉快。他在案头上用钢笔顺手画着圆圈，画满一整张，又翻过背面重新画。电灯猛然亮起来，他才住手，意识恢复到现实上来。晚饭，只吃了一碗。

　　十二点钟的时候，他还是在这巨大房间里来回散步，仿佛履约等候在小花园里的人，等待友人一样，既疑友人一定不会来，又不情愿耗费了许多时间就这样白白离开。结果，他知道没有希望了，才咒骂着："骗子手，把我放到这样大的房里，捣鬼。"倒身在宽可并排五人的巨阔铜床上，孤零一个人看守着足容六人的中央圆餐桌、高背大沙发、高大的衣橱、六七把空着的椅座，久久没能入睡。

　　直到第二天，吴非有才知道某县出缺，王大炮有补任的希望，当夜，他受战区司令长官的召见了。

九

　　王大炮离开这城市第三天，吴非有接到一通由司令部秘书室名义，拍发的电报。没有接到王大炮的信以前，他就准备应召拜谒某战区司令长官该当准备的一切东西，他买了那司令长官的抗战言行集，打算仔细读读，以备陈述意见时，不会和他的意见违背，又到刘南波那里打听这司令长官的癖性、嗜好、日常生活和僚属的关系等等。在这上他十有九是满意的，只有顺便要和少龄小姐再碰面的想头，没实现，使他怅惘。看他夫妻谈吐情形，少龄小姐多半跟随王大炮去乡间司令部了。他想在那里也许能碰到。当他一切都准备好，同时接到王大炮的详细来信时，发生了一个严重的问题，而这问题是关系他转入政界的机纽，虽然是小节，可是在那长官眼睛里会起决定作用的，那就是服装问题。他在公务员制服与中国长衫这两种之间不能立刻果断挑选穿哪种好，按照信中所说，他是作为教育家介绍给那长官的，他当以学者姿态出现，那么布衣长衫最适当，但那未免在这建军极严的长官眼中有些"放浪不羁的嫌疑"。倘若是穿制服，相同有着两个矛盾点存在：一点是优处，青年气，严峻；一点是不妥的地方，失去了在那长官眼中可能有的清高和文雅的丰采。试试那件西装，新倒满新，就是袖子只搭到手腕子，背心扣不上，胸前露着一道宽衬衫纽扣。到汽车将开的时间，吴非有还没有决定穿戴的装束，只好到那驻防地碰到王大炮再商量。

　　当天下午，在雨前微寒的天气中，吴非有到达距离这城市有三十公里的长官部驻扎地，在那靠山而有密林掩饰的小村中，一所布置简朴雅致的旅寓，把因恐放在城市遭轰炸而带来的全部东西，包括皮箱、皮包、行李卷、手杖等物，搬放在楼下最后一进的阴暗房间里，打了个电话通知王大炮之后，算是什么都妥当了。第二天，王大炮冒着潇潇的微雨走来，吴非有正在门口盼望着他。那时山雾浓布，三尺外的物色就隐约不清。发觉雨中一双军用靴的马刺琅琅声不久,一个披油布制的军用衣和头上的伞形三角雨帽透过浓雾现出来,并且出乎意外地和吴非有打个招呼,吴非有犹疑着在辨认的一刹那间,有种呜呜呜声激响,接着一辆小包车闪过那军人,驶过旅寓门口停住,下来两个挂少将领章的中年军官。这时,吴非有已经听清楚那披军用油衣的军官话声,确是王大炮了。他也老远打着招呼。握手的时候,王大炮满脸闪着在雨中一朵花似的光辉,大声说着他幸而昨天好天气赶到,若是今天那就麻烦了。吴非有的眼里注意着他的朋友的军帽,和隐约在雨衣领里的领章,他觉得他俨然是伟梧的军官了。

看过吴非有的房间后,王大炮连雨帽也没脱掉,两人边交谈着,边给两个少将阶级的人物让开路,来到隔壁的高等茶室。那门是关闭着的,一打开,那些凝集在空间的上等香烟的云雾,立刻飘舞着和门口外的雨雾交融在一起。满屋尽是些将校级的军官身影,油漆的地板都被饮客们的宽大的水淋淋脚印弄脏。吴非有站在那门口等待王大炮,他和一个短干的壮年将官打个招呼之后,问询起什么来,这话声是极难听清楚,全屋充满吵噪和喧笑,一尺外的声音,就被这些混杂响声扰乱了。

"到这边来。"王大炮召唤着,一面解脱雨衣,"两杯红茶。"向仆役伸出两个指头。

在吴非有对面坐着的,是另一个王大炮了,黄的哔叽军装,上校领章,马裤,皮绑腿。手枪扣在横皮腰带下。那横皮腰带还挂着一粒粒子弹。有一种威武而使人起敬的气魄,洋溢在他眉宇间。新刮的嘴巴,显着青色,现在那阔大的嘴唇就显得极适当并且若是不那样阔大,仿佛和这身戎装不配合似的。而吴非有也越加觉得自己这身呢大衣布制服在人眼前触目,自己越加气馁,尤其当他把手杖靠到桌脚上之后,他也看出王大炮眼神中对自己那不自然的拘谨态度所起的变化。

"你愿意喝红茶吧!"

"好的。"吴非有看出对方显然是什么话都预备好，只不知道怎样开始谈。他也找不出一句话导头，坐在发着怪响的音波扰乱的广播机前那样不安，连门外雨淋玻璃窗声都听不清，屋里的空气尽被军官们的攀谈和放纵的笑声占据了。他背后一个中将站起来点着雪茄烟，离开桌子，一扭身又走回来："华侨捐的那些药品呢，都到哪去了，是不是？"他询问坐在那摇着腿的红脸将官。那将官说："可不能这样说……"于是一阵由那中将口里发出的笑声，震撼着吴非有的耳朵。

"怎么样？没有问题么？"吴非有终于开始问了。

"什么都妥妥当当的了，老兄。"王大炮拍拍吴非有的手背，"不过是个沦陷区的县份。富裕倒满富裕，你怎么的，今天脸色，有些不高兴。"接着他谈起关于前任县长的撤职原因，他说明那县份的土劣、乡绅是如何奸狡，并极力表示自己是如何要一上任就给他们个眼色看，而不管任何褒贬所具的决心。关于吴非有怎样拜谒司令长官，却一字不提。吴非有一直聚精会神地听着，那已不是在交际场会所有的神情，从他注视王大炮启动的嘴唇，就可看出听者是如何倾心这谈话，而且是谈正事的或是职属与上司间谈话所有的那种严肃表情。当他正述说发表日期和赴任路线问题的时候，那个短干的壮年军官站起来。王大炮在和吴非有谈话中，两眼是时时越过邻座瞅着他的。现在立刻掷下吴非有，也没戴帽子，匆促地挤过椅背和椅背之间，走过去："孙师长。"吴非有望见王大炮那副胁肩谄笑的面孔，他越发觉得这是另一个王大炮了。他的脸上，表露着的是吴非有所稀见的谨慎神色，而且顺从地当身材短干的孙师长转过身来停住的时候，他也面对他停在那里述说什么，那两眼充满仰望的光辉，使吴非有断定若是孙师长走动的时候，他一定会跟随在身后喋喋不休。

"我们再见，老吴。"王大炮挤回来，匆匆拿起帽子说，"我还有点事，那边我通知一声，晚上再给你电话，告诉你长官接见日期。"

"老王，我问你。"吴非有扯住他的衣袖，"那么你没空再来趟，我们详细谈谈吗！譬如接见的手续……"

"我给你电话好了。"王大炮注意着站在门口的孙师长，一个勤务长正给他披雨衣，"你说是长官吗！——吹一通好了。"他低低补了句，同时对吴非有一挤眼，匆匆离开他，披衣，结上雨帽，跟在孙师长身后，走出门去。

直到吴非有回到旅寓，在白天的沥沥的春雨所造成的沉闷气息中，为了他那"吹一通好了"的话和挤弄眉眼神气而皱着眉，焦闷不安。他认为那多少有些轻蔑意思存在的。于是觉着一切都不顺利，什么都不顺手。五天头上，他终于得到王大炮的电话，并且读完那长官司令的抗战言论集以及所有政治军事民运等等有关行政的书籍。

"——什么都安排定了，自自然然地安排定了。"他自己平心静气地叹息着。五天来的积郁，和不止一次在他内心起伏的辞脱王大炮立刻回到那城市里去的想头，完全随着开放的阳光而消逝——当初怎么没有拒绝这邀请呢……什么都像有人在背后给布置妥一样，这就是那眼不见的命运吗？也好，为了少龄，全是为了少龄，她到底是不是在这里呢，那小狐狸！他站在一边躲避驰过的汽车轮溅起的泥浆。

这是一个春暖鸟叫雨后新晴的快乐日子，吴非有在那条二里远的山脚下的长官司令部的泥泞的宽路上，就这样偶尔躲一下来往汽车飞溅的泥水，偶尔用手杖支着地，跳过一段水坑，一路思索着走到丛树密竹围绕的红壁祠堂前。挟着黑皮包，摘下灰呢礼帽，哨兵敬礼后，指给他去处。这天，他穿着并不称心的黑呢制服，新刮的脸，与那新鲜的树林、悦耳的鸟鸣，到处闪着浴后光彩的春野、芳草、麦田那些生命蓬勃的气象，非常适合。他走进门旁，旁边停着五辆小包车的台阶时，许多想头都死灭了，只有不满意自己这身黑呢制服的情绪，却越来越使他烦恼。高大门口传来一声"敬礼"，他望见没戴帽子的军官在举手，一个穿中山装、高筒靴的人物，迎着他的面，走过去。他把手杖递到挟皮包的手里，同时摘下帽子问询门岗："劳驾您，梁副官长在里边没？"

"什么事？"那已经走到庭院石道上的没戴帽的军官又扭回身，现出唇有微髭的文弱的脸。

"王秘书给我的电话，找梁副官长谈……"

"噢！您是从城里来的吗？老秦。"他并没有和他握手，对走廊上一个匆匆走着的青年军官招呼，"您和他说吧，他是这里值星官。"

吴非有被领入会客室，并指定为十三号谒见者，之后，那值星官的有马刺的军靴嗒嗒响着，神气匆忙地走出门去。

屋里六七个高级将领，尽是些魁伟人物。一色穿着质料优良的军装，佩着短剑和有套铳的手枪，只有一个嘴角有伤痕的将领，手上没戴白色手套。他们安静地坐在那里，有的颤动着自己搭在另一膝上的腿，有的手掌摸起下巴在思索，只有没戴白手套的那将领和另一个少将——那少将穿鹿皮高筒靴——坐在沙发上低声谈什么。吴非有立刻被这肃穆气氛传染了，听着那走廊上来往克克的皮底鞋敲打石阶声，坐在靠背椅上逐渐气促心惧。他第一次感觉到和高级将军会晤前，那种从来没想到的胆怯。这种胆怯，往往在一个投考的青年遇到面试之前那一刻钟，会感觉到的。和在候车室一样，吴非有眼睛尽自向前面一无所有的空间望着，在竭力压制那不安的心情："——王大炮怎么不来？"

"九号——邢军长。"值星官打开门后的招呼声，接着，那个两手支额呆坐的宽肩中将，一手拿起两只白手套，离开窗户，马刺琅琅响着走出去。

吴非有又是完全不自主地心跳一阵：——还有四个人了……他重新整理一次准备谈述的内容，第一，他要由二十世纪的战争说起，论断农业国家与工业国家的优劣点，继之引到作为农业国家之农村经济支持力的农产物，与外县沟通及价格平衡的问题，由这样他更可提供以经济破坏敌人游击区经济机构的具体措施；第二，他要引用宋明二次沦亡痛史所给的教训,而加强提出沦陷区内各军队与人民间的必须团结理由,在这问题上他将发挥对于各政党合作的政见并提出中央所颁布抗战纲领有关这项的条文作根据。除此两大政治"设施"计划和理论外,他将陈述广西的"管教养卫"口号中,当采取的……

"十一号,高参谋长。"

吴非有屏息低喘了一会儿,立刻准备当现身在那司令长官面前时该有的姿态:——这是一个人的风度、外场。于是他有了两个假设:若是那司令长官当自己站在他面前而说声"请坐"时,他当毫无顾忌地以学者态度坐下去,为了表示对司令长官的恭敬,他必定让自己的椅面空出一多半,只能坐一个椅角;若是那司令长官不让坐,而他当以半稍息、半立正的站姿,和他攀谈,并且也不妨偶尔大方一些挪动挪动自己一条腿,或是用手杖在自己脚前画画。

"——可是我不能带手杖,那样可太狂悖无礼。皮包呢?"

正当吴非有沉醉在冥想里的当儿,王大炮站在他身边,拍了拍他的肩膀,"老吴,来了很久吗?"低声问。

"刚来?"

"几号?"

"十三号。"

"现在呢?"王大炮的手还搭在他肩上。

"十一号了吧!也许十二号了。"

"好,你在这坐一会儿。"

王大炮离开不久,吴非有被值星官陪着走出客厅拐入走廊。他没有带手杖,也没有挟皮包,那是年青的值星官一句"放在那里好了"话的结果。他们经过前后门相通的一条穿堂甬道,两排卫兵,都头戴铜盔,手提驳壳,距离相等地来往走着。"这边,在这边。"年轻的值星官对吴非有轻声招呼,拐过第二进庙殿式的厦道,进入左手高砖墙一条的圆月式门垣。在这里,寂无人声,只有院庭中树丛上麻雀的喧叫，沐浴着阳光，它们是如何兴奋得相互撕啄、追逐、啾鸣、跳跃。吴非有的脸上，越发紧张，他的手指有些颤抖。当走进朝阳有玻璃窗的茅屋，而发现门开处那面墙上的军用挂图时，吴非有本想作出的悠然安详的表情，完全不由自主地变成困惑了。他觉得那一瞬间血液迅速地流遍全身。

"报告。"值星官面对挂图，皮鞋跟碰着皮鞋跟，乓的一声。

"进来。"

吴非有的眼睛中，现出巨大的没戴帽子没挂领章的将军。他只看清他那宽大而没佩勋章的胸部直挺挺的，又稳然，又严峻，一座小山般坐在那里，两手在案头上拨弄着铅笔："你是吴非有先生吗？"他那声音发出，古钟似的粗憨、沉重。吴非有刚要开口，王大炮在右贴壁的茶几旁站着接应了一句。

"请坐。"阔大手里的铅笔朝茶几旁另一只空椅指指。吴非有看出将军对来者满意的极不容易见的笑容。将军的头发，已经苍白，但下颏却净光，两道炯炯眼光注视住自己。吴非有竟全然忘记预拟的坐式，而全个臀部放满椅上了。以致他突然记起，而改变坐式臀部朝外挪的时候，他没有听清楚将军这一刹那说了句什么。

"长官问您，在陆大教过第几期？"王大炮隔着茶几，侧脸说。

"我没有教过陆大，是陆大附属子弟学校。"他两眼望着王大炮受惊的脸孔，像是对他解释一样。对这答话的坦白，就是吴非有自己也吃了一惊。

"来到本省很久了吗？"将军的铅笔在桌边轻轻敲着问。

"没多久。"吴非有转脸向他说，可是并没有望见他。脑里依然深深留着王大炮注视自己时那双神色黯然的眼睛。

"好，下次我再邀你谈。"那蛙似的短颈，一动，"你住在×村吗？"

"是的。"吴非有抓帽站起来。

"好，下次再邀你谈。"

吴非有恭谨地退出来，他的脸仍然苍白着，嘴唇微动得发颤，没有血色。王大炮紧皱着眉，送到他门口。

现在吴非有身背提琴，和其他的骑兵一样，昂然跨在马背上混合在骑兵队里了。他们正在崇高的山峰间奔驰着，飘飘悠悠的。透过在三月的阳光下飞扬的尘土，吴非有时时仰脸朝少龄小姐高呼着："抓紧马缰呀！右手的沟，小心。"这呼喊，在马蹄敲打山石的一片海潮般声音中，隐约不清。少龄小姐的红衬衫，在头上似的跳动得那么厉害，她的那匹乌尾白身马，跑得多么迅速呀！吴非有鞭策着中国种的阉马追上去。少龄小姐满脸苍白，两眼紧紧盯住自己坐骥的硕长头颅。那蒙古种的公马，竖着两耳，哙儿哙儿打着激野的响鼻，春性勃发地尾追一匹枣红马，用一接近它两只后腿就会站起来那股雄劲儿，不屈服勒住嘴巴而紧握于骑者手里的马缰，脖项就像满弓似的现着弧形，直着尾巴疾驰在最前面。当马群开始穿入山腰一片密松林里的时候，少龄那匹乌尾蒙古马，突然跳出正路，就在这遇到什么惹眼的东西，使它突然跳出正路那短暂的一秒间，将要追上她的吴非有，听到女人的一声尖叫。于是吴非有鞭马越过一条沟渠，让身后的骑者们的马群尾含尾飞驰过去，自己松缰下马，跪了一膝抱起少龄来，他发现她的嘴角已经有血，流出来的呢还是擦破的皮伤，他不知道，也没来得及问，生恐和队伍失去联络，抱腰把她扶上自己那匹阉马。自己则跨到她那匹乖戾的蒙古马上，那马哙儿哙儿打着响鼻，扬蹄疾奔。

"追上来呀！"那些在峰巅流涌着的细小马群仰脸可望，吴非有激动得朝身后喊。

一到山顶，吴非有紧勒住马缰。蒙古马嘶鸣着刨蹴着，以有马嚼的缰绳作中心力，不离原地地旋着身子，吴非有像漩涡中的半截立起的巨木一样，旋转着，他望见一团红火似的身影，在脚下的山腰，飘来了……他俩所骑的马相并着，俯望山背阴驰骋下去的马队，那一些马嘶人喊的响声，是多么雄壮激烈呀！

对面山峰的敌阵，在他俩眼前清清楚楚现出来，见不到人影，除了蜿蜒在丛林间的战沟，就是两山间这片空旷中在爆炸的一团团烟雾，但没有一丝声息。那在年轻的麦田上轻然一吻的烟花，也无声无息地立刻就被飞起的土壤瀑布击散。

"少龄，冲下去呀！"

"冲下去！"

不知不觉间，那蒙古种的马飘飘悠悠地落下来，吴非有似乎跨在巨鹏的背上一样，有着飘渺轻松的感觉。马身上已经汗水淋漓，不再发着油亮的光辉了。吴非有用鞭子击打着它的尾骨，在夹谷间追寻队伍。天色暗下来，在阴森森的密林里，一片苍茫暮色。他孤独的一个人，只能辩论出像一般人在夜色中能够辨认出的那种隐约不清的道路，那道路起初满宽，现着白色，马蹄得得的响声，在呼啸的风吹丛林的巨涛里格外清脆动耳。当那路色混沌不清的时候，蒙古种的乌尾马，仅仅有喷鼻子和喘吁的力量了，并且时时低俯它的长颈，顺着走势用阔唇卷撕路边野草。吴非有顿觉浑身疲惫欲睡，万念都死灭。

——少龄呢！突然他发现留在这里的，只有自己。于是那在黑暗的密林丛中潜伏的恐怖影子，立刻侵袭着他的混沌意识。他朝马尾骨上抽着鞭子，他自己也觉到那是多么懒弱无力，那乌尾马依然低颈、喷鼻、撕嚼着路草。最后，吴非有爬下来，一手握住马缰，一手作着传声筒："——少龄——！"远方也传来回应的山韵："——少——龄。"寂然中，依然是一片汹涌的林涛。

"——天呀！我现在是在哪里呢！我是在做什么呢？"吴非有绝望地叫着，不久重新爬上马，那马甩着乌黑的尾巴一心一意吃嚼着路草。一俟坐稳之后，吴非有就用鞭柄敲起马肋骨。半个钟头后，吴非有被马载着离开了那带魅魑性的黑林，远在两里外凝聚的一团夜火在低空闪烁的光辉，举目可望了。摸摸背后的提琴，全身注入了新的力量，鞭柄狠狠敲击着马肋骨，那蒙古种的马锐敏的感性也发觉出什么似的，两耳只一竖立，立刻迅速地扑奔那煊染低空的光辉飞跃起四蹄。渐渐能够望清楚夜空一团灰白烟雾所反映出来的林丛尖端，人声马嘶的淆杂动静也隐约可闻了。

一进林，吴非有就望见刺目的烈火堆，火焰现着塔形，一座一座间隔相等的燃烧着。人群也一小组一小组围绕着火堆散布开去。他们在高声谈论，爆发着傲岸的笑。每个健康的脸，映着烈火发红；每个人的眼睛，闪着火焰的光。谁也没对这牵马巡逡的陌生人注意，当吴非有从这堆烈火，走到那堆烈火……的时候，到处尽是沸腾的话声和沸腾的笑，火焰呼呼地响，火柴劈劈剥剥爆裂着。到处是闪着红火的脸，闪着光芒的眼睛，到处是炙人的热流，溽暑一般的热流，以及亮闪闪的刀光枪影……

"你们，没见少龄吗？"

"找谁？"坐在火堆前的，回脸问。

"少龄。"

"少龄？"一个高大个的汉子说，"这里有叫少龄的吗？同志们。"

"那可不知道，他在哪一部队里？你是从远的地方来吧！"

"江南来的呀！"

"喂呀！这是华北呀！"

"喂！同志……"另一个汉子站起来。可是吴非有的脸一阵激动，迅速地离开去。一组组粗莽的影子，零落不齐地站起来，他们高声询问着："什么事？什么？"

可是吴非有跳上马，飞奔出林外来。

什么时候下的雪呀！雪铺满山野，辽阔无际地展布到四周的远方。夜色完全被这寒冷雪光划分作黑白两片，大片雪花仍然飘散不止。

马打着响鼻，披雪山峰远远送来回韵，吴非有鞭策着马尾，疾驰着飞扑着……

月亮出来了，吴非有在马上能望见军营宿地，那些散布的棋子似的现在山崖间的帐幕。绿草蓬勃的山，稻苗碧油的谷野，享受着娇月的抚摸，甜蜜地睡着。一切都满静，满温柔而悦目。吴非有下马在树枝上拴住缰绳，走遍各个军幕，除了满片的响鼾，他什么也没发现。

吴非有完全绝望了，叹息着在崖脚坐下来，两膝促胸，手掌捧住脸，望着月亮，望着夜星，久久没声音，突然他站起来，像从身上抖落某些足使他苦痛的东西一样。抽出提琴，开始拉起悲切的乐曲。哀泣的音波，婉然飘开去，时低时高，时而像古宅的老狗近到远归主人时所发出的鼻吟，时而像母牛失去爱犊时悠长的低鸣。一切都是寂静的，一个战士悄悄走来了，两个战士悄悄走来了……没有脚步声，没有气息声，全山满崖已是一片战士群。他们静坐在那里，闭眼静听着。琴音越来越悲痛，几乎每人可觉到那眼不见的音波，有如一条蛇在空间舞动着。

"非有，非有！"远远传来两声切呼。

"少龄，你在哪里呀？"吴非有木然地偏脸站住，提琴从他手上掉落下来，他只拿着弓。

"我在这里呢！"隐隐的。

"大点声说。"吴非有两手遮住嘴喊。

"在这里……"

"是在东山吗？"山韵反响着。

"是呀！"还是隐隐的。

吴非有迅速解缰跳上马，用琴弓鞭打着马背，朝东山飞奔过去，星星朝后闪着，树木朝后闪着，突然枪声四起，吴非有脸贴在马脖上，用琴弓鞭打着马背……枪声越发剧烈了。

"长官，长官，紧急警报。"

吴非有睁开眼睛，钟声冲耳地响着：——当当当……茶房一闪即逝了，门却大开。吴非有豁然明白了，脸色灰白，匆匆跳下床。衣服没扣好，他已隐隐地听见敌机声，手杖皮包都没拿，光着头，吴非有跑出旅寓后门，走下防空壕入口的地道。四周黑暗得自己见不到舞动在自己脸前的手，有人在低声叹息。依靠着身旁香烟火的微光，吴非有发现隐约的长条木凳影子，摸索着坐下后，敌机嗡鸣声已经在上空震鸣了。

吴非有在这偏僻的山村，停留有一个月的光景了，他在等待着长官的第二次召见。但四个礼拜一点消息都没有。王大炮又是在他第一次谒见长官的当晚回到城市里去，临走没打照面，只给他一个电话，又隐约不真。几次吴非有打算离开这里，但始终却被那第二次召见的希望留恋住。

"——喉喉！看来是没有希望了……刚才我是做的什么梦……在参加吉布赛人的夜舞会吗？挺美的，情调是挺美的，仿佛还有夜莺……噢！我是拉提琴……"

轰的接续两声，吴非有的身子一阵剧烈的震撼，头上落下几块土壤，一种本能的激动！他在椅下卧伏着。

"轰炸了。"

"五颗……六颗！"谁在他耳边颤抖地数着。

"像很近呢！"吴非有低声问。

"大概炸的司令部。"

二十分钟后，吴非有杂在乡民村妇群中，冒着浓烈烟雾走出来，空间满是些冲鼻的火药气与燃烧的布质味。半个山村毁坏了。吴非有满脸是死人所有的那种苍白。

挤在哭喊的女人身边询问着："大公旅寓在什么地方？"那里一片瓦砾和年久的灰尘，埋着他的手杖皮包和全部家当，现在他却连上流社会中见人不可少的帽子都没有了。

一九四一年二月于桂林

胶东的"暴民"

一

距离上海市四十华里，有一个小村落，名字叫朱角宅。住户全依靠种田过日子，有的农民还栽培一些欧洲种的花卉，一年四季供给上海富人们房屋里作装饰。平日的生活，所以全都过得很愉快。

一九三二年中日"一·二八"战争的时候，这里遭到巨大的灾难。房屋墙垣全部在炮火中倒塌下来，敌机的轰炸又使那些断瓦残壁散布开去。等到战争停止，住民回到这个平原上的小村落，那已经是一片废墟，野草在倾倒的屋顶土墙之间蓬勃地生长得掩没膝盖了。不久，在这废墟上人们又建立起朱角宅的村落，终年劳碌着锄草、耙田、施肥、插秧，及至恢复旧观，每户农舍都有一头水牛，或者一匹阉过的黄牛的时候，一九三七年的日本军队又开始骚扰了。

现在朱角宅完全是一个死亡的村庄，所有的居民都带着他们所能带的衣物、粮米、牲口，向渺茫的异乡逃亡了。整个村庄空虚了两天，第三天黄昏，这才又有人物出现——一连中央军开到这里来，准备等待命令立刻出动。三里外就有日本骑兵出没。堵截的中国军队在附近有迫击炮阵地，所以整天不断的是那些爆炸的炮弹声，而且每当一声炮响，土地房屋就会震抖一阵子。四围却又听不到一点儿生物的响声，只要在军队里混过的人，都可以想象出那种寂静中的炮声，给予人们的屏息感，有谁敢放声谈论什么呢？可是一到夜间，兵士们就活跃了，仿佛黑夜给了他们一种保障，抢着军需处发给他们的啤酒、饼干、纸烟、牛肉罐头，放纵地高谈阔论。军官们身上也失去矜持自傲的态度，有时为了一个苹果，也会和三等兵争夺起来。虽然这样，两秒钟工夫，他们会排成一个搜索行列，出动。

然而这驻扎在朱角宅的一连军队，当晚上望见四十华里外的上海市空，矗立着三座火峰的时候，一个巨大的震恐从每个士兵眼睛上闪出来。所有的人都在低低交谈，被那三座巨火映得红红的面孔，越发渲染得他们的脸色惶惶不安。因为连部和营部失掉联络，电话早就摇不通，本来全连弟兄在惶恐无主中，惴惴不安，再加老远这片火光的煽动，全部士兵越发紊乱无序了。既听不见迫击炮阵地的炮声，又没有呼啸在夜空的步枪弹哨儿响，远近一片凝静，在火线上这是多么恐怖的一瞬间呀！

夜八点，连着派出两个联络兵去，回来都说附近村子连条狗影也没有，全是哑默悄静的，连长也就惶惶无主。弟兄们百口一声断定上海是全部撤退了，于是排长们集在连长室开会，房门关闭着，外边一点儿动静也听不见：情形就越发糟糕，有人开始向外溜了。

在这些兵士们里边，有一个准尉官，名叫高占峰，个儿很高，宽肩膀，有两只大手。看样子，有点粗鲁，谈话可沉着有力，从他那双有着严峻光辉的眼睛看，也能知道这人物难惹，既善良，又倔强。平日他的脸是红铜色，现在变作铁青。这种气色表明他内心已经产生某种打算，但又防戒别人会发现这种内心秘密的那种严肃的表情。现在他正捆着背包，绳子在稻草上跳着，偶尔发出嗤嗤的响声，可见这屋子里的气息是十分肃静，之后坐下来，两手捧住头，久久望着他那双有补丁的膝盖，其实他什么也没有望见，他的注意力完全集中在一个想头儿上。

"谁的睡帽？"他站起来，顺手一丢，本来他想借着顺手一丢的工夫，走出去，可是他的身子却在那瞬间又坐下了。仿佛许多弟兄都在注意他，实际上他自己也明白并没有人真的注意他，只在他谈话时，他们全向他望了望，及至明白是问那个旧睡帽，谁也不作声，又各自俯脸思索什么了，他们全都抱膝坐在稻草上的。每个人脸上，一色是死人气。

无论怎么样，今晚得溜出去，枪毙砍头，都随他去，心里又一次决定。高占峰用倒下去突然想起什么来的神气站起来，自自然然朝外走，在路过本排弟兄眼前，他还问："怎么样？快点儿弄好，想法弄饭吃。"因为伙夫在黄昏当儿就不见影，谁都明白是失踪了，然而谁都不提。被问的人有点儿惊疑，他从来极少用这种温顺口吻说话的。而当他要回答的时候，高占峰已经早走过去，并且和另一个吸纸烟的弟兄询问句什么。

"做什么去，高特务长？"连副在院子里问，他是负责监视弟兄出屋的，但这问话对高占峰很谦和，正像没有话说，又不好不说什么的朋友问人"你吃饭没有"一样。

"看看，得想法……想法弄饭吃呀！"高占峰站住说，立刻后悔他不该站住，该用不屑理的口气，随便说句什么走过去就好了。现在却站在这里很严重似的。

"是得想法，不吃什么不行。"

高占峰终于稳声稳气走出套院的竹门外，通过前天井，现在他可以望见大门口的哨岗。

上海市空那三座冲霄的火焰，闪着深夜烽火所有的那种鲜艳的红金色，映得四围的星星，都黯然失辉。但高占峰站的这所院子周遭的墙、屋檐，却依靠那远方的汹涌火焰明显可辨。

高占峰溜到后院，攀墙跳出去，在草丛中伏身解下子弹带一丢，俯腰悄悄离开这座院宅背后的行人道。不管秋天露水多么浓，他让全部身子缩在丰茂的稻草间，两手分拨稻草，两膝贴胸跑起来。一会子，他蹲下听听四围有没有什么动静，一会儿，又屈膝站着，望望左近的秋野，他希望能找到一排作为路标的电线杆木，展在眼前的，却只有被上海夜空的火光所渲染得红雾一片的平野，这无边际的平野展布开去，给迷蒙的红辉所隐没，既分不清哪一片是稻田，也分不出哪一片是村庄。再加探照灯光偶尔单独出现，偶尔又几道来往交错，高占峰的眼瞳就越发迷离，连作为方向指标的北斗星都找不到了。

突然他望见一群人影朝自己这边潜进。他立刻匍匐下去，两手抱住膝盖儿，这样他的体积缩小，预备在滚的时候，响声不至于过高。

他不知道是自己走错了方向，已误入敌军阵地，还是在潜进的这一群人老远发现了他，而且把他当敌探来兜捕，他迅速骨碌开去，不久，他给一个高崖岗挡住，身子已经滚到石铺的道路旁边。

他悄悄巡视着，前边那群人影也仿佛偷偷向这条古老的乡村道路两边聚拢来。并且能够清清楚楚看见两只动荡不停的灰白的东西：是戴手套的军官呢，还是两只白色的马耳朵？给远方的夜空那三座火塔的光辉反射得分不清楚。

四下什么动静也没有，耳里尽是一片远方的茂竹林子飘摇在秋风中的松涛似的呼啸声。高占峰胸脯贴地，埋脸伏卧许久，静待那些兜围人们的动静，心想，说不定那些人们根本没有看见他，会从他身旁越过去，那么他可以不动，就自然而然地逃掉。

十分钟之后，他抬头望望，前面依然是那摆动的两个灰白的东西，仿佛他们也有所察觉地停在那里，又仿佛他们在那里计议什么。久久还是那样，既没有前进，也没有后退。高占峰悄悄分拨开湿淋淋的稻丛爬过去，果真那是一株矮树和几棵小松。他立刻跳起来，四围全是棉花田，那株矮树枝上挂着一双破草鞋。正像一般人受到一场虚惊所表现的苦笑一样，他自讥着……若是杀死一个人，不怪要发狂呢？人做亏心事总是这样。

现在他唯一的希望，是能很快找到石铺的路，为了防备走错方向，他扑奔那燃烧得夜空发红的上海市的三座巨火。

他觉得浑身湿淋淋的。不知道是窜过稻草丛时，衣裤给露水湿透了，还是他身上的汗水浸透的，那种濡滞的感觉，使他浑身发痒。

越过一条小沟，高占峰才站到石砌道上。看看三星已经斜歪，估量着赶到上海，多半得天亮。这时该有下半夜两点钟时候，却没有听见远近村庄一声鸡叫。无论什么都是肃然的、寂静的，仅有风吹密竹引起的喳喳声，那算是这开阔无边的宇宙间唯一的响声了。交错在低空的探照灯光有两道熄灭，另外两道还有色无声地左右移动着，高占峰可以隐约地望见被照射的天空，飘动的小片白云。

在这充满死寂紧张的路上，高占峰一切欲念都死灭，只知道加紧步子走。并不是恐怕有人来追，而是切望能早一些离开这儿，离开这失去生物的前线，到安静的后方饱饱吃一顿，再平心静气地睡一觉。三星期来，他是太疲乏、太劳顿，一连串尽是些饥饱不定时的日子，他是多么渴望温饱和睡眠呀！

他不知道什么时候竟走到两旁有茂草的土路上，走两步，那灰色土路现出一段，走两步，那灰色土路又现出一段来。到底这是通到什么地方去的？他离开石头道有多远了？他是只觉得一闭眼睛心儿恍惚的当儿，他就走进这竹林边上的土道上来了。正当他考虑是不是该朝回走，找原路的工夫，他望见竹林背后一个正在燃烧的村庄，只从这片黑幽幽竹林间透出来的烟火，以及断垣残壁来看，就可以知道那村庄在寂静中燃烧着，至少也有一整天。高占峰立刻转回来，他对那没有人声狗吠的燃烧着的村落，对那自由自在喷吐烟火的声音，感到巨大的恐怖。

退出竹林，闪在眼前的又是那三座巨大的火峰，越离那火峰近，他越觉安然。而他需要迅速离开这儿，很快能饱吃一通、安安稳稳睡一觉的念头，也越发急切，现在他只希望有支纸烟抽，他的脑子混混沌沌，烟欲旺发。不久，他觉着自己是在爬一座高山，四周全是蔓延开来的野火，一辆火车从远方奔驰而来，喷吐着黑烟，又仿佛那不是火车，是一个大的烟斗，同时他自己也还觉得自己是在走动着，两腿迅捷有力，向前走着……他还听见那个大烟斗发出汽笛的声音，那声音又和另一种隐约的口令声混合了。他发觉自己已经是在公路上，远远确有喊口令者的雄赳赳盘问声，以及嚅嗫的对话声，高占峰并没停脚，相反，走得更快。

若是发觉有人走来的话，他一定会迅速得跑去。他现在清醒了，他决定得在天亮以前，弄套民装换换，在公路旁边一个死亡的村子里，他开始寻找灯火，巡逻般穿过这条街，走过那条弄堂。有的门上加锁，有的墙高跳不进去，打窗又怕惊动人，谁敢保这村庄没有汉奸或者军队的步哨。

在最末一间茅草屋的纸窗上，有火光一闪。高占峰立刻摸过去，他断定那是划火柴的光。他想若是军队上的人，他只有逃开，若是没有逃走的老百姓呢……偶尔他想起了一个念头，在这寂无一人的村子，他可以杀死他，因为他身上只有一角的中央钞票……他的心口立刻猛烈地跳起来，一秒钟之前，他还是一个善良的人，这瞬间他已经准备作抢劫的土匪了，他轻轻靠近那矮屋子的窗口，背贴土壁，两只手掌反贴着墙站住不动。

"来……阿荣。"一种深夜里似醒未醒的朦胧声音，"妈……抱你撒尿。"接着是孩子被搅醒后的哼鼻声。寂然两秒钟，又有"嗤——嗤——"声发出来。

"听话呀！撒尿。"夹着妇人发出的微微呵欠声，这话就格外模糊，"……尿……嗤——嗤——"

"什么时候了？"一种醒来的男人声。

"鸡叫头遍的时候。"

"怎么没有炮声？"

"上半夜就没听见——好了，睡吧！"那孩子哼鼻欲泣的动静低下去，屋子里又一阵沉静，不久又有一种敲烟管的声音。

"老板，开开门。"高占峰开始轻轻敲窗。这时他心里另外一种无声的声音问自己："是不是应当动手呢？"

屋里没有一点儿声音。高占峰心里另一种声音说："傻瓜，为什么不来一手呢？"

"老板，开开门。"他第三遍低低叫着。那声音含着一股威力，里边终于响了。问外边是谁，是不是前线退下来的，是一个人吗？在他问话的时候，高占峰心想："没有带枪，假若他里边有准备呢！"这样一想，他的心神又稳定下来。他敲着窗口说："老板，你开开门，我进去抽口烟好了。那么你有破衣服给我一套吗？"

"破衣服？你是受伤了吗？……那么我在窗口掷给你。"

就这样，高占峰扶着墙，换掉湿淋淋的衣裤。上衣是破得稀碎的农民棉袄，下身是一条夹裤。窗口探出一个人头，并且掷给他装好的一支烟管，问他是不是受伤很重，若是饿，他可以给他递点儿锅巴吃。高占峰现在完全放弃他的冒险打算，他不是受他的话语的感动，而是完全由于他内心一种天性战胜了那私欲，他一边抽烟，一边想："为什么要起那种坏念头，真是奇怪。"

"没有一条腰带吗？"

"没有呀！同志！我们的队伍都退下来了吗？"同时窗纸上透出另一个人的眼睛问道，"我们完全都逃光了，说是鬼子打进上海去，那火就是他们放的，烧了一天一夜了。"

"我们是撤退了，我腿上受了伤，若是你们能给我条绳子扎腰就好了。"他不知道为什么自己又说受了伤，而且这话在现在毫无意义。现在他觉得寒冷。

是秋季天傍亮时候所有的那种寒冷呢，还是因为脱掉那湿上衣，初穿上干燥衣服突然觉到的呢？他弄不清楚，一阵阵打着寒噤，得不到小绳，他又开始讨口碎烟末抽。

十分钟之后，高占峰匆匆上路，因为抽了几口烟，他的精神很健旺，脑子也十分清爽，觉着眼亮脚又轻。

前面上空，依然是那三座辉煌的巨火。依方向估计，似乎是沪西上空那座火峰的火势，已经减弱，被另两座金黄火光衬托得现作猩红色，并且这鲜艳的猩红色给狂舞的浓烟障翳着，时而明亮，时而黯淡。背后那边也依然是寂静的，既听不到炮声，也望不见枪火，连盘旋在上空的探照灯光也没有了。这时候高占峰却想到刚才突起的抢劫的念头，若是身边有枪，说不定他会做出什么来，可是现在他对刚才的念头很吃惊，仿佛不是他，确实另外一个什么人，那一瞬间，简直是那么可怖，这种可怖的情景，深深印在他的脑海里，他庆幸着自己，现在他的心灵是这样纯真而且愉快的。

二

高占峰听见远处传来狗吠的声音，他猜摸着，一定离有人家的村落不远了，心仿佛得到安慰，这时候天还没有亮，正像当年流落在外省的光身汉赶夜路一样，他第一次想到他最初离开家乡的情景。那也是像现在一个没有月色的秋夜，远近也是这样的寂静，偶尔也有一两声怅惘的狗吠声，他正和他的兄弟镰头赶二十里外的早班汽车。鸡叫两遍的时候，镰头就叫起他来了，那是他特意从一个财主庄上赶回来送他出远门的。他在那财主庄上有名的地主家中做长工，夜里偷着来家的，当天早晨还得赶回去，因为正是收高粱的农忙日子。而高占峰呢？是欠了一笔很大的赌债，上头有父亲当家，他不得不秘密地偷着出远门了。

他在家乡本来很有名气。那时候北伐军队正占领山东，他已经是张宗昌号召下的红枪会领袖了。因为当地年轻力壮的人，大部分到俄罗斯、到黑龙江、到印度经商去了，留下来的精明能干人物，着实太少，而且他有一个好人缘，另外他还跟随本村的一个戏班子走过外县，跑过沿渤海的码头，见识多，交往也广，这就奠定了他的威望，差不多三四十里内外，提起高占峰，没有一个人不大声说："他妈的！那个家伙真是秦二爷说生的。"正因为他建立起威信，所以赌输了一笔巨款，既不能放赖，又不能拆家当产，于是投奔青岛一家亲戚，过了两天，就在日本纱厂获得一个杂工的营生做了。

整整一年，他省吃俭用，每天阴沉着脸上班，夜里睡梦中也是郁郁不欢，终于在第二年秋季，他把全部积蓄汇到家乡去。当还清那笔赌债，得到镰头一封信，说是全村的人，没有一个不夸他的，从前说"那家伙，还不是个骗子手"的刘四，也说"高家老大，哪！真是，硬汉子"的时候，当他知道家里依然是在父亲名下保守着五亩小麦地、半亩菜园、一匹牲口的时候，高占峰完全恢复从前那种兴致勃勃的精神。不久，也就重新在赌场里日常出现了，并且很快得到那些赌友的尊重。他们包括厂工、鱼贩子、脚夫、赶货车的人，还有几个每夜必来的货郎。这些货郎每天来往乡村和青岛之间做生意，挑去的是乡村妇女穿的花布、洋袜、镀金首饰、顶针、各色绣花线什么的，等黄昏他们就把交换来的鸡蛋，送到经常收买他们所换物的屋主家里去，而得来的金票，也就毫不吝啬地亮在牌九摊上。

所有的赌手，统称呼高占峰作"高大哥"。若在谁赌输了一时拿不出现款，赢主就会说："那么你找高大哥说一声吧，只要高大哥说一句话，不会让你出不去这座大门。"可是输主往往不肯，并不是怕高占峰不给脸，就是陌生客他也从来不使人失望，而是怕一经高占峰经手，那到了日期还不上，可就再没有脸再在这圈子里插足。其实到时候，付给高占峰，他往往又是疑迷不解地问："什么钱？"同时他的两道眼光从帽子底下炯炯地射出来。等到说清楚，他立刻会缓和地说："不用了吗？你要是不凑手再说话。"他从来很少嬉笑，不过浑身是充满愉快的那种冷静人物。

这天，该当有事。高占峰刚想到一个贩花生的乡亲那儿去，在他经过朝鲜赌场的门前时，照例被许多赌友招呼进去，他们正愁没有人坐庄，高占峰正像他的赌友们所说的"是个见牌九，像蚊子见血的人"。于是开始了五十元金票作底的赌局，坐到庄的位子上。助手是齐大海，一个渔船上的水手。此外是那些面熟的赌客，就是有些新手，那时候谁还注意呢！一开始，人们完全给骰子、牌九、钱注吸引住了。再加银钱的叮当声、钞票的窸窣声、人们的低谈声，若是兜里给人伸进手去，也不会感觉到。何况人挤得满满一小间，又加纸烟在空间凝聚的雾气，根本就看不清后排的人。

他们正在兴高采烈的当口，一个男孩从人们大腿丛间，窜到牌九摊跟前："大叔，赵大爷在那儿等你，他叫的一桌酒快凉了。"高占峰知道"那儿"指的是一个下等妓女馆，他正恋着一个叫香君的少女，当时他说："你先回去告诉一声，我完了局再走。"又注意到骰子："几点儿？"

"可是赵大爷要你马上就去呢！"

"那也得完了这把末水牌呀！你先回去，我这就去。"

结果，他赢到二十元的样子，就吹吹身上的纸烟灰，站起来，他手里还拿着一根剥皮的香蕉，向嘴里送着："锁了呀！我得去看一个朋友。"香蕉又离开嘴唇，那两道炯炯眼光又从帽子底下射出来："怎么的？"他发觉围绕他的一小组人，阻住他的去路，并不闪开。

"没有这个规矩，朋友。"一个瘦脸膛的青鱼贩子说，"大家都是在外边混饭吃的，见过火轮，跨过渤海，是吧？"

"你这话是对谁说的？"

"他新来，不知道水深浅，不过我们在这里和人家玩却……"

高占峰闭住嘴，两道眼光直直凝视着那个青鱼贩子，所有的赌手都沉默住，可以清清楚楚听见汽灯发出的嘶嘶声。

"好的。"高占峰仿佛考虑很久才决定下来似的，"可是只玩一方！"他仍旧望着那青鱼贩子：显然若是对方不允许，那么立刻会爆发一场斗殴，但他的牙齿却在轻轻咬着香蕉。

"中呀！"有人说。

"一方可不能限注！"

"中，随你们押，不过满底不满底，完了这方，锁局！老齐，洗牌。"

第一把，青鱼贩子押天门拾元两道。高占峰向这笔巨注望了一眼，然后若无所视地说："都好了吗？那么拿开手，要打骰子了！"

"你打你的骰子好了吗！"

高占峰那双锐光炯炯的眼睛第二次向青鱼贩子望着，这次的眼色却是严肃的，也没有作声，仿佛一个中年人当申诉一个做错事的孩子，没发言前，严肃地望着他一样。随后，仍旧环顾着说："都好了吗？那么可要打骰了。"其实，他自己也知道该早打骰了，不过他不想在青鱼贩子那种命令口吻之后打骰，所以两手又搓着骰子问："老齐，这末门一元金票是谁的？拐子吗？孤丁可不错，一元赢三元。"在他说话时，他深深觉到有一双尖锐的眼光朝自己脸上射着。他仿佛望见青鱼贩子的阴沉可怖的脸色。他虽是没有正眼望他，可仿佛连那汉子的颤抖的嘴唇都注意到：显然青鱼贩子要说什么而没有出口。实际上青鱼贩子的手都在抖，他的话没给庄主接受，本就不欢，再加对方那种故意的谈吐自若，他感到一种巨大的侮辱。

"别打骰子。"突然青鱼贩子说，同时低脸朝腰围里摸钞票，"别打骰……"

就在这瞬间，高占峰迅速地丢出骰子去。他并不是恐怕那汉子会下一笔更大的赌注，而是要表明自己并不看重他，把他的话丢在轻蔑里，他有意在他高呼"不要打骰"的声音中，神色自得地丢下去，正像山东一句俗语所说："单单要这股劲儿。"

骰子一个作为五，另一个在迅速地旋转着……牌桌周围站立的人们，开始向前拥挤，"什么？""几点儿？"有人问。他们的眼光，全凝集在那颗旋转不息的骰子上，只有青鱼贩子的尖锐眼睛，还在直视着高占峰。他们两人一样，现在都不关心钱的输赢，所宝贵的是在精神上的胜负了,青鱼贩子知道对方能够知觉自己现在是怎样忿恨地望着他,正像高占峰也知道青鱼贩子能够明白自己望着骰子的眼睛,实际上什么也没望见一样。

"在手,九在手。"

高占峰用眼睛找寻这喊第一声的人,仿佛找到他,要训斥他一通似的,但终归没找到。于是平心静气,低头分牌。

天门是长三九点,初门是天九王。庄上不声不响,首先揭开一张是地牌,不声不响又翻开第二张,是八点。周遭立刻一阵屏息很久之后的吐吁,交谈四起,货郎当中有人叫:"庄家手红,九点都给压了。"鱼贩子们和脚夫都悄声悄气互相低问:"你输了多少?""你呢?"

庄上吃天末两门,除赔有剩头儿。

第二把开始。高占峰环顾一周,稳声稳气地问:"天门那个手巾包是多少?"

"不用问,你打骰子好了。"青鱼贩子满脸发青,暗沉沉地说。

"那不中。"高占峰说,"我总得知道个影子。"

"就是这趟船的鱼钱,连船脚都在里边。"

"多少?"

"不多,三百二百的。"

"中,要你的。"高占峰说,"押头道吗?"

"自然头道了。"

"大家放开手,呵,放开手。"齐大海卷袖口,两眼贼溜溜的。

高占峰并没有向骰子吹气,或如一般赌庄在遇到大注掷骰时所有的震天呼叫,他只轻轻投到牌角上,按点分牌。

这时货郎们对自己的赌注,却看作不足轻重的,不过是押着凑凑门数罢了。多半人的眼光,都集中在青鱼贩子拾到手的那对牌。后边那些歇手的厂工们,围在鱼贩子们身后,向前涌,巴望能亲眼看到决定那笔巨大赌注命运的牌点儿。但谁都望不见他手里的牌面。见他的两手挂着，脸色苍白，手掌几乎把自己眼睛遮挡住，只有这样，他才能不使周遭的望见一点儿红，结果，有力地把牌丢到前一把的牌堆中。嘴唇间现出一个笑，给人一个极凄惨而可怕的印象，像是一个死人的微笑。他僵尸般坐在那里，眼望着齐大海的大手伸过来，把那小手巾包儿抓过去。

第三把，青鱼贩子没下注，两手捧住头，手指插入头发里，依然失去知觉一般凝望着什么。直到最末第四把，才突然站起来："慢一步打骰，磕头的哥儿们。"声调非常严重，人们都向他望着。这次高占峰接受他的请求，静待他的赌注。

一个极迅速的动作，当青鱼贩子俯身而起的那秒钟之间，一片血淋淋的腿肚肉掷到桌上，染血的尖刀向桌上一按："押天门。"

屋里立刻静了，都能清楚听见半里外中山大街的电车隆隆声，仿佛人们在这寂静的一刻，立时明白了这里发生的事情，各种低谈声音重新响起来。有的离开座位，有的用他们的眼睛向别人说："这不是儿戏呢！"

"何必呀！都是自己乡亲。"货郎走过来说。

"这话说得有理，老家都是对门对户、三里两里的……"

"咱们用不着说什么！"另一些鱼贩子对货郎们低声说。

高占峰的头一斜，意思是让那货郎站在一边儿，有什么天大的事情自己来挡。他的嘴唇含着纸烟，一只眼睛被那烟丝刺激得微微眇斜着，"可就这一把末水牌了，朋友！都是孤丁吗？"口吻睡沉沉的。

"拐。"青鱼贩子说。

"中，要你的。"高占峰这时的脸色很苍白却有笑意，至于是故意表示蔑视，还是真正讥讽这一个耍光混的汉子，那可是不易知道。

按照四门分开牌，初末两个空门先亮出点儿，一个短五，一个是"对金瓶"。青鱼贩子和庄上的点儿，握在个人的手里。

"先亮你的，还是先亮我的？"高占峰问。

"你的！"

高占峰摆出一对大五，青鱼贩子脸色一阵灰白，是多么可怕的一双眼睛呀！他的前额开始滴下一粒粒的汗珠儿。

"再见。"当高占峰经过青鱼贩子跟前睡沉沉地说。一如平常日子似的从从容容走出去。

当夜，高占峰没有回自己的住处，而那晚在他炕上借宿的一个朝鲜人被斧子砍死，脑袋全剁成碎酱。显然在他死后，凶手还不饶恕他的尸体，连两腿砍断了。高占峰被日本警察署认作谋杀嫌疑犯，下令通缉，于是他离开那沿海的都市。

最初，他投身张宗昌部下作士官，不久又受中央政府的改编，一年前，在他领章上加了一道金线两颗星，但他并没欢喜。他的脑子一直是印着青鱼贩子那两道尖锐的眼光，唯一的忧郁，就是他还没有得到报仇的机会。

今年夏末，大战还没正式开始，他供职的那一军奉命开拔南口的路上，他第一次开了小差，半路上又给这支湖南军截住，补作准尉开到上海市附近来。开小差，并不是怕上火线，最大的原因，在自己的仇恨没能报复以前，他不想投身在生命随时可能葬送的战场上。这也是他所以不愿离开山东的原因，另外还有一层，就是他对于这种昼夜劳碌的生活，感到厌倦，而且自觉体力一年不如一年。那种青年期所有的顽强的生命力，和追求财富、权势的勇力，已经消逝。像饱经世故而一无成就的常人一样，一心想回家乡，过几年安稳的日子：就是替人养牛赶车来完毕他的暮年岁月也可以，只要睡有定时，吃有定刻。以上这两种愿望，那时并排着没有轻重，但这次开小差，后一种心理已经把前一种埋没了。"唉！时候过了，也就算完，还争什么强，要结下下一辈的冤家对头吗！"每当想起青鱼贩子来，他会这样对自己叹息。

高占峰感叹地走着寂寞的夜路，需要抽口烟的欲望又燃烧起来，脚步也逐渐沉重不快。

远方传来一两声鸡叫，这是第三遍的鸡啼声，眼看天要亮了，附近的池塘上飘浮起乳白的晨雾，阔野的雾气则用一朵朵烟的姿势，游荡在自由的天空。

上海的火光随着星辉暗沉下去，只见三片冲霄的黄烟高高矗立在那儿。

三

等到高占峰脑际唯一活动的由烟欲和渴欲而有的意识熄灭后，他的脸色困顿，完全像一具走动的尸体一样了。虽然脚步还机械地向前迈着，虽然他鼻孔里还有鼻息声，然而一切感觉却是死的了。

他曾经渺茫地开启过一次眼睛，那像舞台开启幕布一样缓慢。他似乎望见远的翠蓝色天空和飘展着的乳白色早雾，但却没有注意到现在他是置身在出亡的人群丛中了。

那些逃亡的农民，挑着谷子的、负着粗布口袋的、牵着耕牛的、抱着孩子的，全越过高占峰，把他摒弃在身后。那些穿着马褂的地主和阔气的乡绅，现在和褴褛的农民们一样拥挤着，呼唤着落在身后的家族，向前汹涌。

人群沿路增加着，本来听到国军撤退的消息而抛乡出亡了，等到一见公路上这些汹涌的人群，立刻又受到了感染，更加惊慌，插进来就用手分拨着人流向前走。谁都怕给并肩走的人丢落，谁都又想把并肩走的人丢落在身后，而且没有一个人回头，就是呼唤家族的人，也都面向前喊，而注意着身后的回音。并且呼喊声越来越杂乱，足见在这人流里的家庭细胞，逐渐破碎逐渐溃散的越来越多了。然而高占峰像泛浮在洪流里一块大树似的，缓慢地走着，任凭后面的人流会浪逐波似的超越到他前面去，他完完全全没有感觉到似的。他是这样的疲倦、困乏。

当他渺茫地开启眼睛又闭瞌的那瞬间，他确实望见翠蓝的天空和飘散的乳白色早雾了。但他没有望见他四围的人群，那时他觉得自己是在一群绵羊队里走着，他呼吸到飞扬着的尘土气味，他望见那绵羊群的奔腾的蹄子，心想超到前而去，呼吸点清新的气息，然而脚底下仿佛时时有障脚的东西。一匹有着两只大而粗的弯角的绵羊，昂着头，时时想跳过前面的羊尾去，只见她的眼光闪着焦急的火焰，红红发光，原来她是漂浮在解冰的河流里，眼看要淹死了。那些破碎的冰块极迅速地回旋着向前汹涌，河流又急，而有力地冲向前去。他自己的腿几乎站不稳，水漩就在他两腿周围回旋着。冰块又是那么迅速地飘闪向前，飘闪向前，隐隐又听见河流的澎湃声，原来是远处的灾民呼号求救，但又看不见……高占峰觉得左肩是这样沉重，醒来，发现满耳尽是匆匆的脚步和呼叫声。

　　第一眼所望见的就是炫耀眼睛的金黄色的午阳，这正午的冬季的温暖的阳光，立刻使他的生命意识复活了。他望见了笼罩上空的尘烟，黄蒙蒙的在阳光下浮腾着，左右全是些难民，而他是随着这乱杂的人群，向前流着，确乎是不由自主地流着。不能停脚，不能立住，假若是你的心意，想停下休息一会儿，身后的人群有股推动的力量，就会冲着你前进，像洪水冲着漂浮的树木一样，即使两脚离地，也会流向前去。

　　高占峰立刻从那些紧张的脸色上，从那些阴沉的眼光上，感染到对尾后的恐怖，仿佛日本军队就在距离不远的尾后追击着。

　　他望见身傍一个健壮的农民，满脸全是污垢，袒着胸，手持一根扁担，眼睛有股火焰望着前方，并高声咒骂着，给自己听。仿佛他所忿恨的人物把他摈弃了，口语中他是把所挑负的贵重物件抛弃了作报复，然而他还留着扁担。谁也不知道，他还留着扁担做什么，那仿佛比贵重的家当还珍贵似的，实际上他已经是惊慌失措了。

　　高占峰的右边是一个光头汉子，一边迈着匆匆的脚步，唯恐给人丢落似的，一边用两手分拨着胸脯前边的人们的肩臂，又仿佛他要抢先上去似的，而且向空高呼着。只望见他张口呼啸时，眉额间闪出一团儿红的血气，然而可听不清他到底是呼喊什么，因为这声音虽是很高却和立在瀑布前说话一样的模糊，不是呼喊声小，而是人群各种高昂的声音太混杂了。只见他一边高喊，一边向前分拨着，可是他的两手永远是没有插入人们的臂空间，而他自己根本也没有注意那两手是抓扑什么，力量全集中到呼喊和侦听应声那上面去了。高占峰向他身旁靠了靠，为的是闪开左肩上的手掌，那瞬间，他回头望了望。原来身后依旧是密集的逃亡的农民群，从人群空隙间，可以清清楚楚望见许多水牛的宽鼻和犄角。鞭打牲口和骂女人声，混成一片，原因是她们和水牛一样的追赶不及她们的亲族，而且障碍着别人的行进。在那同一瞬间，给高占峰的印象最深刻的，是身后的一个老婆子，正是她的粗大手掌扶着他的左肩，由于他的闪躲，险些栽倒，她肩上背负的一件粗布包袱，却由于她的身子那一倾斜而掉落了。高占峰又回颈望她，只见她俯脸寻觅似的一边嚷："我的包袱！我的包袱！"她要俯身，却没有弯腰的空间。其实失落包袱的地点早已走过来了，显然她要停下而又站立不住，她是用手推着高占峰的背脊以便借力停住的。本来她是沉默着的，现在高占峰也听到她的咒骂了。正巧有一匹耕牛阻住路，那个袒胸的农民用扁担在它臀部敲了两下，从它身旁越过去，高占峰也随着挤过去。他自己现在是完全无主了。他不知道自己是打算到什么地方去，更可以说他根本不知道自己混在这些出亡的江南农民的群众间，扑奔前方的什么。他尽在观望着左近的人物而又一无感触，完全是一个五岁的孩子似的，既没有觉得那个壮健农民的愚蠢样子可笑（他在越过那耕牛还回身用扁担敲了两下，虽然牛主高声骂着他），也没有觉得那个失落包袱的老农妇可气，虽然他听清楚是骂自己，可是又仿佛她是在骂另一个自己。

现在他的左边是一个地主型的老头儿，怀中抱着一个男孩子，那孩子两腮红润，满胖，眉毛和嘴唇同那地主一样沾染着灰的尘土。那地主戴着瓜皮帽，左手有个翡翠戒指，只从那充满脂肪的圆润手指上，就可以知道他是出身县市中的富裕主儿。他的眼睛阴沉、渺茫，脸色又是那么困乏，没有一点生气，同时寻望着周遭的人。

高占峰突然发现他的眼睛望着自己了。那目光变成一种求怜的，高占峰立刻解悟到他的心思，就伸手抱过那男孩子，而且一句话也没说，从他的眼睛上，也读懂他的言语："我实在太累了！上帝保佑你！"这无声的语音，深深传达到高占峰的脑际里，比那喧腾的人声，比那袒胸农民自顾自的高声咒骂，是这样的清楚、明白。只见那江南地主就着高占峰的怀抱，给那男孩子用袖子擦了擦嘴唇——被黄色尘沙封闭的嘴唇。既没有说感激高占峰的话，也没有露出轻松的微笑，他是那么的疲倦、衰老，眼光又是那么阴沉、渺茫。只有离开了几世代的劳动培养出来的土地，才有那种眼光；只有抛弃了几世代养尊处优的温暖家乡，才有那种眼光。渺茫呀！渺茫。然而他却没有放缓脚步，仿佛匆匆奔走着的，不是他自己。

人们开始抛弃身上的重负，呼喊声逐渐减少。到黄昏的时候，除了沙沙的混杂脚步声，只有用鞭子驱赶牲口和催促女人的声音了。沿路有破坏的卡车、裹着树叶子的救护车，给人们推到路沟去；沿路有抛弃的衣箱、手提包、衣裳包袱，被丢在路边上。

人们是疲倦了。

黄蒙蒙的尘雾却依旧飘扬在这条公路的上空。

高占峰清清楚楚听见那江南地主说："不要睡呀！长官——我来抱吧！"

"中呀！我不会睡！"他的脸全埋在尘垢里了，那尘土沾染着汗润，更像是一个垂死的人。

四

夜晚,这杂乱的逃亡民众停顿下来了。就在那公路上,抢着睡觉的位置,谁都要把脚伸开,想占得面积长一点儿,谁都要在身旁摆布下仅有的没曾抛弃的包袱、藤箱,藉以占领的地面宽一点儿,注意完全集中到布置睡眠的面积上了。其次是争抢着到两旁路沟去取水,那浑浊的污水,已经成为最珍贵的饮料了,他们珍惜着,为的是用来烧饭。为了一块做灶用的砖块或石头,他们的眼光是那么尖锐、犀利,彼此争执、咒骂。直到火光的行列在这条公路上远远展布开去,而深灰的夜空出现了繁密的星星以后,混乱的声音才逐渐减低,可以清楚地听见人们的叹息和妇女的哭泣,那是他们在安排好肉体的一点点可怜的享受——就是有了睡卧地面而且饭锅在火焰下嘶嘶作响了,才渐渐恢复了死亡的意识。叹息着他们抛弃在家乡的土地,还没有收割的庄稼(仿佛收割到谷仓里,他们就会安然一些,从来不想是不是也得抛弃),怀恋着祖遗的古老而衰败的家屋,和菜园、树木、祖坟。而妇女们则叹息着遗弃在家里的母鸡,她们不知道它们是不是露宿在屋檐下,而且后悔着临走忘记了把它们赶到屋去再锁门。有的还关心着忘记扣锁的嫁妆箱子和心爱的家具,于是擤着鼻涕低声地哭泣起来。最触耳的是一个高昂声音的哀词:"菩萨呀!你叫我们怎么过呀!都完了!都完了!什么都完了!"并且听出她大声地哭嚎的声音,可以想象到她是怎样的前俯后仰,怎样的用手掌拍打着膝盖。

高占峰就坐在她的左近,我们必须谈谈高占峰这时的感想。

当高占峰随着队伍席地而坐的时候,就和那个江南地主低声地谈起话来。

"咱们怎么样呀!"那是说吃饭和睡觉。

"我这里还有钱。"那地主叹息一声说,"你吃吧!我不饿!"

他的阴沉的眼光,仿佛在望一种渺茫不见的东西,既不注意睡在高占峰膝头的孩子,也不注意高占峰的神情。在他独自的思野上孤立着,仿佛他是置身在前不着店后不着村的旷谷里的疲倦旅人一样,连他心爱的孩子也摈弃在关切之外了。

高占峰没有问他的姓名,只知他呼唤孩子作"小铁儿",也没有问他的家世,而且又像完全是彼此相知很久似的向他讨了一元法币,借以恳求邻近的烧饭主儿的施舍。他是这样的饥饿,而且口渴。他的视觉,只是反映着周遭的灶火,嗅觉只是感觉到饭香,除了稻草燃烧的声音,他什么也没有听见,他身后那烧饭的农妇,是个贫血而又早衰的女人,火光闪耀中,她的脸色更加惨淡可怕,蓬着头发,在喃喃道:"逃,逃,我们逃到哪去,又没有三亲六故……还能找着小囡……"说着说着,就用包头巾擦眼泪,同时还注意着灶火!"她爷爷能抱动她,不会半道丢了……"突然她放声哭起来,"我的菩萨呀!怎么还不把我带去呀!"

"我说等会子再找,等会子再找!你要找死呀!哭……"

高占峰望不清楚那汉子的轮廓,由于灶火的反射,他不知道那汉子是坐在她身后,还是脸朝天躺着。他从那哭泣的女人手里,抽出她握着的一把稻草,她连望也没望,就随他去烧灶了,正像在痛心哭泣的人,手里的东西被人拿去的时候那样不关注。

直到高占峰吃完饭,才注意到另一个声音,高昂的女人的哭声。然而自己又是这样的平静,平静得近乎空虚,那时候,初冬的夜风,并不大,可是他寒冷,然而又不想趋火取暖,就那么直身躺着,曲肘枕在脑袋下,眼睛望着颤栗的星星又似不见,左手抚摸着睡在臂上的小铁儿而又不知,正如一个在深思的人,不觉自己的手在做什么一样。你说神经麻痹吗?他又确乎听见遗弃在田野里的秋稻在夜风下的低叹声;你说他脑际真的在思索什么吗?他的在幽黑而有火光闪映之间的眼光,又是静水春池一样的平静。

"小宝儿!小宝儿!在哪呢?"高占峰听见一个女人的呼唤,声音是低微而神秘，使他突然有种遇见星夜的女妖一样的感觉。他一斜脸，正巧遇见她的又冷又迟钝的放光的眼睛，她是俯脸向他观望，眼睛几乎触到他的鼻子。又弯着腰走过去，在幽暗的气色里发出那使人恐怖的低唤："小宝儿！小宝儿！你在哪儿呢？"逐渐远去。

高占峰到现在才发觉夜是深了，只从周遭的鼾声，只从连低微的叹息都听清楚的寂静，只从那远处传来的老婆子喃喃祷告声，只从那近旁耕牛用长舌撕裂田里稻草的动静，高占峰觉得是夜深了。

然而他的脚下还闪着一点红红的火辉，是什么人还在那里抽烟，沉默的、忧郁的、偶尔还发出一声低微的叹息。从这耳熟的声音里，高占峰辨出是那江南型的地主，仿佛眼前立刻现出他那脂肪丰润的手指，和那手指上的翡翠的戒指。

"好睡了呢！明天还得赶路。"高占峰说。

然而没有听见应声。

——可怜的老人！高占峰心里叹息着。突然想到那些被他遗弃在前线上的弟兄。现在他觉得他们是那么使他怀恋，仿佛每个人都是可亲而又可悯的，他们是那么粗率、愚昧，而又那么善良的人民，一般人在高占峰这样情形下，往往都是宽恕了人们以前给他的不欢，忘记了某个弟兄的坏处，想起了他们每人有每人不同的好处，变成全是善良可亲，而又愚昧可悯的了。他想他们是不是撤退了呢？又幻想着当他们发觉他的失踪，所有的情景……就这样睡了，没有做什么噩梦，睡得又平静、又甜蜜。

当他给深夜寒气冻醒的时候，觉得脚冷，谁在他身上盖了一件短的棉马褂，由于这一发现，他睁开眼睛坐起来。第一眼望见的，是月辉，广阔的江南冬季的田野，密密的竹林，发着幽静光辉的池塘，而展向远方的公路两端，完全是密集的困卧的人群。

"醒了吗？"高占峰听见有人问。

他望见那江南型地主盘膝坐在他的脚下，手持着烟袋。一朵一朵烟雾,从他鼻尖前上升着,在月光不,是那样的清楚,越发觉得月夜的幽静。他的眼睛,现出温柔的光辉,说道:"你是到哪儿去的?"

"我吗?想回胶州。"

"你是胶州人吗?"

"是胶州,可是出来跑了十多年啦!"

"胶州还有家吗?都是什么人?"

"三口子人。出来的时候,我兄弟还没有娶媳妇,如今恐怕连孩子也有了。"

高占峰不知道自己为什么这样平静地述说家世,更不知道对他为什么怀有一种可亲的感觉。看来,他的脸色是平静得完全变了,眼色不再那么阴沉了。在高占峰说话时,他还嘱咐着:"把马褂披起来吧!不要受寒,明天还跑路呢。"

"你是什么地方人?"

"真茹。到过吗?"他又问高占峰是在什么部队,怎么单独地退下来,听到高占峰说"开小差"也并不惊奇,只叹息一声,仿佛是说"是呀!有什么法子呢"!然后说:"你听,从昨晚到现在我没听见一声炮响,我们这边是撤退了,可是一路怎么没见到我们中国的军队呢?"不听高占峰对这问题的解释,就改口说:"你不抽烟袋吗?今天跑得够累呀!"

高占峰接过烟管说:"我们是不是到松江去?"

"也许是吧?"他说。显然脑子还在想另外的事情,因为高占峰听见一声短促的叹息。那叹息寓有一种自慰感,仿佛说"还想什么呀!什么也不要想了"!

高占峰再说什么话,他就唯唯唔唔的,说话人就知道他根本没入耳,心想他该睡觉了。这时月光给一片浓云掩蔽了,四周又是漆黑的任什么都影影绰绰。岂知高占峰抽完一袋烟,而月亮重新现出来的时候,他望见那地主依然盘膝坐在那里,用手按着宽额。

"你还不睡呀！天快亮了！"高占峰说。

他突然挪开手，仿佛对自己的凝神深思的姿态吃惊似的。他说："你睡吧！我不困！"说话的口气，又恢复了先前的平静。

高占峰倒下去，望着星星，望着又深远又广阔的天空，想到冬季在家乡的村舍里是多么幸福，在暖炕，有炭火盆和热水，想到家庭的温暖和被褥之间的睡眠的幸福。然而在这些思路中间，时时不能丢却那江南地主的寂坐不语的神气。

附近寂静，远处的叹息声和妇女们的低泣，显得更清楚。又加路沟两边的耕牛的反刍声音，尤其是食喉的隆隆声，时时作响，高占峰久久不能入睡。

等到一种本能的警惕使他翻身爬起时，东方已经透出幽明的曙光。同时，嘈杂声嗡鸣，已经有人走动了。左右尽是林立的人身、肩膀和手臂，高占峰抱起小铁儿，高声召唤着："老伯！老伯！"却没有一点回声，原来小铁儿的祖父的尸体，在一棵路树上悬挂着，距离高占峰只五尺远。傍明的气色，格外黑暗，这时站在他身旁的农民说："我看着他在那树底下走来走去呢！"高占峰立刻从人们的肩臂间挤过去，然而那时候，人们已经走动，高占峰进了一步，又给人流冲着倒退了两步。那瞬间，他望见一个有包头巾的妇女跪在地下，因为有人把尸体搬到公路上（其实他的家族，就在他附近宿夜，而他们彼此却绝望地互不找寻），而那女人用石头和土块向四围抛着，投打那些想从尸体近旁路过的行人。高占峰用力向前倾着身子，然而两腿却不由自主地向后退移，并且越想前进，距离越远。因为人流是这样的汹涌，仿佛一座巨大的完整的机器，全部轴轮都旋转起来了，而且越来越快，带着高度的混合的嗡鸣，向前汹涌，高占峰倒退着、倒退着，直到距离有两丈远的路了，终于回身随着人流走去。在这逆流挣扎的当中，他的脸色是那么沉毅，既没呼喊，也没有咒骂，他的脸色却开始沉毅而且坚定了，仿佛他有所憎恨，从死亡者的身上得到某种启示，而且忘记了他臂上的小铁儿。

没有听见鸡啼，也没有村狗的吠叫，天就大明。沿路的村落，全成了死亡的家屋，住民早在前一天就逃亡了。于是这荒凉的景象，带给这群流亡的人民，一种极大的惊恐和威胁，森林似的稠密的脚步，越来越匆促，于是黄色沙尘又在上空飞腾，于是咒骂女人和鞭打牲口以及亲族间的呼唤，又形成了一片混合的嗡鸣，飘送到十里以外的死亡村庄和田野去。

五

过午，阳光淡弱，公路两旁的气色很阴沉，上面的尘雾已经不是闪光的了：看来也不耀舞飞扬，而是黄沉沉的稀薄的早雾那么漫布着。

人群是一色染着黄尘，各色的包头巾，和庄稼汉、小市民的帽子，全部给这黄色尘沙遮蔽住，失去了鲜明的本色。白包袱变成了黄包袱，黑衣裳变成了黄衣裳，连着有红色皮肤的脸颊的人也全部变成土黄的了，而且每人的睫毛都挑着尘芥，只是嘴角和太阳额或许透出一线细的肌肉，因为人们不得不用袖子擦嘴唇，而太阳额上照例都流滴着汗水。他们现在是这样阴沉，正和天气一样，然而全体来说，还是带着许多声音凝结的海涛性的巨鸣，正如迁巢的蜂群，单看是哑静的，整个则形成一种无由分析的巨鸣。然而不管怎样，从妇女们注视前方的渺茫眼光里，从男人们不时替换着肩来背负那只遗留下来一点小背包上看，人们是疲倦了，疲倦得只在呼吸、走路，脑子一无所思，心头一无所欲。

高占峰的脸色也变得阴沉可怕，这倒不全是因为给尘沙渲染得可怕，而是他脑际时时闪着江南地主悬挂在路树上的印象。它是那么深刻、有力。不知是对于那些障碍他趋前探望的同行的人群，还是对遭受挫折的自己意志的——趋前探望那尸体的意志，而在他眼睛中现出愤恨的火焰来。仿佛在这不明底细的愤恨的眼光中，闪着最初潜入他内心的复仇的种子。

和那悬挂在路树上的尸体的印象占着同样位置的,是天亮以前子夜过后那段时间的交谈,原来他在那时候就存心自殉了。那口气变得柔和,眼光又是那么慈祥。高占峰现在想来明明白白的,为什么当时竟没有悟解这一点的变化呢?他不知道为什么那个富裕老人要用自己的手结束自己的生命。他手指上还有翡翠戒指,跟前还有小铁儿,就是向人乞讨吧,他想,也该活下去呀!他从来没有想"死了倒也干净"这句话的,虽然在那瞬间有个乡下小贩之流的汉子这样说,而且高占峰也听见了,但和没有听见一样。

高占峰除了这两个最深刻的印象,再没有什么在脑际出现了,尤其是跪在那尸体前的妇女,他还望见她朝四围投石块,但他却和没看见一样,自然也不会惊奇她的突然的出现和来历。可见他的神智有疯狂的状态了,那眼睛的火焰就微有这种倾向的征兆;可是他有时注视一下肩头的小铁儿,而且必定望到他的眼睛才算罢,足征他的神智依然是健康的。而且望那小铁儿的神气,似乎是要寻找他的眼光中是不是流露出什么不同的表情。就是说,是不是知道他已经失去血缘的亲族,仿佛望见他眼光中的"无知"而感到了安慰。

小铁儿一睁开眼睛,那光辉就是惊奇的,并且失神地咬着自己的小手指,等到发觉高占峰望他,也回报般向他望望,不过只注神一刻,就又回颈望着飘动在空间的稠密的人们的头颅了。高占峰不知道他那小小的脑子在想什么,然而可明白他是惊奇,正因为这样他就极易疲倦,不久,眼光就又会迟钝,慢慢瞌眼睡了。那时候高占峰就说:"抱着我的脖子睡呀!"他感到他那小手围抱他脖子时候的舒适,渐渐这舒适感消逝,他的意识又回到那两个印象上去。眼光又是凝结的,望着鼻子前的行人的后脑,而又一无所见。只要小铁儿一醒,高占峰又恢复了他的智能,他就这样匆匆随流奔走着,既不疲倦,也没流汗。

那时候,高占峰猛然发觉人流重新泛滥起来了,他身旁已经越过两个溃退军队的散兵,接着是第三个失掉制帽却还挂着领章的军佐。仿佛海涛里泅水的渔民般在人流里闪耀着,把那些稠密的人群分拨作两片人墙,但这只是一瞬间工夫,人们突然感受到恐怖的气氛,就如受惊的猪群那样奔窜了,带着尖锐的惨叫和高呼,那惨叫声是在这一瞬间栽倒的人所发出的。或者是因为浸在半睡状态中,对着突然而来的骚动还没有感觉,就一下子给前边的人推倒;或者是俯腰去抱护孩子,于是人流的脚步就从他们的肩上践踏过去。虽然第一个践踏她的嘴里高呼着"别挤别挤,有人跌倒啦",然而两脚却不自主地踏上她的背,或想跨过跌倒者的头颅,反而踏扁她的胳膊。这时候,人们的眼睛重新现出火焰的光辉;这时候,人们重新在奔窜中彼此窥探着眼色;这时候,人们重新脸向着前方大声呼喊背后的亲族。并且那长串的溃退散兵,依旧用健壮的肩膀左右抵撞着开路,用螃蟹的步法横着身子跳窜,谁都要走到前面去,谁都要抛弃背后的伙伴,仿佛越往前一点就越安全,越往前一点就离开危险越远。谁也不知道后尾究竟起了什么变化,谁也不知道日本军队是不是已经逼近来追击。

整个人流的脚步向前一寸一寸地挪移的时候,高占峰跷脚望望,原来距离五里远有一座洋桥,人流正从桥上向远的彼方伸展开去。有三个战斗兵在桥栏旁边用枪柄挥打着拥挤的群众,高占峰不知道他们挥打的是什么,显然他们并不是想逆流抢过对岸来。

一辆私人的雪佛兰汽车,在桥的这一端闪着光,那光辉冰凉而惨白,正如阳光不强的云雾日子,那汽车顶上全是藤箱、包裹,以及衰弱的老农和幼童。显然他们是为了避免给人流挤倒……践踏……而那些饱满的包裹,各有一只手掌抓着,并不是怕给人抢去,而是防别人在空间挤位置,那么包袱就有坠落的危险,自然这全是些珍贵的家当,而且一落地,人群的脚步,就会践踏个稀烂。

高占峰随着人流的挪移,向前一寸一寸地前进着,路沟里有人牵着耕牛,驻足休息了。休息的人越来越多,实在也不是休息,而是避免给冲倒而作了脚底下的牺牲者。这时候，又有一长串溃退的散兵从人流里"泅"过去，高占峰也斜肩插入这一壮力形成的中流里来，用肩膀抵挡着欲合的人墙，向前大步伸展着……终于高占峰踏上桥板，不由松了一口气，汗水和尘垢，大量地流滴下来。

"下来走两步吧！"过了洋桥，他放下小铁儿，他的两臂实在酸疼无力了。

一个褴褛的农民说："这是松江大桥吗？那么我们明天能赶到扬州了……"只见他肩膀一斜，臂上受了两枪柄的打。

"还站在这里挤什么？快走呀！"那战斗兵高喊着，又挥枪柄向右手去打了。

"我还等桥那边的家人呀！"那农民向高占峰说。说话时，还向对岸扬着手，又叫："坐在路沟上等死吗？"仿佛他也知道桥那边听不到他的呼喊，变成喃喃自语了。

那个失掉军帽的官佐也站在这里，这时走到高占峰前面问："同志！你知道十六师师部撤退到什么地方吗？"

"不知道。"高占峰沿着沪杭公路边走动了，他这样可以比在人流中心自由一些，而且不那么闷塞、紧张。

还没有走出一丈路，他看见人流又开始奔窜了。而他自己在那瞬间跌入路沟去。他清清楚楚望见对岸那避开人流又似观望又似休息的妇女和衰弱的老头子，像瀑布的水点那样飞溅开去，立刻是超于这人流巨鸣的爆炸声，而且烟突然从土地上飞拔起来。他望见一队日本飞机在低空回翔着，原来人声过于吵杂，起初就没有人听见飞机的嗡鸣。那时候高占峰跳起来，他听见机关枪的扫射声，但眼睛却又清楚地望见小铁儿在公路边回旋着头呼叫的姿态。而且突然给一只鞋底有白钉的大脚跨过去，等高占峰抢救出来，小铁儿的额头擦伤，同时手背惨白，上面还有一个脚印，他放声地哭喊起来。

在这当儿，轰炸声中突然爆发了一阵子人群的惨叫，那一团儿惨叫是那么尖锐,掩过桥梁石柱的倒塌声。高占峰奔窜中,仿佛望见背后那些飞扬在空间的残碎尸体和桥墩上的石块。

他没有回头,和那些泛滥的人流一样拥挤地奔窜,完全忘记他该跳开人群去躲避。仍旧是成群的,带着尘土和巨鸣,顺着公路奔窜着……奔窜着……

六

过淮阴,高占峰就和那庞大的难民群分开了。

他走着单独的路程,经东海,越日照;有时在小镇市的街头上露宿,有时在村庄的大户农家里过夜。第七天的黄昏,他背着小铁儿来到距离青岛不到三百里路的一个小县份,想连夜赶回家乡去。他离自己村庄仅仅八十里路了,可是走到离家还有五里的古埠。那每年有一山、五日有一集的大镇市,就失去了知觉,跌倒在人家的门外。那时天刚放亮,人们给小铁儿的哭声惊醒。等到有人认出这是齐家庄高占峰而且没有打发人到家送口信,就把他抬到齐家庄的时候,已经晌天,快吃午饭的时候了。

一连三天,高占峰什么都不知道,三里五里有名的郎中换了好几个,都说是不要紧,但却拒绝开药方。那时他的面颊,仿佛给某种刀片削平了,闪着灰暗的阴影,没有流汗的象征,浑身却有股燃旺的煤炉那种趋前烧脸的热度。嘴唇现着茄紫色,干燥而且没有光泽。第四天他说呓语:"小铁儿……不要怕……"看守的人们,这才发出自慰性的叹息,安稳地喘过一口气来,仿佛说:"这回可不要紧了。"实在看守的人们,也太疲乏,现在就有的去睡了,弥补三夜不眠的损失。

当他第一次说:"水……给我水。"他的粗糙眉毛,蠕动了一下,足征他的脑力渐渐复活,生命又给了他一点意识,并且他的嘴唇恢复到近杯知饮的能力,但还有许多水没有吸入喉腔,又从嘴角淌出来,别人给他揩净,他也不知道。

现在他是处在一个混乱的梦境里：仿佛他正在前线和南军作战，共事的军官，又尽是些阵亡多年的老同乡，个个还是当年那种粗鲁豪放的样子，而他依然当作他们是活人看。经过一场混战，死尸狼藉地陈列在夜野上。远处仍爆发着疏落的炮火，他觉得自己仿佛是躺在死尸行列之间，所见的是一片广旷无际的星斗。那时张宗昌督办站在他身旁，俯腰问他："哪点受伤了？老乡！"等到他醒来却什么都忘了，只隐约记得这一点，而且他终生崇拜的这个出身乡土的"英雄"，仍然是当年那种气魄傲岸的姿态，手里也仍然握着钢制的粗手杖，走起路来，咔嘟咔嘟地响。现在映入他眼睛的是一团儿黑雾，点缀有万粒金星。这些金星，逐渐凝成一朵光辉而定型作瓶肚装油的草芯灯。又望见坐在他身侧的一个中年妇人。她正打瞌睡，脸子衰老又憔悴。一身农妇所穿的宽袖大袄，肥裆裤子，盘膝坐在炕里边。恰在这时，那中年妇人醒了，这是依靠只有妇人守护他们的亲人才有的那种灵性醒来的，病人即使不作声，不动身子，只掀掀眼皮，仿佛也能惊动了她们那纤细的神经。

"还要喝水吗？"那中年妇人说。口气很平静，仿佛她早已知道他能够醒来，而不是守着一个垂死的病躯，露着当她望见他醒来的时候该有的惊喜。高占峰摇了摇头，平心静气而又一无所思地望着她。突然她的声音变了："你知道你躺了三天吗？人家把你抬到家，……你可把我们吓坏了，这是全仗菩萨保佑呀！"这声音渐渐有点呜咽欲哭的征兆，她的脸色更加衰老，池水受到一阵秋风的吹拂似的，满脸尽是皱纹，但立刻又平展开来，她发出一声叹息，似乎觉得这时不该放纵她的悲哀。又说："你觉得好点吗？我叫醒咱爹去！他刚睡。"

高占峰没有听见他说什么，他想："这是谁呢？我是在什么地方呀！"周围是这样静，只有灶炕的促织叫。这夜深的叫声，挺寂寞，立刻唤起他对于逝去的青春时代那样耕种小麦的冬季日子的回忆来。他又一遍感觉到自己是在继续着那梦。这时候那中年妇人说："镰头有个孩子了,叫五十。镰头也刚睡,人家媳妇生怕他熬夜,含在口里都怕化了。这十几年来你就不想家?在外边怎么过的?我当是咱们姊妹这辈子见不到面了呢!"不管病人怎样,她尽自说下去,这是中国农村妇女一种普遍的性情,声音也越来越低,鼻梁两边有泪滴儿落下来了,但仍极力使口吻平平静静的。用揩灰尘的神气揩去泪水,若有所思地自语:"三天不知道人事儿,真叫人担心死了!"起初,那眼泪一滴儿一滴儿下坠;继之,鼻子发出嘶声,末后用衣襟埋住脸,终于低声哭起来,一边说:"你大外甥死的那年,我整天盼望你能回家,要不早就吊死了。一个寡妇,没有家庭,没有巴望头儿,活着受公婆气吗?娘家又拿当是外人,你可不知道五十他爹变得怎样,娶了个媳妇,就连炕都懒得下了,整天又是鱼又是面,咱爹都受不够的气。"口气又平静下来,既抱怨父亲不争强——她说:"老头子还是照旧给他两口子挑水拾柴地过呢!说起来,生不够的气。"又说弟媳妇不守妇道:"大海,她表哥,每一古埠集都到咱们墙外头转,人家谁不说闲话。你知道,就是小名叫和尚的,说是在你手下也当过差,上一月才从城里回来,韩复榘的马队撤退,把他闪下来了。"

"这是什么地方?是在齐家庄吗?"高占峰突然问,于是那中年妇人,立刻吃惊地停住话,现在才注意到他的冷冽而迟钝的眼光,也明白她所说的一片话,原来一句也没入耳。她若有所怖地站起来,而正在这时候,高喜瑞老头子走进来了,一边走一边说:"怎么!好了吗?好了可别让他多说话。"走到屋,这话已重复了三遍:"好点可不能叫他多说话。五十他大姑,你听见吗?"这种称呼,是从他孙子身上转来的,正像读者所知,她是高喜瑞老头子的女儿。若是他把女儿的代名称改作"嫚姑她娘"——嫚姑是那穷苦寡妇的独女——那么她也许对父亲不会有如此的反感,甚至她本来很高兴,但一听到这刺耳的"五十他大姑"就激怒,越觉父亲眼里根本没有自己的女儿和外孙女存在,也就越伤心。

高喜瑞是个生性耿直冷言冷语的老头子。胞兄曾经在清朝宋庆提督名下做过副将，受过"御赐花翎"，可惜死在中日甲午那年的战争中，尸首一直埋在辽东，没有接回棺骨来。这是老头子终身不忘的一会子事，从这里也可知道为什么对人冷言冷语，任何事物也引不起他兴趣的原因来。他穿着有补丁的农民棉袄棉裤，个量比儿子还高，结实得不像七十岁的人，却像高占峰的族兄或族叔，因为发辫还很黑，又没留胡须。只见他走进屋来，两个诚实人所有的眼睛，望着高占峰说："你们睡去，叫他自己躺在这里吧！你们打搅他做什么？"神气俨然是没有望见高占峰在望他："镰头、五十他大姑听见没有？"

高占峰一直望着高喜瑞老头子那两只针对自己而别有所瞩的眼睛，突然现出若有所悟的眼光，明白是躺在自己家里，顿觉大梦初醒，生出一种欲跪伏在父亲脚下亲吻的感情，究竟他是明白自己从死难里得到重生的心情使然呢，还是别有所思，那是很难说的，总之他现在是意识到自己是回到家乡来了；同时却忘记一路的遭遇，就是说他忘记自己三天前所经过的任何事物了。他的棕黄的眼睛珠儿，现着平静的光辉，这只有大病初愈才有的一种眼色，这眼光不久给欣喜所染，他望见坐在炕沿上回顾自己的镰头了，于是向他摸索着。镰头在他父亲跟前，还是心战胆怯的，这从他那不安的、频频探视父亲意旨的眼光上，高占峰很清楚地觉到。他用在病者身旁坐几个钟头也不会说什么的姿态坐在那儿，仿佛这就表明了他对胞兄慰问的千言万语。他注意到高占峰向自己伸手摸索的时候，说道："你要什么？"这是对那久客新归大病初愈的胞兄第一句问询，面带温驯笑容。他立刻明白病者需要什么了，他的充满脂肪的手给高占峰握住，他也紧紧回握着，带着慵懒人常有的驯善笑容说："你好好躺着睡会子吧！"高喜瑞这时听完五十他大姑的倾诉，说道："他刚好，过些时候，自然会明白的，你们睡去吧！"又叫着："镰头！"镰头就站起来，对高占峰做出不得不遵从父亲意旨似的眼神说："天快亮，你睡会子吧！"实际上,倒是他自己需要继续那生活中最重要一项节目:睡眠,尤其是下半夜的酣睡给人搅醒,是他最反感的,而这次却例外,当他老婆怂恿他第二遍:"你要起去啊!咱哥哥和五十大姑能说话了,准是好了些。你去看看,省了人家说闲话。"他立刻爬起来,虽然嘴里还说:"真是……明天,就看不见了……我准知道……这个病——喔——呵——"

读者不难明白,高占峰是处在什么人物构成的家庭中间了。但是当他握着兄弟肥腴的手背,发现他是长得大腹便便,不像一个自耕农,好似闯海外发财回来以后的小财主,或是养优处尊的小地主,那当儿,他可任何感触都没有,只在重复着他的一个想头儿:"我是重生了,我是重生了。"究竟是怎样重生的,究竟遇到些什么灾难,他却一点都不记得了。

现在是他一个人了,周围静悄悄的,炉炕下的促织声仍是悲鸣不休,仿佛倾诉冬夜的悠长而寂寞。高占峰平静地躺着,蓬散的头发披在耳边,脸颊枯瘦。他咬着头发,咬断一根又一根,然后一根根送到灯芯上去烧,注神地望着细发在一阵火光闪耀下,变作灰骸,于是再烧……这时候远方响起公鸡的早鸣声,高占峰扬起眼睛,注视空间,显然这鸡鸣引起了他的某种反应,想借此能够记忆起什么来,然而不久,他又专心一志做他的烧头发工作了,脸色依然那么平静,又不久,窗外有冬天晨雀的噪声了,灯光开始发暗。厢屋里有人起身,绣鞋的木底声,渐向南屋门口响来。但不知为什么,当五十他大姑现身在门口的时候,高占峰合上眼皮,对她的问询一声不答,做出很舒适而且很甜蜜的酣睡姿态,手里还捏着两根未燃烧的头发。

七

早晨,院落里洒满冬季的阳光,高喜瑞老头子做着每天早晨清除落叶乱草的工作。那时候探望高占峰的街壁邻右,出出进进的很多。有的进来就走,因为屋子里的人很挤,又加病人没醒,而且家里坡外大半都有活计做。每一个农民,差不多都在高占峰率领的红枪会里混过,望见他酣睡中那种枯槁的样子,都叹息不止。那些到海外卖过苦力而没有发财还乡的汉子,借机低声短语,说明现在赚钱的不易,言谈里表明不是自己没能力,连高占峰都这样狼狈地回来,仿佛给那些背后说闲话的人,一个有力的实证:自己确是卖力苦干过,不过命里没财而已。只见他们,或坐在炕沿上,或站在屋中央,或来回走动,都是低声下气的,防备惊醒病人,虽然心里都希望高占峰有所警觉而睁开眼睛。

每当一个人走进天井,屋里照例听到高喜瑞老头子对来客的冷淡的回答:"昨天下半夜,醒了醒,谁知道这辰光呢!"老头子自己,则仍仔细地扫着院子,有耐性地拾起每一颗足供燃烧的豆秸,而把散叶和尘土,扫到牲口棚去给毛驴填脚。又把浸透牲口粪尿的泥草,收拾到粪坑去作废肥。一切营生是按照往日的程序,有条不紊。屋里的客人,最后只留下来高占峰的两个知交了。一个是本村齐族的,名叫宏业,这是个贪杯嗜饮的汉子。年轻时闯过俄罗斯,回乡有十年光景了,从出门那年和高占峰分手后,再没有见过面。除了这位竹马之交,另外是随从高占峰在张宗昌手下当过班长的柳世杰,也就是最近从韩复榘马队上退休的骑兵少尉。他的身架显得膂力过人,虽然穿着长袍,也可看出挺身直背的军人气派。和他相反的是齐宏业,弯背塌胸,斜着眼睛暗窥人,又畏缩,又驯顺。当他望见柳世杰不住望着自己的时候,又局促不安了。他非常不愿站在这英俊人物脸前,单纯受他的注视。果真柳世杰注视不久,眼光就露出讥笑的形势,又开玩笑了。他说:"你老是朝我望什么?"

"我什么时候望你?你别老找俺们穷人开心了。"齐宏业说着站起来。正想走的时候,就听见一种强壮的狗吠声在天井里叫了一下,他立刻知道是什么人来了。他就叫:"戈皮旦,戈皮旦。"戈皮旦是他送给那日本狼狗的名字,俄语的意思是军官。他这时呼唤它,不过借以摆脱柳世杰的讥笑的注视而已。那狼狗，黑毛有光泽，探望门口又汪汪大声叫了两声。

这时候一个身披旧外套的人走进天井来。他的两只胳臂，永远不插入外套袖子里，仿佛一个工作忙碌的手艺人，随时随地预备掷下外衣就干活似的。这就是齐大海，在青岛曾经给高占峰做过赌庄助手的水手。

"大叔，你是整天做做这个弄弄那个呀！你就不会闲一闲。"一进天井，齐大海就高声喊，"你家俺哥哥是能说话了吗？我昨晚上还打算到古埠再找一个郎中来呢！"

高喜瑞老头子对齐大海，和全村有牲口的主儿一样，非年非节，轻易不和他搭话。现在他也仅仅说："你进屋子看嘛！"仍然做着自己的活计，向那匹精壮毛驴，发出望它安静以便在它蹄子下作工夫的轻呼。齐大海从口气里，知道老头子并没有因为儿子远归、病愈，有所欢喜，于是自己做个鬼脸；这种鬼脸在他自己愉快自得的当儿、遇到任何不如意的事情，都会带着自娱性出现的。

"都在这儿呀！"当他两脚踏上门口的时候，就站住做出困惑的神情说，"你们俩这是做什么呀？连大声大气也不喘，你们起了砸庄的牌怎么的？"

"你这家伙，又赢了几元钞票是不是？我准猜着。"柳世杰说，"晚上你可得掏腰包，咱们喝两盅儿，你看齐宏业又欢喜了。"

"你可别老是找俺开心呀，这是怎么说的。"齐宏业就做出激怒的样子，斜眼望他。

齐大海在这瞬间，做了个手势，意思是不要惊动高占峰醒来了。一边走到炕沿下，默默望着病人的枯槁脸色。那脸色显着从苦痛中挣扎醒来的情态，又是一声噩梦，不久以前，高占峰还是在惊风骇浪当中，抓着片卷死尸的破席，顺流漂泊，还隐约记得海船触雷爆裂后，他从死尸狼藉的海面抓到这片卷尸席的。那时候他确见一个紫唇滴血的女尸，从席底脱落而沉没，可是她又在什么时候复活了，披散着长发向他抢夺那卷破席。末尾，他听到一两声隐约的狗叫，而眼看要给卷入海浪的工夫，他突然醒来。这时还想，有狗叫，一定是离海岸、陆地或岛子不远了。等到听见"你还认识我吗"就完全明白他刚才是作了场噩梦。

齐大海没有得到回答，又说："你看你瘦的！你老了呀！"又回头对柳世杰说："我们在青岛的时节，那真是……才几年呀！只是一晃的工夫，日子过得太快了。怪不得我们回来看见那些小伙子都不认识了。我出门辰光，五十他大姑，还是小媳妇呢。现在你看吧！"回头对高占峰说："一些在咱们胳臂上撒尿的孩子，都有人叫爹了。"又指着那只卷毛狗说："就是戈皮旦吧？前年还这么高，现在长成他妈一条体面的大洋狗了。"那狗仿佛知道主人在夸它，也向空咬了两声，表示赞同而又很高兴的样子。

"那可不是怎么的！"齐宏业眼睛望着齐大海，本意却是说给高占峰听的，"还用说旁的，我们俩——"眼睛指着高占峰："跟着咱们庄上的戏班到龙口那年，正遇元宵节，当地耍狮子的缺人手。我们俩就插上了，真还不错，就这样高的四脚桌，我们连跳三张。如今一张椅子也跳不过去呀！"口吻低沉，一个老人叙述往事似的不胜感慨，其实，他才四十岁。

这时候镰头从里面出来。他刚起身，就是自己昨晚一夜没睡好，又叫自己老婆烧水待客。有在城里当差的人物在他屋子里坐着，他认为最荣耀。他老婆本来蹲在灶炕帮五十他大姑做饭，现在得因由在那些客人眼前，问长问短的了。这是一个俊俏的媳妇，眉眼间有点媚力，脸红肉白的。

起初高占峰默默地望着齐大海，一语不说，也看不出他那平静眼色显示出来的意思，是对那游手好闲的汉子在久别重逢的现在，有什么感触；又向柳世杰望去，那瞬间他的手却紧紧握住齐大海柔滑的手掌,这表示他确是认识那久别重逢的友人,且也感到重逢的欣喜。齐大海这工夫,突然有一种感觉,仿佛高占峰的手掌传给他这种意识:"想不到咱们哥儿们,还能活着见面呀!"待要说什么,又因为他那望着柳世杰注神的眼睛,使他一时开不得口。

"不是认识吗?这位是……"镰头怪不好意思,生怕客人受不住盯视似的。

"知道。"高占峰注视着那退伍军官说,"柳世杰。"于是在那两眼透着英俊气的脸上,现出退伍军官在曾经做过上司的人物面前所有的肃然生敬的姿势,飘浮着一个不安的微笑。为自己崇敬的人,中年后还能一见就叫出名字,在他是颇为感激而且也颇觉自慰的。高占峰的眼光,那只是大病初愈的人所有的温善而平静的眼光,立刻投向齐宏业,只见他的眉毛蹙蹙,这工夫,每人都给他那平静的眼光所渲染,屏息地侦伺着他的脸色,等候他说出齐宏业的名字。然而,他却说:"他呢?"

"谁呢?"镰头说,"这是齐宏业,你忘记和他在龙口耍过狮子……你歇歇,他就会认出来了。"

"他哪去了?"高占峰的口吻仍是软弱无力,"把他抱来!"

当高占峰说话的时候,齐大海朝戈皮旦做着手势,威胁它,命令它安静地伏在自己脚下,那狼狗立刻明白,俯伏下身子不响了。

"你是说那孩子吗?叫作什么——小铁儿,我想起来啦!"镰头说,"咱爹说等你好了再抱过来。"但他发现高占峰的眼睛闪出凛然不可犯的光辉,立刻又说:"你要看,那么我抱过来吧!"走开去说:"五十他大姑,你把那孩子抱来,你哥哥要看看他呢!"而高占峰却阖眼作睡了,不过手还捻搓着齐大海的指头。不久,他重新睁开眼睛说:"你的日子还过得去吗?"

"谁——我吗?"齐宏业问。他心里却惊异:"他真还认识我呢!"断定确是问自己,想说什么的当儿,齐大海就插嘴说:"他呀!他和我一样！就剩一铺炕席没卖了。整年整月吃的花样可多，早饭是地瓜叶饼子和盐菜，晚上是盐菜和地瓜叶饼子。"对他自己这说俏皮话儿，很自得似的笑着，且左右回顾，仿佛是找寻另外的赞慕眼光似的。齐宏业果真露着对他代答的词句很满意的驯顺笑容，并且附和地叹息一声。

"张族长回来了吗？"柳世杰插嘴道，"您知道吗？"

"哪个张旅长？"这时候，高占峰转眼望五十他大姑抱来的小铁儿，镰头在他背后跟着，抓住他的一只小手，做出不胜亲昵的样子。

"这到底是从哪儿弄来的孩子呀？一口南方话。"五十他大姑问。高占峰没有听到这话，尽管凝视着小铁儿，现在要记忆什么，而终于一无所得的怅惘颜色，把他抱过来。只见小铁儿，换上结带短褂，开裆裤子，初见这些人，不免露出憨望的情状，小手指在嘴里蠕动不止。他的眼睛，大而明朗，本来脸蛋红润有辉，现在这红晕失去，显得纸黄，可是眉宇间依然透着端静而稳重的气氛，这是出身富裕家庭的孩子常有的那种静而稳重的气氛。他一投到高占峰的身上，就迅捷地扭身回顾，仿佛生恐这些陌生人物在他背后捣鬼一样。

"来，亲亲我！"高占峰说。

小铁儿眼睛别有所瞩地送过脸来。

"在这亲亲，你是看着我呀！"

小铁儿的小臂膊就环抱住高占峰脖颈，并用眼望他，立刻又掉头回顾齐大海了，似乎想从他脸上，求得什么解释。

那时齐大海说："这小鬼，怪惹人稀罕呢！"望见高占峰那全心倾注在亲吻上的样子，向柳世杰作眼色，意思是："父子呢！"五十他大姑询问高占峰没得到应声现着扫兴的脸色说："我把他的衣裳都洗了，满是泥浆子呀！"眼睛却注意镰头媳妇和柳世杰的神色，直到现在她还没发现什么。五十从东间跑到西间来，一边说："那衣裳是我的，裤子也是我的。"

"督办的大儿子济南去了。"柳世杰重拾他的话柄，"张旅长从大连回来，你知道？"

"你老是说张旅长干什么？"齐大海说，"占峰，你知道张旅长掖县安什么心吗？喂！你还记得那个和你斗气的青鱼贩子吗？就是我们这位军官的族兄呢！吓！你跑了以后不是吗，我们可哪儿找他，找不到。后来听说他和唐老虞拉上线，现在蓬莱县也弄到二当家的位子了！"这话显然没有在高占峰身上起作用，他说："在蓬莱吗？"心意不瞩的口吻，证明他仅是听到蓬莱这个字眼儿。他的心神是这样飘忽。

时而望着小铁儿，时而望望那个来客，时而把小铁儿嘴里的手指拿开，时而又现出苦思不得的神情。直到现在他还没有想起他是怎样到家的。

相反的是齐大海，但现在畅谈以往那幕赌场的悲剧了，因为镰头媳妇没有听到，另外的人呢，不只听他说过两遍了。在谈话当中，他加上许多废话，例如："那时候哪一回出门不是汽车洋车的，离着二里一里的还肯走？""在咱家赌个三十吊二十吊的就了不起。在青岛——哪有下注不过元数的。光给伺局的，哪晚上我都得破费三元五元的，你不信问问占峰哥哥。"实际上他从来不但没有赏过伺局的伙计，相反他倒常常向他们借贷。现在他说起来，连自己也觉得确乎是他的黄金时代，而且这话不只对人说过十遍，于是自己也以为真玩过阔，真的过了几年挥金如土的日子。论人，他倒不是胡吹乱吹的坏蛋，心底根本很善良，不过半生没有剩下钱，本村富裕主儿又另眼相看，满肚子就全是牢骚，仿佛在闲谈中叙叙往事，叙叙自己的豪华，心里就舒服一点。更由于对有牲口主儿的贪吝性情，怀着一种鄙弃心理，再加觉得自己年轻力壮的时候已经过去，不会再有发财的希望了，所以不管什么事儿都看得开。有了钱，一手来一手去；没有，也不愁眉苦脸。这就说明为什么他穿得那么旧，而戈皮旦却喂得挺胖，它的脖围并且装饰着电镀的白铁钉，闪闪发光。他是兴致勃勃地倾诉着，满脸生辉，眼光贼亮。他结尾说:"我没讲吗?眼睛看见的,就比那些整天蹲在铡刀旁的主儿多。就不用说别的。他们知道什么?知道他们的母鸡哪个下蛋大,知道他们那两亩地的地头草几根,就怕地邻给耕去一点儿。"于是环顾左右,非常得意。之后,掏出纸烟,而不用眼望却能把烟抽出来,且在大拇指甲上颠颠:"我没讲吗?这回可要看看他们的本领了。"把纸烟沾在唇上,又掷给高占峰一根。这一切动作都没有用眼望,正像得意且又注神于自己谈话的人,常有一种现象:"看看他们能把那两亩地背到外省去不能?看看他们能把母鸡当作弹药用不能,日本鬼子可是把青岛拿到手了。"他又俯脸向着那狼狗:"是不是?戈皮旦!"狼狗就跳起来,摇摆着卷毛细尾,低声吠着,现出欲候主人一块儿外出的神态。"不是!"齐大海说,"我问你,是不是?要走吗?好——这就是。"于是弯腰在戈皮旦鼻尖上碰了一下,就站起来。

在他说话时候,柳世杰端恭地坐在长凳上,望着高占峰不时微笑,又似乎是不以齐大海的言谈为然,又似乎从心底表示赞同。偶尔还朝小铁儿做出逗弄的眉眼,以讨高占峰欢心,实在又似乎他根本没有听齐大海的话。总之,他是集中注意力在不使高占峰讨厌范围里,微笑着逗小铁儿玩,所以镰头媳妇在他跟前来回走过两趟,他一眼也没敢向她打量。她也没有望他,不过给他沏茶的时候,露着羞媚的红色小嘴说:"喝茶。"俯着眼睛退下来,但给齐大海沏茶,她就完全两样,还插嘴说:"小心,别打了茶碗呀!指手画脚的。"口吻也是对那人物很喜欢,但这是属于另一种了。至于齐宏业,一直是萎缩地坐在凳头儿上,斜着眼睛偷窥,仿佛一条当道卧在那里的狗,当人从它跟前经过所有的那种斜眼窥人的神情。那眼色,并不是观察人色而吠叫,却是注意是不是该及时抽身跑开去,自然夹着尾巴。现在他也站起来说:"再来看你,再来看你。"

"我可是不能来,这几天预备和占恒打交道,快到赶古埠山了。我想在那儿弄个赌棚。"齐大海说,"你可得好好养一下子,等你好了，咱们到古埠去大喝一通。走吧，柳世杰，你们不是要喝两杯吗？晚上我可没工夫，要喝就得这会儿。"

"小孩子真稀罕人儿呢！"柳世杰在出门口，又回着头说，恋恋不舍地。但一到天井，他就抱怨着大海："你是忙着走什么？我想告诉他张旅长的情形，叫他到掖县去趟。"

"忙什么？你没看到他连听的力气都没有！"

柳世杰耸耸肩。

"那一个孩子是谁的？"齐宏业问。

"私孩子！"柳世杰拍拍齐宏业肩头说，"你也该……"

"你怎么老是要笑人呢？"齐宏业脱身走到前面去。

"大叔！"齐大海向高喜瑞老头子打招呼，"你牵出毛驴，叫它晒太阳呀！我没说嘛——牲口到你手，也是几辈子作了阴功德行，不知怎么修的哪！"

在屋里静下来以后，高占峰处在一个长久的思索里，以往是整个的一团儿记不清楚的烟雾，他不是望见齐大海连青鱼贩子都想不起来。不过，这时候，那些往事已经在他身上失去魅力了。

八

冬至节前，高占峰恢复了旧日的健康，不过倔强的气魄，一变而为平静，仿佛他对任何事物，没有感触。到时候，人家说吃饭了，他就坐在炕上等着；人家说该喂牲口了，他就去拌料。从他那平静的眼睛里看，仿佛他已失去生命、失去锋芒，一如久绝尘烟的老僧，在孤独的深刹里过日子。除去小铁儿在他心目中占着一个很大的位子外，对任何人只是望望，表示自己认识而已。

冬至节那天，他修好锄耙，开始帮助高喜瑞老头子，下坡锄田。以后他经常做着农闲日子该做的营生。譬如：修理菜圃的篱笆，翻打麦场做向日葵园子之类的活计。高喜瑞老头子，从他回乡那天起，一直没有和他搭话。他认为这小伙子，十二年来一定受到不少苦，这次回来才知道离开赌场，正经过日子了。每次高占峰携领小铁儿走过去，他就望着他的背影，说着"哼！不吃苦头是不中的"那意思的眼色。全村的人，谁也不知道他有着一段惨痛遭遇的，连他自己也没法说清楚。所以都拿着面对普通的闯外没发财回乡的人看待他，不过还是仰慕他，所不同的，只是这仰慕外，带一点儿怜惜，对于不得志的英雄般的怜惜。故交里，经常碰头的不多，他们都忙着准备赶古埠山，战争对于这乡村，一点没有什么影响，虽然都知道二百里外的青岛已经给日本军占据了，虽然知道韩复榘的军队已经撤退，县城里只剩商家组织的保安队和自卫团了。然而这些，在那一年一次的古埠山的筹备期中，一点也不能引动谁的注意。每家农户，都准备在古埠山上，给闺女置办嫁妆的款子；有老人的，就注意该挑什么木料的寿器；年岁大的牲口，打算调换骡驹还是母牛。

齐宏业打算加入本村的戏班当布场，齐大海在磋商赌棚的租税，只有高占峰每天照旧携领小铁儿下坡。有一天，在村口碰到齐大海，照例他牵着那匹日本种狼狗："几天没见你，能干活了呀！我简直忙得昏天黑地，过了古埠山期，咱们再谈吧！千言万语没工夫说呀！"那天回来，高占峰打发镰头送给他一斗小麦，算是调剂他"过山"。等到又碰见，他仍是匆匆忙忙的，牵着那匹日本种狗，三言两语走过去，连个谢字也不提。此外，柳世杰来过两次，不过每次都是单来独往，像有要紧的话来谈似的，可又一句也没说出口。人家背后说："武松这次回来了，他还想摸甜头吗？"那些不识字的农民，说起《水浒传》可比任何人都熟，并能随时随地加给人家一个适当的诨名。齐宏业也仅仅来过一次，不是当戏班布场就忙了，或是沉湎在酒坛边上，朋友也懒得走动。实在他对高古峰有着另一种见解，觉得人家有吃有喝，比自己过得富裕，去巴结什么呢？若是自己有三亩两亩的家产，或者高占峰一亩不"沉"，——也和自己一样，那么还有交往头儿，幼年的友谊,也不难立刻恢复,再加前次的晤面,这也是善良的农民,到了穷苦的时候,对富裕朋友的一种普遍心理。

古埠山日开始的第一天,高占峰正携领小铁儿到菜圃去灌溉冬韭。若是从前,就是离家三十里二十里的村庄,有说鱼皮大鼓的,高占峰也会在吃夜饭后赶去,听到下半夜,再一个人走回来。可是现在不同了。古埠离齐家庄虽是五里,并且还有亲戚捎口信邀他,说是给他预备了住宿的地方,他摇头,仅仅说:"咱不去。"镰头和媳妇却早一天去了,他们两口子,是分头住在两个亲戚家——镰头的岳父门儿上。

这天,天气晴朗,是个冬季难得的日子。天上,远近没有一片云影,满村满野,都在阳光底下闪着使人望景思春的光辉。周遭又是那么寂静。无论庄里庄外,很少听见人声。因为大多数妇女和男人、小孩子,都赶山去了。留在村里的,差不多全是吃斋念佛的老婆子,或是终年不出门的老头子,一来看守门儿,二来还得照料牲口或者母鸡什么的;再就是怀着一种普遍的心理,仿佛说:"让他们年轻人去热闹两天吧,反正一年一次。咱们的时代可是过去了。"所以现在听不见平日的喧闹声,静静的,只有野外几声白头翁鸟的低鸣声。

高家菜圃在村南,越河就是一片小麦地。周围半亩广,东西都是秋季作打麦场、冬季改种蔬菜一类东西的空地,一块块菜圃之间,隔着矮矮的土垣墙,秋季防鸡,春季防狗。

高占峰已经刨了三天土,整个打麦场都算翻作可以播种的松软土地了。有些土块还得用手捻碎,石子呢,就得掷到河里去。小铁儿这时正帮他做这种工作。起初,他蹲在地头上专门用眼睛找寻石子,因为高占峰不许他挪动。地边有口井,生恐一眼照不到,有险失。只见小铁儿聚精会神地说:"叔叔!这里有一个石头。"小手指伸着指点。每当高占峰遵照他的指示捡起一块石片的工夫,小铁儿就露出愉快自得的眼神,望着高占峰,并且甜蜜地叹息一声,仿佛自己完成一件重大的工作一样。所以高占峰有时故意装没有看见:"在哪里呀?"

"那里……不……那不是吗！"

"我怎么没看见呢？"

"唉！"那时小铁儿就会大人一般地叹息道，"不是就在你脚底下吗？真是的！"

"原来这里呀！你的眼力可真不错啦！"

于是小铁儿，就做出受夸不骄的端静脸色，这种愉快而端静的脸色立刻感动了高占峰。他想："真是一个聪明的孩子。"可是这孩子是谁的以及有关这类的想头，却从没有来到他的脑子里。后来，小铁儿也来捡石子了，捡到一块就递给高占峰，两眼定定看着他："叔叔，你打那棵树！那棵河边的树！"或者要求："打那边的草，不是那，从水里露出尖来的。"等到如愿以后，仿佛叹慕着高占峰那有力的臂膀似的喘一口气，满意而又愉快地找寻第三块石子了。

那时突然平空一声狗叫，这幽静中的一声狗叫，本来就够惊人的，而那声音本身又是那么恐怖、那么紧张，接着连声吠叫起来。顺声望去，高占峰发现沿河的土路上，那只戈皮旦狼狗，迅速地跑来，边跑边吠，俨然追逐一匹野物似的。戈皮旦尾后一团儿尘雾里，现出疾驰的脚踏车轮廓，高占峰的脸色完全变得紧张了。骑者极迅速地闪来，而且停住："高大哥，日本兵要攻咱们县城了！古埠山上逃难的人一个挤一个，保安队都跑光了。你预备怎样？该咱们哥儿们出去露面的时候了。"

听到第一句话，高占峰的脸上，立刻闪过一种木然的影子，而就在同一秒工夫，眼光又突然有所悟地那么明亮起来，但立刻又变作阴沉而严峻的眼风了。他说："你掷下车子过来呀！"他的脑际闪着上海夜间的三座巨火、逃亡的难民群、渴和睡、轰炸、震天的尖呼以及飞扬的尘土，只觉耳朵发出一阵激鸣，他的眼睛合住，感到血涌耳际，但没有晕倒。这瞬间他从梦中醒来，极惊讶他以前的愚昧了。

齐大海从小桥上跑来，一边大声说着什么。之所以没有听清楚的原因，是这话声和戈皮旦的急促吠声、小铁儿的笑声，混合了。

"你要到哪儿去？"高占峰又恢复了以往说话的沉着口吻，"到北乡做什么？找他们又有什么用？"

"他们干过这玩意儿。"齐大海做了个食指勾机枪的手势。

"我们自己不会干吗？"高占峰说，"你去找柳世杰来，再到古埠山去找把子人来。"

"今晚上吗？"

"今晚上。"

"那么你预备干吗？"

"当然干啦！"

"你呀！"齐大海猛地扑过去，喜极欲狂地抓住他的两条胳膊，若是他的臂力大一点儿，这瞬间很可能把高占峰举到抛空摔碎的。拳头雨点似的击着高占峰的肋骨；高占峰也紧紧抓住他的两臂，否则一定站立不稳，而戈皮旦狼狗渡桥又怕，隔着河跳扑到东、跳扑到西，狂吠不绝。小铁儿又是不住嘴嚎哭，这瞬间使他俩人同感紧张、急促、欢快，只短暂的一会儿纠缠，齐大海就离开高占峰，喘吁着拾起鸭嘴帽子（这是在他猛扑高占峰时闪落的），只见他朝大腿上挥打着，说道："那么我这马上到柳家洼去找他，你就招集咱们村子里的人。咱们哥儿们的秦琼卖马时候过去了。叫他们把红缨子枪、土炮、大抬杆洋枪、腿叉子都亮出来吧！"走过桥去大声喊着："戈皮旦！头前跑呀！"那狼狗追扑着他的车子，狂吠着，远远一溜烟儿迅速地旋风似的跑去了。他们既没有商量招集人枪的步骤，也没有估计敌人的军力，一切是如此简单的决定了。

高占峰一座巨塔般，静静站在那里瞭望着，而小铁儿已经哭着抓住他的手。他可不知道，他是怎样用力摇撼着那只大手呀！高占峰任什么不知道似的，站在那儿想："我是得到掖县去找找张旅长。"

九

古埠的"山"日，召来了远近大小村庄的农民、地主、货郎，和那些流浪海外很久而回乡来的汉子们。这是些游手好闲的人，他们全走过大码头，有的在关东砍过木头，有的在沙皇统治俄罗斯时代背过包袱，从这村到那村推销他们的山东绸和中国花边……第一次欧洲大战，回来一些，一九三一年的九一八事变，又逃回来大部分，他们受尽人世的各种苦痛，也见过各大都市的豪华生活，总之，心眼高了，然而还是一天吃三餐地瓜干儿和胡萝卜过日子。于是在一九三〇年以后的日子里，普遍地发生匪警。三天两日，不是这村子富户给绑了票，就是那村的地主遭了抢，但是二里外的村庄当天却又没有一家听到什么可疑的动静，既没有匪帮路过，也听不见枪声，而且遭事户儿的邻右也不会受惊，因为听说的匪人就是农民，从不结帮，只是单来独往地出现，可见不是外路人。而且被绑的人给膏药糊了眼睛，耳朵里灌了黄蜡，又可见匪人是怕"票儿"有所听，怕"票儿"有所见，更可见匪人有的是面熟的人了，而且匪窝都不远，有的把"票儿"放在磨上推着旋转一夜，就算坐了渡船，自然"票儿"的耳朵没灌蜡，还可以弄作水流声来壮航行的声势。在这些心惊胆战的日子里，同是一个村庄的人，也不敢彼此担保是良民，叔父怀疑侄子，舅舅不相信外甥。白天，在那阳光底下的农民，确确实实是耕种不息的，眼光也是善良的，表示着安分守己的习性，一到夜晚，有谁会相信自己就一点歹心不起呢！"县庄会"是普遍地成立起来了，可是"县庄会"的壮男，全是来自本村本庄的农家，于是所说的土匪也就是藉避耳目的隐身所在了。韩复榘统治这块土地的时代，每天都烧几个村子，枪毙几十个找不到保的农民，实行五家连坐法，因之他手下的一个团长，有了杀人阎王的威名。直到现在，这匪风渐息的日子，大凡赶山的人们，腰里还带着家伙，三五个人连在一块儿不散伙，为的是防备高粱地里窜出黑烟涂脸的强盗来。谁不知道赶山人的腰包，是硬实的呢！

古埠山的赌棚就全是这一色人的集合场，而戏台下坐的是一片打扮得惹眼的妇女们。这是两个天下、两个乐园，距离着三条大街。赌棚是在村南的河边上，戏台是扎在村北的广大的打麦场的一端，四周的空地全给远村的车辆占满了，而且那些没有近亲的远来的女客，都坐在车棚上，向辽远的戏台上望着，但近前走过一个戴鸭嘴帽的跑过外国的苦力，或是跨着鹅步、披着旧军衣的退伍的兵士，她们又移目注视，一个也不会逃过她们那闪闪有光的愉快的眼睛。因为这些人物是那么懂风情，懂得怎样卖弄他们的男性的傲岸姿态来取悦她们。这些在戏台下打转的汉子，只是注意着哪个车上有俊丽的闺女或少妇，以便借着喝碗豆浆的机会在那儿多站一会儿，他们懂得看风使舵，也懂得看眉眼搭话。在这里，还有谁能比这行人聪明的呢！而那些炸油条的、卖糖果的小贩，又大部分挑选着俊丽人物多的车边儿上摆摊子，差不多这就是他们落脚的标帜。因之斗殴和流血的事件，在古埠的山日是一天几十起的，并不比赌棚里的事件少，而这里的山会会首们和古埠村的头脑，不用说，三天就全变成嘶哑的了。

当戏台上的《法门寺》正在上演的时候，台下的正面观众都在聚精会神等待三千岁刘瑾出场的时候，突然左手的一角，爆发了三声朝天打的枪声，正如在广大的剧场看戏的情形一样，观众的神经并不全为剧情所吸摄，而且一遇什么响声就会立起了身子，只是一瞬间，所有的观众全森林般地站起来了。眼睛和面颊儿都转向左手那一个角落。她们的目光闪着吃惊的神气，嘴里说着："什么事儿？什么事儿？"问话的人既不找对象，答话的人也不看问者的脸色，仿佛眼睛一离那出事方向，就会错过什么，来不及逃脱似的。只见一个魁梧的汉子在一辆妇女林立的农车上出现，向空挥着手狂喊，右手有人向他跑去了，不一会人群就拥挤不堪，在那儿凝集作一团儿，妇女们全脸色苍白地向广场外奔走，惊散的鸟儿似的。那时齐宏业跳到前台上喊道："不要慌，还离咱们古埠远哪！男人们到三号赌棚去呀……"然而没有人听清楚他是说什么，那些农村的妇女只顾照料啼哭的孩子了，何况手里还搬着长条凳，而且若是孩子的糖制人儿或货郎鼓什么的丢在地下，她们还得弯腰拾，虽然情势是这样可怕，然而她们的孩子一年只这一次购买的玩物，尤其是孩子们新置买的鸭嘴帽，可不能轻易丢失呢！只一会儿的工夫，戏台下的空场的土地完全袒露出来了，从遗落的凳子间，可以望见满地一片的瓜子壳、花生皮一类的东西，而凳子又多半是躺倒在地下。那里一辆二轮农车从左手奔驰来了，车轮发着重大的响声仿佛雷鸣，原来辕马和前套的公马受惊了，它们的耳朵可怕地竖立着，周围的人们都惊叫起来。他们向空举着两手，作势威胁那两匹受惊的牲口，更有的生怕它们奔驰的激情低落似的，故意吆喝，农车的轮子在凳子上跳跃起来。

"截住呀！截住呀！"有一个汉子迎着马头喊，但当农车前的马匹并不转方向，仍冲着他奔来的工夫，他就跳到一旁去向空挥着双臂了，仍喊着："截住呀！截住呀！"实在他自己也不是在那儿阻截，而是向别处驱逐，生怕会向自己奔来。二轮农车在戏台右手那些麇集的车辆前，转了弯儿，因为站在那些车辆之间的车夫，老远就摇挥着长鞭子，作势驱打着，只听见戏台右脚底下一声尖叫，一个梳有两条小辫子的小女孩儿，给碾在车轮子底下了。在她躲避农车的时候，凉棚下的男人们就喊："往哪跑……往哪跑？给鬼迷了！"而那小女孩儿就迎着马头向左奔跑几步，又向右奔跑，她完全糊涂了，而且突然地跌倒，就在这工夫，马车从她身上碾过去，同时撞倒了凉棚旁的炸油条的锅炉，奔向一个坟地去……

戏台下格外冷静了，能够清清楚楚听见左手那群人围绕着的魁梧汉子的呼喊："到三号赌棚去……全来，全来，齐宏业，快走呀！你看什么哪！"

齐宏业和一个脱了乌纱帽的光头的戏子，站在台右角向外边那块坟地望呢！现在就跳下戏台来，一边向倒在台脚下的女孩儿的尸首望着，路过围绕在这尸首身旁的几个车夫时，还问："是咱们古埠的，还是外村的？"这是问那死者的，但也没有听明白回话，就向北奔跑着，有人还沿路叫着："到赌棚议事去！来呀！"实际上又是谁也不摸这变故的底细。齐宏业听见那跑着高呼的农民回答谁的话："土匪要来洗庄了……"下边的话就听不清楚，因为现在他们是沿着这条土墙胡同跑，墙里的狗吠是那么喧杂，有门的处所，还能听见狗爪刨门的声音，它们是扑着门向墙外的声音咬。

胡同末端是条搭着临时酒馆的席棚的横街，这是沿河崖搭的。跑过木板桥，就是广大的赌棚场所了。只见人群密集，连桥口都堵塞了。

齐宏业跑过去，还高声嚷着："乡亲——借光——闪闪呀！"挤到第二号赌棚，就再也挪不动一步了，他望见高占峰现在是高高站在人群的头上，脚下一定是踏着桌子一类的东西，只听他高叫着："乡亲们！你们都是跑过关东、下过崴子的人，不用多说，有枪的拿枪来，有土炮的扛土炮来，你们在张宗昌老总底下吃过粮的、在海北挖过人参的、砍过大木头的，你们贩过烟土的、拉过山帮、当过胡子的，在东三省吃过日本人亏的、受过高丽欺侮的，……到了咱们出头露面的日子了，到了咱们喘气的日子了，都来呀！别贪图你们那亩半地的地瓜了，别恋恋着你们老婆那只绣花鞋了。有粮的拿出粮食来，有牲口的拉出牲口来，你们干过红枪会的，信过白莲教的，拿出你们的本领来吧！找出你们的红缨子扎枪来吧！前清咱们反过洋教，烧过胶州铁道，如今又是这个日子了。如今可没有皇上来帮他们了，如今是'抗战'了，南军打日本，北军也打日本，你们再不用担心绿旗兵和咱们捣蛋了。……"那时，齐宏业又环顾一下，想找空子向近前挤，就在这时，人群突然向前挪移，而齐宏业还没有挪进两步远，人群又突然向后倒退，一寸一寸地逼迫着齐宏业倒退，而且直退到一号赌棚的门口才稳定。

齐宏业连高占峰的话声都听不清了，他第二次向里挤，人群又继续一寸一寸地倒退，而齐宏业像给汹涌的波涛排到海边上的浮萍一样，退到板桥口来了。

近桥的对岸，也林立着一群赶山的庄稼人了，当中还有一个袒着胸口的中年农民，在他肩上挂着一串火烤的硬麦饼，仿佛一串僧人的大佛珠一样。他高声向齐宏业问："乡亲！什么事呀？"

"日本攻下咱们县城来了。"齐宏业高声回答，"过来呀！"实在连他自己的立脚地方都没有，这话完全是不负责任的，并且继续向前挤着，找人肩和肩的空隙，往人群里摇着身子。

还没有挤到第二号赌棚，人群第三次膨胀开来，齐宏业又被迫地向后倒退。那时候，他没有听见高占峰的声音，周围爆发了一片喧噪声，而且只一秒的工夫，就寂静下来，突然响起一片向天打的枪声。齐宏业正在望着地下移动的许多脚尖儿，防恐踏到自己的鞋背上，等到抬头望时——就是这一秒钟的工夫，他还是不能站定位置，脚尖仍然随着波涌的人群倒退着——漫天飘着烟朵，像谁抛在空中的灰色的圆球，一会儿就破裂开来，交舞在一起。只在他仰脸注望的这一瞬间，人群就急匆匆地散开，齐宏业不知什么时候，已经退到全是酒馆席棚的河对岸那条街上来了。

到处都是跑动的人们，是怎样一个恐怖的场面呀！那些久受压制的野性，这时在人们身上，全爆发出来了。到处有抢劫的事件发生，整个古埠村的住宅，全在呼救和枪声的混乱动静下淹没着，可以想象到居民是在怎样的恐怖中颤抖着。齐宏业根本还没有弄清楚高占峰发动的究竟是什么，当他望见一伙儿庄稼汉子用石头撞击一座酒棚的板门时，也参加进去。

"怎么还用石头，撕开这席子壁就中了！"齐宏业撕开一道席子，于是那些脸色苍白的人弯腰走进去。

棚里一个人也没有，炉火还融融地燃烧着，煤火苗子时时吐着红艳的光辉，燎水的铁壶还放在缸盖上，从那没有盖的铁壶口上冒着热气,可见人们离开这儿不久,在他离开时还想灌些生水进去,然而这也没来得及。

进来的人们,全用火光闪闪的眼睛环顾着。

"怎么他跑了呀!"

齐宏业立刻从这口气里知道这伙儿人,不是打算趁机抢劫,就是和这家酒棚有嫌隙,存心谋害人。

"看看有酒吗?"其中一个面型善良的农民说,"来呀!给你这个大碗。"

他们是那么匆忙,连口灌着。在他们喝的时候,酒滴不断地从嘴角淋滴地流下来,仿佛只有揩揩嘴角的工夫,连门口那肉案子上的熟牛肚、烧鸡,都没看到,就又匆匆跑出去了。临走还把酒缸打破,而且那个面型善良的农民,又回来呼唤齐宏业:"快出去呀!"接着塞一把干草在炉上,齐宏业才知道,原来他是回来放火的。

这只是几秒钟的工夫,然而齐宏业退出来,却发现街上没有一个行人了。

到处是枪响的声音。齐宏业完全给这些声音吓慌了,不是胆小,而是他找不到那些人群,尤其是和高占峰他们失去联系。

他开始向狗吠声激烈的村南跑去,仿佛那里人声沸腾,而在这里只是一片冷寂中听到嗡鸣而已,而且这嗡鸣的来向又不可确定。

这时天色渐近黄昏,齐宏业又听见古埠村东南角上一片枪声,他猜想那一个是集合的号令,果然接着是一片马蹄声,迅速地跑开去。等齐宏业从戏台下抢到牲口和第二批杂乱的庄稼人鞭打着牲口奔驰跑到庄外时,古埠村北的上空,已经大火冲霄、乌烟蔽天了。

十

齐宏业骑的是一匹七岁口的灰色马,跟随在前锋的几匹公马当中奔驰着。

村外，暮气沉沉，仿佛飘散着一些烟雾，缭绕在树丛梢头，展卷在田野的低空，远处村庄都隐约不清了。

领头的是一个宽肩膀的农民，只从那又厚又饱满的背部看，就知道是个臂力过人的汉子，只见他在麦野中一个十字路勒住马了，他骑的是匹红色马，马项上还遗留着套夹棍，两边拖着四根切断的套绳，可见是从农车上拉下来的。那马喷着鼻气，哈儿哈儿地打着响鼻，它也完全在神情激发中，腿力百倍了。

"向左手，左手！"齐宏业喊着，那灰马已经拐弯，在左手的石铺道上奔驰开去，骑者是没法控制它，以便等待尾后那一伙儿人了。但一会子，身后就涌起一阵风，马蹄声有力地敲着石铺道，越来越响，只一瞬间，那匹红马就越过齐宏业，恢复了它领头的地位。这时候，说不清是骑者们由于马匹的嘶鸣和奔驰而紧张、兴奋，还是马匹由于人们的声势和受到别的马匹的感染而紧张、疯狂，它们竞赛似的向前方追逐着，只有猎手们跨马追赶兔子时，才有这样激动的情景。他们高声嚷着："有灯光了！前边有灯光了！"可是转到他们左手的在古埠村上空飘荡的那片火光，他们却又一点也不注意。

果然距离齐家庄一里路的光景，齐宏业就听见人群的哄闹声和马匹的嘶鸣，而且可以估定他们是集合在高家菜圃一带。一会子，河崖旁边有大的灯笼出现，那不是距离近了他才看见的，而是灯笼刚刚燃着。不用说这大的纸灯笼是只在办丧喜事的场合才出现的，而现在他们就例外地挑起它来，而且移动着，齐宏业想象到他们是向大槐树上挂……一进村口，只见齐家庄大小胡同全是走动的庄稼人了，自然有些年高的老头子和小孩从土墙上露出头来观望。有一尊土炮从阴暗的胡同口，抬向灯笼高挂的方向。

"高大哥呢？"齐宏业问。

"在河崖槐树底下，人都站满了！"

"做什么呀！"

"摆祭坛呢！大家推出红教师来……把牲口拴到庄外去吧！"

齐宏业拴了牲口，就顺着河崖向槐树底下跑，只见沿顺河崖全是红布包头的红枪会的枪手了。有一个扶着拐杖的老头向他们说："你们全给鬼迷住了呀！"在那些枪手的脸上洋溢着狂欢的笑容。有人纵声说："说不定鬼迷了人，还是人迷了鬼！"齐宏业走过很远，还听得见他们的笑声，人是越来越挤，话声越来越响。在一团儿较多的人群当中，有两个人高声对话。

"那年杀洋教的时候，我还记得你们庄上死了两个人。……"

"逼上梁山呀！我们再怎么活下去呀？不是旱灾，就是兵乱……"

齐宏业又望见槐树上披了红布，摆了香案，有两支火烛在案上煊耀着，更看得清楚香烟袅袅了。然而他并没站下，只是巡视着林立在案前的一伙儿人的脸子，但当中没有高占峰。实在他不知道为什么急于要找他，找到他仿佛就安心了，越是不见，越是心焦。

"高大哥呢？"

"和会首们议事呢！你向哪跑？在这等着吧！这就要登坛了！"说话的人是齐大海，他的外套仍旧披在肩上，一只脚踏在一尊土炮口上，说话时就拿下脚来，说完又踏上了。一只肘压在膝上，手掌支着下巴。站在他面前的一圈儿人，全凝望着他，仿佛他脸上有吸收不完的新鲜东西，实际上，他是背着灯笼光站着，脸埋在黑影里，只有眼睛时时闪着火光。有人问他："那末我们今天夜里就去攻县城吗？"

"谁说的？"齐大海说，"咱们祭完坛，天就快亮了……不攻城，咱们拉到东山里去再说。"他突然把脚放在地上，向齐宏业招呼声："你来！"齐宏业就跟随着他走去，那时遗留在炮后的那圈人就散开去，投向另一些小组，在这种场合，到处是一无主见的人们。他们在这一伙儿听听，在那一伙站站，很少插嘴，也不发表意见，可是一到行动的时候，他们就铁人一样听派遣，完全是封建性的服从呀！也正因为封建性的传统，几代就很难发现一个能够号使令的人，自然高占峰在他们心目中是个值得仰望的英雄了。现在他们里边就有人向外传递着这消息:"今晚上不攻城呀!齐大海还说咱们还得拉到东山里去呢?"

齐大海把齐宏业叫到背人地方就说:"你的东西预备好了吗?你还不知道呀!今天半夜就得赶到东山里去——明天!明天太阳一出来,你敢保人心不散吗?打铁趁热,放火趁风,你们不等这时万人一心的工夫,调动他们还待什么!赶天亮,太阳也出来啦!咱们也到了东山啦!他们想起家里还有老婆孩子,可也回来啦!你当拉个山帮容易呀!赶快……你的红包头巾呢?找出来,不管谁家要弄杆枪来,这就要祭坛了。"

齐宏业跑开去了。消逝前,齐大海还叮嘱他:"快回来呀!"

"快!"他跑着说。

从街中传来鼓声,这仿佛一个战争前的号角,所有的人逐渐终止了他们的攀谈。齐大海现在跳到一座矮到膝部的土园墙上,高呼着:"你们各人站在自己村庄那些乡里街坊中间,红教师就要来了。王家洼归王家洼,李家集归李家集,不够五个人的归到邻近的大庄子里头。"又跳下来高声招呼:"柳世杰呢——柳世杰——他到哪儿去了?柳家的会友们站在哪儿?向前来呀!"

人群完全混乱了,各人寻找着本庄人的集团,来往穿梭着、呼喊着,完全是酒醉的醉汉,完全是鬼迷了的眼色。他们的脸色火红,眼睛发光,这醉人的夜,迷人的鼓声,彼此从彼此眼光中受到的感染,疯狂呀!疯狂!他们要对日本帝国主义者复仇。有人低低说句:"来了!他们来了!"于是这声音迅速地传布开去,他们的脸孔都渐渐移向同一集中点,鼓声越是逼近,他们的心越跳动得厉害,尽管背后或肩侧有人走动,尽管走动者的问询是多么清楚,然而就是明明听见找的是自己这村庄的名字,就是听出这寻找者的口音,他们也无暇来说一声:"这全是王家庄的,你就站在这里吧!"他们的全部注意,都集中在大家所观望的方向了。虽然眼前是一片黑茫茫的夜雾,虽然一点什么也看不清楚,然而大家全向那望着,也就没人迟疑了……但当鼓声从沿顺河崖的西手现出来，人们就又转移了注视的方向，鼓声越近，心跳的越猛。终于望见背鼓身后的敲鼓手了，在他俩周遭，又是一圈儿人，手里全挑着纸灯笼，手里全拿着红缨枪，只从那有次序的排列和同一姿势的步法上，就知道这是一九三〇年拜过师的老会友，他们的包头巾扎得那么讲究，两额角竖立着包头巾的两角，像是一对挺立的牛犄角。

河对岸的一组树丛上，有人呼啸了。这声音来得特别清楚，因为祭坛前的那些准备参加祭礼的各村庄的农民，全森严地立在那儿，没有一点声音。而爬在树巅上的汉子，又多半是不解事的未成人的小伙子。他们的任务是照护本庄人夺来的牲口。

齐大海还在编排着队伍，按着村庄的远近和人数，指定他们的位置。他的精神焕发，一会子跳到这儿，一会又跳到那儿。那匹戈皮旦突然从人丛中跳出来狂吠着，追随在他身边。但一等赤着半个胸膛的红教师和高占峰出现，他的声音就低下来："快点吧！咱们该把好位置让给远庄的乡亲。"

一切都沉寂了，全凝望着红教师的气魄英勇而肌肉瘦薄的胸膛和他那衰老的面容。然而尽管他的体态是怎样老，可是人们从他的两只深陷入眉底的眼睛里，可以感到他的锐气。这是一个远近有名的红门祖师。叔叔参加过义和团，他自己年壮时带领着一部分教徒，毁坏过胶州铁道。谁也不知道他隐居在哪里，但在古埠山上一给人发现，就把他拥上马了。那时，他不住地说："年纪老了呀！年经老了呀！"但终于推脱不下，接过马鞭子去，那时他的嘴是那么天真地笑着，实在他想不到他平日所妒忌的大师兄手下的——高占峰，是这样的器重他。

进场时，他向那些林立的村民以及外庄的乡里欢欣地点头，并说："教友们和非教友们都站在一起吗？也中呀！不要分了，反正咱们到东山再说哪！先祭坛，这是祖师留下的规矩，无非是表示庆贺咱们起事的地方。"他说话的口气，充分证明他是怎样和善，实际上他又是一个杀人不变色的人。

于是人们在他这几句话结束之后,立刻活跃了。人丛中,有许多听不清的高呼,仿佛要求他报告一段以往起义的光荣史似的。然而他只笑笑,就吩咐柳世杰在槐树底下升起火来,净出一块地方做神位。

高占峰从古埠回来,脸色一直是苍白的。正像雄图将实现的野心家,在将成功的那一瞬间的脸色一样。这反而使他的眼光更沉着,又仿佛胸有成竹似的坚定,实际他现在是没有一点主见,就是说,并没想到巩固这群庄稼汉的信心的步骤。他担心着,他们不久会突然神丧意灰地散开去,因为他们都是些赶山办事的远来客,他们说不定什么时候想到家,想到家里的牲口,想到野里的麦子,想到地里的待收的庄稼。每一秒钟,高占峰都注意着这些人群的眼色。当齐大海向他报告,说是某个有名望的埋头多年的土匪也来了的时候,高占峰就机密地向他小声说:"快呀!"齐大海立刻知道两个字音所含的意义,就迅速地向柳世杰跑去:"你要干什么?还找什么劈柴,抱两捆喂马的干草来先点着火呀!"

那些平日聚谈总忘不了喂牲口时间的庄稼人,现在完全沉浸在这神秘的夜景里来了。完全给这时低、时高、时缓、时急的鼓声所陶醉了。只有在这种场合,才知道黑夜的魔力,等到柳世杰升起火来,人群在红艳的火光里,更神往意迷了,喧声高腾,有人在焰火跟前很快地打了个飞脚,于是爆发了笑声,有人喊:"打套拳呀!"

这时候红教师已经焚烧了第二道降神符,他的面色严肃,完全置喧闹声于心外,嘴里喃喃着咒语,遥拜着北斗星,当他俯身而跪的时候,在咒语中夹句:"跪下,跪下。"仿佛在自语,然而高占峰是理解他师叔的个性的,立刻向人群宣布:"跪下!"人声突然给斩断了,而且一种严肃的气氛,立刻渲染了全体。只是跪拜的动作,是那么不一致,然而对神的信念,却使他们的眼色现出同一的尊严的光辉。

那时鸡叫第一遍。啼声初开始,就给鼓声淹没了,打鼓手完全受高占峰那一注视的指挥而敲打的,实在谁也没有知道这敲鼓的用意。

并且即使没有鼓声，人们也未见得能听清楚鸡叫的声音，因为村外的马嘶声永没有休止，其中还有两匹公马鼻啸的短促声音，从那声音里可以知道它们一定在相嗅的状态下，刨着蹄子。注意到鸡叫的声音的，只有高占峰，因为他一直有着这预感，那就是他们听见鸡叫，一定会从狂醉的状态中惊醒，那时候，该突然会说是"给鬼迷住了"，记起他们的家庭和妻女。

法事没有完毕，高占峰突然高声叫着："古埠那边有人来抢牲口了，赶快动鞭子，有枪的上上子弹呀！跟我来！"并机密地向红教师递了一个眼色。

于是一群马盗似的，只片刻工夫，这广场上只剩下了一堆猛烈的火焰。

一片马蹄响声渐渐远去。

半点钟之后，高喜瑞老头子在这槐树底下出现了。静静站在灯笼底下，向远处侦听什么似的。听见脚步声，他问："谁呀？"

"我！"

"他们都走了！把那些火弄灭吧！"

"大哥呢？"

"镰头，你该嘴紧一点，他们到东山去啦！"

十一

请读者们不要失望，这里已经不是小说，因为史实没有能够传奇式地继续多久。假若作者不是把原稿丧失在香港，也许读者们可以得到比较完整的一篇故事，然而现在作者已失去把史实渲染成满足读者欲望的神话的兴致，是的，自然我是爱护我的读者的，所以把它补完，实在又是破裂的爱情的继续。不管怎样，究竟是曾经有过裂迹的爱情，何况事实又没能够得到适当的发展呢！而读者们又是要个结果的。

那么我在这里补述一下。

这一群灵魂在《水浒传》孕育之下的农民们，到第二天，发现自己是在东山上的时候，都仿佛做了一场噩梦似的，仿佛酒鬼醒后，而忆及昨晚的沉醉和狂欢似的。然而他们是疲乏了，就挤在圣母娘娘的大殿里，有雕栏红漆柱子的石铺走廊上，花坛和石砌的厅宇院子里的干燥土地上，睡下来，正像耕作过后的困乏，睡在有树荫的旷野上一样。

主持厅产的老和尚，早在他们没有到达山巅的时候，就卷着珍贵的法器和衣钵逃掉了。徒儿师侄一辈的和尚，也各自逃走，他们以为是土匪来抢劫这座远近知名的东山厅堂的。就这样，高占峰在这选定了驻扎区域。自然，白天睡觉的工夫，私逃了若干人，这事件继续了一夜，最后有二百十三个农民长久地留在这里了。

他们大部分是年轻力壮的，他们已经过厌了那种饥苦的庄稼日子，他们的生命之火本来已给耕种的活计所浸熄，现在又完全燃烧起来了。他们时时刻刻想杀人，时时刻刻想复仇。日本人在他们的心目中，实际上是一种毁坏几千年来的传统生活的魔鬼。在他们的血液里也燃烧着，对于懦弱官府的仇恨一种不自觉地对现世不满的情绪，支配着他们，他们在聚饮中，喝得酩酊大醉，醉后又是口角又是械斗，高占峰最初并不禁饮，虽然械斗时常常有人受伤，有人流血，然而一会儿工夫，大家伙儿又高声谈笑起来了，第二天，两个主角开始不讲话，避讳着见面，自然也不会再来第二次。

直到他们开始在高粱地里袭击日本的军用卡车，才抛弃了聚饮的豪兴。他们把受伤的弟兄抬到东山老巢里去；战死的，就用刺刀和红缨枪挖着坑，用长衫兜着土，埋在地下，用鞋底把高粱地的血迹磨搓干净，把倒歪的高粱扶直，再调换地方。然而那些敌人的死尸，他们可不管，用脚踢到路沟里，就一任他们遗留在原野上了。

他们的愉快就是赞赏从敌人手里所掳获的东西，他们的悲哀就是一无所得，白白被敌人打死几个弟兄。那时，他们之间，就没有语言，等到回归老巢，垂头丧气，各自睡到各自的高粱叶子所堆积的地铺上去。留守的弟兄也立刻受到这哀伤的感染，低声交语音，轻步走路，谁也不敢对回归的战士问询什么，而高占峰的姿态，也不同了，常常一个人用手埋着脸，大半夜对灯坐着，一点气息都听不见。若是杀伐得手，虽然死几个弟兄，他也会给那蜂鸣的喧笑声所诱惑，时而要走出去，那时他望见任何人都要微笑的，而他们的面容则像过新年一样的愉快。有一次，见到他，三次两番地问："在打仗的时候，齐宏业怎么会倒在地上不起来？"明明是大家都知道，但是还要听，而且借此对胆怯的人嘲笑，因为齐宏业是以为受伤了，躺在高粱地沟里，嚅嗫地说："我完了！……我要死啦！"脸色苍白，手指发抖，而且嘴唇在说话时极艰困地启动，原来他望见自己胸前的一小团血液的脑浆，实际上那血液和脑浆是他亲手刺穿敌人头颅时溅到身上的，但他当时没有发觉，等听见又一声枪声，就倒下来了，才发现胸前有血。……

这年冬天，日本轰炸机来到东山轰炸。他们已经引起敌人的注意，由于胶济铁路东端各站口所常遭遇的夜袭，由于烟滩路的军用卡车时常给他们截击……这天是高占峰和他的弟兄们永不忘记的日子，一百零三个人受伤了，四十多个骁勇的弟兄死掉，而且全是瓦砾下一堆模糊的血肉了。

从这以后，高占峰的部队，每次战争，就完全疯狂了，他们高呼着冲向敌人，只要没有机关枪弹阻挡，他们就会丢弃子弹，用刺刀追逐着敌人，不但刺死他，而且挑开敌人的胸膛，他们是那么熟练地把敌人的心脏就势抛到丈把远以外的地方去……

高占峰每隔十几天，开始化装回齐家庄一次，一来探听消息，二则探望小铁儿，他是那么的想念他呀！这时候，谁也不知道他的部队的驻扎处了。

一九四三年一月二十六日补完

后　记

　　《罪证》是一九三八年冬天在金华完成的，那时候金华是东南的一个抗敌文化的堡垒，然而就在这个作为文化堡垒的地方，知识青年有的还会遭遇到吴占奎的命运，一个宁中的教员发疯了，据说到后来用绳子捆到家去的。一个青年歌手发疯了，竟在夜半登上城墙，在狂风暴雨中大声高歌。是的，用《发疯》的作者的话来说："疯子发疯的唯一理由，是以他自己的真实，恰恰碰触到社会的真实。"因为他要真实，他才怀疑，竟至怀疑到历史，实际上他所怀疑的正是那历史和社会的真实，然而他又不相信那就是真实，就这样吴占奎发疯了。

　　自然当时二十一岁的作者，对于当时的历史和社会是把握不住的，因之也就不能更深一层地发掘。而且等到《文艺阵地》的代编人通知我，稿子连载了三分之二被迫停刊了，我也没有怎样难过，因为能保持住生命的健康度过这段艰苦的人圣与恶魔相战的时期，在我已经是望外的满足了，不是么？

　　有的战友确也被残杀，和我同住在一个院子里，读过我的《罪证》原稿的诗人辛劳，就是被屠杀的千万中的一个。何况，就是发表了的这一部分，我自觉并没有达到能给读者一种生活和战斗的勇力的东西呢。

　　一九四一年四月，作者从敌国日本占领的香港逃回桂林来，承《中学生》编者约，《罪证》又以《被损害的人》的题名在那刊物上连载，就便还结了尾。当时还以为出书的时候，能再向《文艺阵地》代编人找回全稿，在这点上某位以战友姿态相交的理论家，批评过我，说：

"这就是他的弱点,不认真,不深入,全部丢掉,不会再写吗?"笑谈之中,也确有可感的关注之意。这是指着全稿整部遗失在香港的《人与土地》而说的。

可见我在这上面实在也过于不认真了:因为来上海后,在一个集会上偶然碰见了《文艺阵地》代编人,说是这部原稿恰恰丢了,原来是藏在友人夹壁之内的,而且其他的原稿都保藏得完好如初,而我现在也就这样交给书店印出来了,不再作完整的续写打算。假如我现在续写起七年前的原稿,依旧如初那样,我想,我的日后的生命也就没有什么值得自己珍贵的了。

然而我的书就这样失去意义了吗?作为人类精神的大摧残者日本帝国法西斯政权确实是崩毁了,可是那摧残力和损害力在我们中国依然是存在着的,那位歌颂田间为擂鼓诗人的诗人,不是就在前天晚上被暴徒暗杀了吗?那么我说,我这部残稿,还可读的。虽然它本身是不完整的,那么带着你的损伤到人间去走走吧!也许有人收留你,也许有人在这里获得一点启发。

在这里再摘录一段《发疯》,恭谨地送给我的残废的书,作为一根到人间走走去的拐杖。

  社会就在找着强者碰击。社会在找着坚强的东西来强折,以证明它自己的坚硬。
  社会在找着弱者作溃口。它压榨着一切的软弱的东西,向着软弱的地方压倒过去——一切软弱的就都是一切看得见的和看不见的魔群所扑击的目标,也就都是种种的积脓的溃决的出口。
  社会适合于不强不弱者生存。一切中庸主义者是不会发疯的,也不会灭亡的。
  一切市侩和市侩主义者,也不会发疯,也不会灭亡。

一切聪明的人都不会发疯,都不会灭亡。

然而一切最强者也不会发疯,因为他碰得过社会。

而一切最弱者也不会发疯,因为早被压死了。

因此,只有疯子从此走到发疯,也从此走到灭亡。因为他是强者,而又是弱者;他是弱者,然而又自以为强者。

疯子是这社会的这时代的恰好的牺牲者。

这时代,这社会,在要求着这样的牺牲,这牺牲是实在的,因此还赢得了人们的同情和厌恶。

这样牺牲是实在的,因此,据说现在发疯最多的就是青年了。

青年是以为应该反抗社会,能够反抗社会,然而又以为社会原是应该容易支使的,应该温暖,一切都不应该碰壁的。他是强者,然而又是弱者。自然,青年是要供这时代的牺牲了。

这牺牲自然是实在的,因此又据说现在发疯最多的就是妇女了。

妇女是以为应该觉醒,已经觉醒,应该反抗传统,反抗一切压迫的,然而又以为社会是应该公平,也应该温暖,她的觉醒与反抗应该受赞许、受欢迎的。她是觉醒者,然而又还没有完全地觉醒。自然,妇女又应该供这时代的牺牲了。

……

因此,据说发疯最多的,任何时代,都是那有反抗传统和社会的狂气的人。

任何时代,一切有狂气的人,一切天才、半天才,和自以为天才的人,都要试着去反抗传统,反抗社会,然而又都是小孩一般地天真,青年一般地"不聪明"。

任何时代,一切有狂气的人,都是强者。然而又都是弱者。

强者然而又是弱者,因此,任何时代,一切疯子从此走到发疯,也从此走到灭亡。

因此,疯子是这时代的这社会的恰好的牺牲者。

这时代,这社会,在要求着这样的牺牲,然而因此,就在要求着疯子以上的大疯狂者,要求着强者以上的强者。

要求着大疯狂者的肉搏。

要求着最强者的反抗。[1]

作者　一九四六年七月十九日,在上海

---

[1] 引自雪峰著:《有进无退》第九—十一面。